Lo que me queda por vivir

Seix Barral Biblioteca Breve

Elvira Lindo
Lo que me queda por vivir

Prólogo de Lola Larumbe

Obra editada en colaboración con Editorial Planeta – España

Composición: Realización Planeta

Bajo el sello editorial SEIX BARRAL M.R.
Avenida Presidente Masarik núm. 111,
Piso 2, Polanco V Sección, Miguel Hidalgo
C.P. 11560, Ciudad de México
www.planetadelibros.com.mx

Primera edición impresa en España: mayo de 2023
ISBN: 978-84-322-4213-7

Primera edición impresa en México: noviembre de 2023
ISBN: 978-607-39-1033-0

Impreso en los talleres de Impregráfica Digital, S.A. de C.V.
Av. Coyoacán 100-D, Valle Norte, Benito Juárez
Ciudad De Mexico, C.P. 03103
Impreso en México - *Printed in Mexico*

CONTAR LA VERDAD DE NUESTRAS VIDAS

POR LOLA LARUMBE

Lo primero que recuerdo de ella es su pelo rojo, quizás ya virando hacia un suave reflejo caoba, y la blusa negra de sugerentes transparencias que llevaba, quizás demasiado elegante para el bochorno y la estrechez de una caseta atestada de libros en la feria del Retiro.

La feria bullía de paseantes y helados, y la voz monótona de la megafonía ascendía en remolinos por el calor hasta la copa de los árboles del parque.

Llegaron juntos, Antonio entró en la caseta y con una tímida sonrisa nos saludó a todos para sentarse inmediatamente a dedicar los libros de los lectores que esperaban en ordenada fila desde hacía ya un buen rato. Yo sabía que la mujer joven de pelo caoba y blusa sexy, que con discreción se había detenido en el filo de la puerta y que miraba curiosa nuestros movimientos apresurados, se llamaba Elvira, había hecho el COU en un instituto en Atocha y que en clase era «alegre, divertida y muy cómica, un poco locatis», según la había descrito una antigua amiga de adolescencia, lo que discrepaba con el aire de cierta fragilidad que la envolvía aquella tarde de junio de los primeros años noventa.

Así me llega esa primera postal de la presencia de Elvira Lindo, cuando todavía la escritora se agitaba en secreto, contenida en los trabajos para radio y televisión que había comenzado a hacer a los diecinueve años, escondida detrás de las obligaciones cotidianas de una mujer muy joven que, independiente prematuramente, asume el salto de la adolescencia a la madurez, la maternidad y los cuidados.

Como dice Tillie Olsen, «cuesta mucho convertirse en escritora. Están las querencias personales —mucho más comunes de lo que solemos admitir—, las circunstancias, el tiempo, el desarrollo del oficio, y más allá de todo esto, la convicción de que tenemos algo importante que decir, y tenemos derecho a decirlo».

Esa convicción llegaría pocos años después, cuando volví a encontrarme con la mujer de pelo caoba, ahora ya fundida en una sola, la escritora Elvira Lindo, convertida en autora de éxito con los libros de *Manolito Gafotas* (1994) y reconocida por su trabajo como guionista, actriz y presentadora de radio, así como articulista en el periódico *El País*. Su revelación como escritora adulta llegaría con la publicación de su primera novela *El otro barrio* (1998) y *Algo más inesperado que la muerte* (2003), donde ya se podía percibir una mirada de especial sensibilidad para reflejar con ironía y ternura las voces e historias de los que se quedan siempre en las orillas de la literatura: adolescentes perdidos o mujeres que caminan solas en la madrugada.

Pero es con *Lo que me queda por vivir*, publicada en el año 2010, donde Elvira Lindo desarrolla su madurez narrativa, a resultas de un itinerario vital y literario muy personal, y que se proyecta en la historia del paso de la adolescencia a la juventud de Antonia, la protagonista del relato, chica pop minifaldera de pelo rojo y cejas negras en el Madrid de los años ochenta. La autora describe sin complacencia aquel tiempo histórico que le tocó vivir también como mujer joven, sola, con un hijo pequeño de la mano, y al margen, como la mayoría que tenía que madrugar para ir al trabajo o llevar a los niños al colegio, de las noches locas de la famosa movida madrileña.

La metamorfosis fue especialmente abrupta para las mujeres en los años de la transición política y de cambio social de un país que se quitaba con prisa las vendas de la dictadura. Había que pegar rápido un portazo a la adolescencia, a la vida de familia tradicional; pasamos de colegialas a camaradas, de hijas recatadas a militantes en las más variopintas derivadas de la izquierda que brotaban como hongos en locales de barrio y asociaciones vecinales, muchas veces pegados a la parroquia donde hacía nada habías recibido el sacramento de la Confirmación de manos de don Herminio, que ahora era Herminio a secas y estaba de novio con la hermana mayor de tu compañera de colegio.

No sabíamos nada. Si algo pudiera ser el resumen de aquellos años, era esto, no teníamos ni idea de nada, tampoco nuestros padres, menos nuestras madres, que ni siquiera habían tenido la oportunidad de conocer la vida más allá de los límites del hogar y los hijos.

La inocencia y la ausencia de referencias con la que afrontó esta generación la gran movida, no la pop y divertida de la noche madrileña, sino la de las hijas sorprendidas por maternidades adolescentes, enredadas en nudos sentimentales que harían ruborizarse hoy a la palabra *poliamor*, la de la devastación de las drogas y el VIH que galopaban a toda mecha, la de la desintegración fulminante de su viejo orden de convenciones; en este ahora que vivimos, no puede provocarnos nada más que respeto y consideración.

«Dulzura y retraimiento. [...] Fueron educadas para apretar los dientes y aguantar», así describe Elvira Lindo la distancia afectiva de las mujeres que renunciaron a su vida personal por el cuidado y la atención de los demás: madres ausentes sustituidas por hermanas mayores, madrecitas de los más pequeños o Tulas *unamunianas* como la maravillosa tía Celia protectora de Antonia en *Lo que me queda por vivir*, pero que representan una verdad universal de la vida de las mujeres desde la noche de los tiempos. Asumimos con normalidad que mujeres que han dejado en la lejanía de la precariedad a sus hijos a cargo de las abuelas, cuiden de nuestros hijos y de nuestros mayores a cambio de poder mirar un horizonte de oportunidades para los suyos.

Cómo nos causa admiración hoy, frente a la abundancia de narraciones autobiográficas sobre madres *gore* o deprimidas, o, por el contrario, epifánicas o reveladoras del nirvana de parir hijos, leer en *Lo que me queda por vivir* la naturalidad con la que Antonia recuerda, sumida a la vez en la confusión y soledad, su propia maternidad:

> «Sólo le quedará el recuerdo vívido, sensual y gozoso de su embarazo, de la tozudez con la que lo defendió, de la curiosidad con la que observó el desorbitado crecimiento del abdomen hasta el punto de perder la visión de sus pies».

Y la evidencia de vivir en una realidad *áspera* y a la vez un sentimiento de plenitud natural:

> «La sensualidad íntima de su estado y la aspereza del exterior. Ése sería el resumen de aquella época. Lo esperanzador y lo amargo de esos días en los que jamás disfrutó de la serenidad del término medio».

Gran conocedora de las relaciones maternofiliales y de la sensibilidad infantil, Elvira Lindo huye de la mistificación del niño como el rey de la casa, ese cordón umbilical no cortado con lactancias perennes, otorgándole una consideración de personita que se expresa con sentido y autonomía, creando un vínculo cómplice y divertido entre esa madre extraña de pelo rojo y cejas negras que baila con el hijo y que se prolongará para siempre en la memoria de Gabi ya adulto:

> «Recuerdo haberle preguntado cuando tenía unos catorce años: "¿Te gustó tu infancia? ¿Crees que fuiste feliz?". [...] Me dijo que sí, que nunca había envidiado la infancia más convencional de sus amigos. Dicho esto, comenzó a evocar los largos ratos en el despacho amarillo, aquella intimidad de pequeños rituales establecidos entre una pareja que a veces dejaban de ser madre e hijo para parecer hermanos».

Elvira Lindo inicia con *Lo que me queda por vivir* en el año 2010, su ciclo de libros de evocación, memoria y diarios, al que le seguirían *Lugares que no quiero compartir con nadie* (2011), *Noches sin dormir* (2015) y *A corazón abierto* (2020), vinculándose de esta manera a una tradición de escritoras como Annie Ernaux, Natalia Ginzburg y Alice Munro, entre otras, que han convertido en materia literaria, como dice Virginia Woolf, «el sedimento del vivir cotidiano, mezclado con algo más secreto y más íntimo que todo lo que había dicho o había mostrado en el transcurso de los días», la tarea de contar la verdad de nuestras vidas.

Madrid, 28 de febrero de 2023

Para Miguel,
por supuesto

Only love can wound.
Only love can assist the wound.

Sólo el amor puede herir.
Sólo el amor puede aliviar la herida.

Emily Dickinson

CAPÍTULO 1

«LO SABE»

Al verme entrar en el café se levantó de un salto y me esperó con los brazos caídos, como si estuviera dispuesta a recibir con la misma conformidad un beso o una puñalada. Me acerqué y le di un beso. Entonces se sentó y me pareció escuchar un suspiro de alivio.

Era como la una del mediodía, esa hora en que Madrid es un hervidero de gente bebiendo cañas y tirando servilletas al suelo. Pero allí, en el Café Lyon, se presentía ya la decadencia que precedería a su cierre y a esas horas por no haber no había ni ese grupo inmortal de estudiantes con granos que falta al instituto con el convencimiento de que tomando café en mesa de mármol se está más cerca de la literatura. Yo había sido una de aquellas adolescentes que se escapan de clase, garabatean versos en un cuaderno y que, cuando un individuo melenudo, con aires de escritor que publica, las mira, bajan la cabeza porque temen que quiera acostarse con ellas y ellas saben que tendrán que decirle que sí. Yo también había hecho novillos para tocar el mármol de la literatura y había fantaseado con ser poetisa o musa de novelista.

Infectada de literatosis, a la estudiante de entonces le gustaba imaginar, desde aquel mismo Café Lyon, que era una joven de provincias que había llegado a la gran ciudad a pasar un hambre sublime mientras publicaba versos y rompía el corazón a algún escritor maduro y arrogante. Sueños calcados de otros sueños.

Habían pasado nueve años y con ellos mis aspiraciones poéticas se habían esfumado y casi por completo las literarias. El negro de mi pelo había pasado a ser pelirrojo, las camisas amplias que me llegaban por debajo del culo se convirtieron en vestidos minifalderos y, con la misma incuestionable diligencia con que uno se ducha o se lava los dientes, ahora nunca salía a la calle sin pintarme los labios de rojo furioso.

Así entré esa mañana en el café, casi recién llegada de la provincia en la que había trabajado durante un año, vestida de época sin saberlo, fiel al estilo que defendían a diario por la calle cientos de chicas en el Madrid de los ochenta. Por raro que pueda parecer no fue la entonces capital de los modernos la que me había desinhibido y transformado sino la provincia, en la que sola y con un niño muy chico me sentí más desgraciada pero también más libre. Me fui progre de Madrid y volví moderna y con unas cuantas expresiones ordinarias que jamás antes se me habían venido a la boca. No fue rara la transformación, como no son raros los cambios en las personas muy jóvenes, aunque mi marido (al que jamás llamé mi marido) viviera los cambios estéticos como una traición a la ideología o a la misma esencia de uno. Pero yo por entonces no tenía esencia, aún la andaba buscando. Ni tan siquiera se me ocurría defenderme de sus críticas con la razón más poderosa de todas: la esencia misma de la juventud está en el cambio.

Volvía a Madrid renunciando al puesto de locutora que me habían asignado tras unas oposiciones; volvía con sensación de fracaso y de pérdida anticipada. Lejos de ser la muchacha de provincias que desea conquistar la ciudad, era la chica de ciudad que tras pasar un año fuera sospechaba que su lugar le había sido arrebatado. No era distinta de la niña que al volver al colegio tras una enfermedad advierte que en tan sólo una semana todas las alianzas de amistad se han roto: yo regresaba a Madrid y trataba de recomponer el mundo anterior a mi marcha.

Era más huérfana ahora que a los dieciséis años, aunque fuera en aquellos días de mármol literario cuando acababa de morir mi madre; más vulnerable también por haber crecido sin madurar, aplazando el duelo de orfandad casi una década, un duelo que la rabia o el rencor habían contenido hasta encostrarlo en algún lugar del corazón. La desprotección se me hacía evidente siendo ahora yo la que debía proteger a una criatura de tres años.

Volvía con el pelo panocha, vestidito pop, mallas, cejas negras y rotundas y labios pintados de rojo. Era ya una fotografía de época. Pero la maternidad, tan poco habitual entre mis iguales (las chicas de pelo panocha y labios rojos de mi generación), me convertía en una extraña entre las habitantes de mi propia fauna.

Siguiendo ese empeño de recuperación de lo extraviado, había quedado esa mañana con ella, con Marga, que se levantó al verme entrar como alzada por un resorte y se quedó de brazos caídos, en una postura de aceptación que en nada correspondía a su carácter tan poco dado a una entrega sin reservas. Me acerqué, le di un beso, nos sentamos, suspiró. Habíamos frecuentado el mismo grupo de amistades varios años pero ninguna de las dos había distinguido a la otra con una amistad especial. Algún lugar remoto de mi conciencia, he pensado luego, había olfateado en ella razones para la desconfianza, como el barrunto de una especie de traición solapada que había comenzado a fraguarse desde hacía mucho tiempo. Pero siempre he padecido, más aún entonces, la tentación insana de acercarme a quien no me muestra afecto abiertamente, tratando de descubrir, imagino, las razones de ese desprecio. Eso fue lo que me llevó a ella esa mañana de principios de septiembre. Eso y el deseo imperioso de inaugurar el regreso comenzando por el que habría de ser el hueso más duro de roer.

Allí estaba yo, citándome con quien menos lo merecía, y allí estaba ella, delgada pero fuerte, pequeña pero no insignificante, tan atenta a mis reacciones como incapaz de ocultar la satisfacción que experimenta el que pisa firme en el mismo terreno en el que otro se encuentra a un paso del abismo. Mis ojos de entonces, los de mis veinticinco años, la consideraban atractiva, mucho más probablemente de lo que en realidad era. La caída de ojos con la que con tanta frecuencia rubricaba una frase era para mí signo de mundanidad; la voz se me antojaba melodiosa, llena de matices tonales, propicia a la risa repentina, al temblor de la emoción unas veces o a una musicalidad misteriosa otras. Para un oído sensible a la belleza o la fealdad de las voces como es el mío, la suya, su voz, era el elemento que condensaba todos sus atractivos. Nos observamos cautelosamente, sin la minuciosa franqueza con que se estudian dos amigas que no se han visto hace tiempo; la notaba algo cambiada y no acertaba a distinguir en qué consistía el cambio. Un lenguaje corporal algo más osado, pensé, un corte de pelo menos convencional. Puede que se tratara de algo que los sentidos aprecian pero no saben nombrar: el brillo y el olor que desprenden las personas enamoradas.

—El futuro. Quién puede asegurar lo que se tiene para siempre. El amor no contiene un seguro a largo plazo, así que no se puede ir exigiendo una indemnización o el libro de reclamaciones si la cosa falla.

Yo estaba allí para preguntar, ella para responder. Nos movíamos en el terreno de lo abstracto, la vida, el futuro, el espíritu, la ambición, no porque mi mente no hirviera de preguntas rabiosas sino porque en aquellos tiempos la mujer sin esencia que seguía siendo yo (la chica, para ser más exactos) no sabía que hay preguntas que una tiene derecho a hacer y respuestas que le deben ser dadas. La voz de Marga sonaba aflautada abriéndose paso entre los ruidos del café, temblorosa e insegura al principio, más grave y serena cuando las horas, el tabaco y las cañas hicieron su trabajo, porque fueron horas las que estuvimos allí, desde la una del mediodía a ese momento de penumbra prematura que anticipa en septiembre la llegada del otoño. Comimos algo, imagino, nos levantamos alguna vez al baño, pedimos café, unas cañas, alguna tapa, otro café, para justificar ante los camareros una estancia tan larga que más se parecía a la de unos clientes de principios de siglo ya borrados por el tiempo que a los que ahora entraban, se tomaban dos cañas en la barra y se largaban.

Hoy, después de tantos años, recuerdo haber estado allí como presenciando un monólogo, una conversación en la que apenas intervengo, porque la memoria ha jugado a mi favor y ha borrado todo aquello que yo acerté a decir. O puede que ciertamente casi no hablara, que me limitara a darle pie y a admirar a quien desplegaba una sabiduría cruel, cargada de prestigio pero carente de fundamento: la de quien elige por sistema la manera más sombría de enjuiciar las cosas.

—Yo qué sé qué es lo que espero del futuro. Ya hablar en esos términos, «el futuro», como algo abstracto, me parece un absurdo. Sí sé, en cambio, que no quiero pasar otro invierno en ese pisito cochambroso, con la luz pobre de ventanas que sólo dan a patios interiores y oliendo desde que me levanto el puchero de la vecina. No quiero más butaquitas de escay, ni suelo de terrazo, ni subir andando seis pisos con la compra, ni tener que pintarme las uñas de los pies delante de la familia de mi compañera de piso. No quiero. ¿Tú sabes cómo se puede llegar a odiar a alguien con quien lo único que te une son los pagos de la casa? No, no lo sabes. Tú saliste de la casa de tu padre a un piso propio. Pues te digo: la molestia nunca disminuye, siempre es creciente. Y no hay molestia pequeña. Te irrita tanto que la tía llegue dando tumbos a las tres de la mañana con un individuo y tener que escuchar los golpes de la cama y los jadeos a través de una pared de papel como que haga ruido al sorber el café o que se deje los pelos en el desagüe de la bañera. Y los pasos. El sonido de los tacones de alguien a quien detestas puede amargarte la vida. No, no quiero seguir usando el mismo váter que alguien a quien no he elegido, ni tener que andar discutiendo lo que se gasta de luz o de teléfono. Hay años para hacer eso, hay años en los que puede resultar incluso excitante, pero yo ya no los tengo. ¿El futuro? No, no puedo hablarte del futuro, no hay futuro que valga, hay un presente que me urge. De qué manera voy a salir de la cochambre, si sola o acompañada, créeme, aún no lo sé. De cualquier manera no concibo que sea sólo un hombre el que dé sentido a todas esas aspiraciones. Mi vida es mía, y tú tienes tu vida, independientemente de que Alberto te abandone o no.

Nos plegamos a la vida de los otros por voluntad propia para luego hacerles sentir que están en deuda. Las mujeres somos expertas en esa táctica. El otro día hablaba con mi hermana. Tiene dos críos pequeños, un buen marido, trabaja como enfermera... Me contaba el cansancio mortal que la dejaba derrotada al final de la jornada, la necesidad insoportable que sentía de que llegara enero de una puta vez porque es cuando se podrá tomar quince días para descansar. «¿Enero? —le dije—, ¿quieres que llegue enero y estamos en septiembre? ¿Y qué ocurre con esos cinco meses de tu vida? ¿Vives cinco meses esperando quince puñeteros días de enero?» Ella me decía: «¿Qué quieres? No tengo mucho tiempo para pensar en nada más». «¿No puedes sacar tiempo para ti misma hasta enero? ¿Con qué alimentas tu vida?», le pregunté. Y se quedó callada. Tan callada que se lo volví a repetir: «¿Con qué alimentas tu vida?, dime». Y se me echó a llorar. Me dijo: «¿Que con qué alimento mi vida? ¿Qué clase de pregunta es ésa? Cuando se tienen dos hijos y te cuesta tanto llegar a fin de mes una no anda pensando en el espíritu». Me dio mucha pena, pero creo que a veces una pregunta cruel es un favor a largo plazo. No, no quiero que mi futuro dependa de un hombre. No quiero verme como tú dentro de siete años, sufriendo por no saber en qué momento ni por qué se perdieron la pasión, las ganas, el arrebato... Si esto es lo que has venido a preguntarme, no sé si él me gusta demasiado. Me atrae, sí, tenemos una fuerte conexión intelectual. Por supuesto que no es sólo intelectual, pero quiero decir que no es un simple calentón. Tengo que tomarme mi tiempo. Yo también tengo cosas que arreglar. He de reunir fuerzas para decirle al tío con el que me estaba acostando que le dejo. Me cuesta. Me cuesta porque él me quiere y porque hacemos una gran pareja en la cama y soy consciente de lo que pierdo. Él es uno de esos tíos que se crece en ese terreno, que te hace barbaridades en la cama sin preguntar. Eso es lo más inteligente por su parte. Preguntar, para qué. Me ha descubierto un sexo sin miramientos, se podría decir. Pero tengo que decirle que le dejo y por qué. Es lo más honesto. No voy a jugar a dos bandas. Aun así, no quiero sentirme abrumada con esto ni presionada. Lo haré todo a mi ritmo. Ha sido todo tan... inesperado, porque yo esto no me lo esperaba, tenlo bien claro: encuentras a un hombre maduro, que se te presenta como una posibilidad real de dejar los silloncitos de escay, la compañera de piso y toda esa vida precaria y... Cualquier persona sensata pensaría entonces que mi elección está clara, que nunca habrá nada comparado con lo que te ofrece un hombre inteligente al que incluso disculpas un exceso de consideración en la cama que puede acabar convirtiendo demasiado pronto el sexo en algo rutinario. Pero estoy llena de dudas... ¿Qué pasará dentro de siete años, de esos siete años en que todo se te ha derrumbado a ti? ¿Es tan importante la dichosa complicidad intelectual? No, no quiero verme en un café, como estás tú ahora, esperando a que otra mujer tome una decisión. No, yo no quiero precipitarme. Entiéndeme, no sé si estoy enamorada. ¿No tiene todo el mundo derecho a un tiempo de incertidumbre? Yo lo quiero tener también. Si él está obligado a destrozar su vida para comenzar otra, no es problema mío. Es suyo. Si me quiere tendrá que luchar por ello. Pero eso no me obliga a decidirme. No puedes entenderme ahora pero tengo razón, la tengo. Puede parecer cruel pero no lo es. Yo no he matado a nadie, no he forzado a nadie, no estoy cometiendo ningún delito.

Fuimos paseando despacio por la calle Alcalá hasta el semáforo de la plaza de la Independencia, hicimos incluso algunas pausas. Si alguien nos hubiera observado, habría pensado que disfrutábamos de un paseo en la tarde fresca preotoñal y de una compañía de la que nos costaba desprendernos. Pero no. Se trataba del vicio que desata una conversación patológica, que se enreda durante horas en lo mismo, y de la que yo, al menos, padecí cada frase, por no saber entonces distinguir entre franqueza y falta de piedad o la diferencia entre escuchar las razones de otro y ser agredido.

Varias veces cambió el semáforo de color. Es posible que fuera yo quien, mórbidamente, alargara la despedida. Ella se cerró el cuello del chaquetón para protegerse la garganta, sin rastro alguno de inseguridad en su gesto, esperando un adiós de palabra más que un beso. Pero yo me acerqué y se lo di. Tuve el impulso de abrazarla, el impulso de entrega que tiene el animal más débil hacia quien va a destrozarle, pero me contuve. Cuando ya nos habíamos dado la espalda me volví. Tenía una última pregunta, la que en ese momento me parecía la más definitiva. A una distancia que ya no facilitaba en absoluto las confidencias, le pregunté:

—¿Y querrás tener hijos?

—Quién sabe. ¿Con cuánta anticipación lo decidiste tú?

Esa respuesta, como las otras, fue la justa. Irreprochable. Pero camuflaba una actitud beligerante. No, yo no había decidido tener un hijo. A los veintiún años, edad en la que me quedé embarazada, se toman decisiones sobre lo accesorio, nunca sobre lo fundamental.

Decidí caminar hasta el barrio. Tres kilómetros, cuatro, qué importaba. Sabía que debía haber llamado a casa hacía horas, pero la inquietud que con toda seguridad sentía en estos momentos Alberto, mientras me esperaba, me sirvió de bálsamo. Su ansiedad me aliviaba. Necesitaba que alguien se preocupara por mí aunque fuera de manera tan precaria. Fui bordeando el parque del Retiro hasta llegar al barrio del Niño Jesús, y en el trayecto se hizo ya noche cerrada. El camino junto a la valla, el rumor de los coches y el olor de la vegetación que levanta la noche me trajo intacto el recuerdo de otra caminata de unos tres meses atrás, a comienzos del verano.

Había viajado a Madrid para pasar el fin de semana y era de madrugada cuando regresábamos Alberto y yo caminando. Veníamos del cumpleaños de Marga. Andábamos deprisa, silenciosos, tratando de eliminar con el fresco de la noche la maraña mental que provoca el alcohol. De mi pensamiento, del suyo también, imagino, surgía de pronto el eco de algún comentario, el brillo de alguna mirada. Íbamos rumiando las voces y las frases de la noche.

Yo trataba de reconocer a aquel Alberto al que había observado durante toda la fiesta. Entraba y salía de la cocina, servía bebidas, llenaba la cubitera. Se comportaba con tal familiaridad en aquella casa que parecía el anfitrión. Se le veía satisfecho, como el hombre que está conscientemente representando el papel de individuo gregario y alegre. Pero ante quién, me preguntaba, ¿ante mí? Tal vez yo, me decía, padecía el resentimiento de los que están lejos de su ciudad sin querer estarlo y acusan la distancia que en unos meses de ausencia se aprecia en los detalles más banales. La cubitera. El limón frotado en el borde del vaso. La sal para los margaritas. Los tres tipos de vodka o de ginebra. ¿Qué sabíamos nosotros entonces de todo eso? ¿Por qué no había mostrado esa disposición social alguna vez en nuestra casa?

Una frase menuda y punzante como un alfiler me hería en el recuerdo etílico, desordenado.

—Bueno, vosotras lleváis una vida regalada.

Vosotras. Aquel plural nos incluía a Valeria, una compañera de la radio, y a mí. La frase la había pronunciado Marga. «¿Una vida regalada?», le dije yo. Hablábamos de condiciones laborales, pero en la frase pronunciada por Marga había un resentimiento antiguo que yo ya había captado otras veces: el de quienes acusan estar fuera de un mundo que les parece más atractivo que el que a ellos les ha tocado en suerte. Rabia. Había esa rabia que se esconde tras una sonrisa y que se elimina mediante el sarcasmo. Pero en aquellos momentos me parecía improcedente, injusto, ser envidiada. El que envidia aumenta la fortuna del envidiado. A mí me parecía mentira que una mujer como yo, desterrada de su ciudad por un tiempo ilimitado, viviendo no una vida fácil sino la de una madre solitaria en una ciudad donde había desembarcado sin conocer a nadie, pudiera provocar ese sentimiento.

—¿Lo oíste? —le pregunté a Alberto.

—Que si oí qué.

—Sí, lo que dijo Marga. Que yo llevaba una vida regalada.

—Ah, eso. No hablaba exactamente de ti, se refería a la gente de vuestro mundo. Había como unas cinco personas.

—Yo entre ellas.

—Ya...

—Yo no llevo una vida regalada.

—Creo que estás malinterpretando su frase, la verdad.

—¿Y cómo debería haberla interpretado?

—En el contexto —carraspeó, se dio cuenta de que yo

no pensaba dar la discusión por concluida—. No es lo mismo levantarse por la mañana para trabajar como administrativo en la Seguridad Social que para ir a presentar un programa de radio.

—Yo trabajo más horas que ella, no soy funcionaria.

—Estás a un paso de serlo.

—Pero no es igual. Tú sabes que hace quince días hubo unas elecciones y me tocó cubrirlas. Y en esos casos no hay horario, trabajé de la mañana a la noche.

—No compares: te gusta tu trabajo.

—También me lo he ganado.

—No todo en la vida es cuestión de méritos. Cuentan otros factores.

—¿Y yo, dime, por qué tengo yo menos mérito?

—¿Que quién?

—Que Marga.

—Yo no he dicho eso.

—Bueno, más o menos lo has dicho.

—Quiero decir que ella no ha tenido tanta capacidad de elección como otras personas. Nadie elige la clase social en la que nace. Es una funcionaria rasa, está sometida ocho horas al día a un trabajo rutinario, anodino. Es normal que cuando se ve rodeada de personas que trabajan en aquello que les gusta no considere heroico que un día tengan que duplicar su jornada.

—Yo no me considero una heroína —miré al suelo.

Deseaba que él me pasara la mano por los hombros, anhelaba algún reconocimiento a tantas horas de soledad, a tantos domingos frente al televisor, viendo melancólicamente en mi pisito alquilado de muebles de formica *Canción triste de Hill Street*. ¿No me había ido de Madrid buscando, al fin y al cabo, una estabilidad económica que habríamos de disfrutar los dos en el futuro? El futuro.

—Nadie espera que lo seas.

—Ella podía haber intentado dedicarse a otra cosa.

—Eso es muy superficial por tu parte. Viene de una familia muy humilde y tuvo que empezar a trabajar a los dieciséis años.

—Hay otras personas en su misma situación que se empeñaron en estudiar y estudiaron mientras trabajaban.

—No seas injusta. Tú no has terminado la carrera y pudiste hacerlo. No te viste forzada a dejarla y en cambio la dejaste y ahora nada te impide estudiar mientras trabajas, también podrías hacerlo...

—Me costaría mucho, lo sabes —se me quebró la voz—. Estoy fuera, fuera, yo sola, con Gabi. Salgo de trabajar y tengo que volver corriendo a casa. Estamos los dos solos hasta el día siguiente.

—Lo sé, lo sé —ahora sí, ahora me pasó la mano por el hombro—. Sólo quería demostrarte que no se puede juzgar a los demás alegremente.

Caminábamos por la avenida fantasmal y oscura de Menéndez Pelayo sin que un alma se nos cruzara en el camino. Pero no teníamos miedo. O es que el espacio natural del miedo estaba asediado por un presentimiento más negro que lo invadía todo.

—¿Crees que a mí la vida me ha sido más fácil que a ella?

—¿Qué clase de pregunta es ésa? No quiero entrar en comparaciones.

—Dímelo, por favor. Necesito que me digas lo que piensas. ¿Crees que a mí me ha sido fácil?

—No, no te ha sido fácil, pero tu padre tenía otra situación. No es lo mismo un obrero que un empresario.

—Mi padre no es un empresario, ha sido un asalariado toda su vida.

—Un asalariado que tiene la capacidad de echar obreros a la calle.

—¡Está bien! ¡Dímelo! Dime la verdad —me paré, alcé la voz, tiré el bolso al suelo—. Dime que haga lo que haga nunca lo valorarás demasiado porque todo depende del punto de partida. ¿Sólo importa el dinero que tuvieron mis padres? Te equivocas, mis padres fueron como cualquiera...

—No tanto, estaban muy bien situados económicamente si los comparas con los míos o con...

—O con los suyos.

—O con los suyos, sí.

—Para ti, lo que se tiene o no se tiene ha de contarse sólo en términos económicos. Así de simple. Si pierdes a tu madre, por ejemplo, ¿qué pasa? ¿Cuenta menos que si a tu padre le echan del trabajo o le suben el sueldo?

—No mezcles, lo sentimental está fuera de esta discusión. Estás haciendo trampa incluyendo aspectos sentimentales en algo mucho más objetivo. No digo que no sea traumática la muerte de una madre...

—¡De la mía! La tuya no ha muerto. Ni la suya. ¿Qué me importaba a mí lo que ganara mi padre?

—No digo que no fuera trágica su muerte, no digo que no marcara tu vida. Digo que la posición económica de tu padre te facilitó el futuro, como a otros se lo vuelve imposible.

—Entonces me estás diciendo que ella tenía razón: «llevo una vida regalada».

—No, no llevas una vida regalada. Pero la suya ha sido o es más difícil.

—Le das la razón, entonces...

—Estás llevando esta discusión a un terreno personal. Y me niego a eso. Es infantil.

La luz verde de un taxi descendía por la avenida Doctor Esquerdo. Alcé la mano y paró. Me metí de un salto y antes de cerrar la puerta, le grité:

—¡Soy infantil!

El taxi avanzó unos metros hasta pararse en el semáforo en rojo. Entonces me bajé y le esperé con la puerta abierta. Él caminaba hacia mí, deprisa, con mi bolso en la mano, sabiendo que yo no podría dormirme sin antes pedirle perdón.

Cuando llegué a casa tras la larga conversación con Marga, Gabi ya estaba cenando. El pelo húmedo del baño se le pegaba a las sienes y le despejaba la frente, grande, abombada. Se me echó a los brazos y yo hundí la cara en su cuello, donde se podían sentir las capas de diferentes olores deliciosos, la colonia, el jabón, su piel. Alberto me miró desde el sofá, su rostro reflejaba la palidez de la angustia. «¿Dónde has estado? ¿No podías haber llamado?» «No», le dije.

A partir de ese momento todo sucedió como yo esperaba. Me preguntó que si había estado todo el tiempo con Marga. Le dije que sí. Me preguntó de manera distraída de qué habíamos hablado. Le dije que de todo un poco. Del futuro, le dije, de lo incierto del futuro. Hizo un gesto muy suyo, el de quien sólo quiere comprender lo justo, el de quien no siente la necesidad de hurgar en conversaciones ajenas. Pasamos enseguida a otras cosas, a repartirnos las tareas domésticas del día siguiente. Yo tomé en brazos a Gabi y me lo llevé al cuarto. Le dije que le leería dos cuentos, sólo dos, porque esa noche estaba muy cansada. «Pero esta noche me quedaré aquí contigo», le dije al oído, como si fuera un secreto. Él sonrió, contento por aquel regalo inesperado.

Sucedió lo que yo temía. Alberto se asomó a la puerta y me dijo, «Voy a bajar un rato a la calle». «¿A la calle? —le dije—, ¿para qué?» «Para dar una vuelta —me dijo—, lo necesito. Necesito estirar las piernas y respirar aire fresco. Te he estado esperando toda la tarde, no podía soportar la tensión, pensé que te había sucedido algo.» Eso me dijo. Nos acarició la cara, primero a mí, luego a Gabi, y se fue. Después de la lectura de tres o cuatro cuentos logré convencer al niño inagotable de que había que apagar la luz.

Lo podía imaginar ahora en la cabina de teléfono que había en una plaza recoleta cerca de casa, apoyado en la repisa metálica bajo el aparato. La imagen de un hombre abrumado ante la perspectiva de lo que ya no se podía aplazar, vigilando la posible presencia inoportuna de algún conocido.

Le oí abrir la puerta, avanzar sigilosamente por el pasillo sin dar la luz. Se detuvo en la habitación de Gabi y se quedó observándonos unos minutos. Mis ojos, acostumbrados a la oscuridad, distinguían su rostro serio, demasiado inmóvil para expresar algún tipo de sentimiento que no fuera el cansancio. Fue a nuestra habitación y se acostó. Antes de rendirse al sueño recordó las palabras que ella había pronunciado nada más descolgar el teléfono, las mismas palabras que le vendrían a la mente al día siguiente, cuando se despertara y hubiera de enfrentarse a esa evidencia: «Lo sabe».

CAPÍTULO 2

MAÑANA DE SÁBADO

Bailábamos. Aquellos sábados en que se quedaba conmigo porque Alberto tenía que trabajar, el hombrecillo y yo bailábamos. Era una forma de reconciliarnos después del comienzo traumático del día o del agotador trasiego de la noche. A veces tenía la sensación de que el niño no dormía nunca. Las noches en que no se despertaba con uno de aquellos malos sueños de los que no se le podía arrancar sino zarandeándole o mojándole la cara, me llegaba, desde su cuarto, como el runrún sigiloso del ratón que comienza a vivir durante el sueño de los humanos. Escuchaba sus pasos medio sonámbulos, subiendo y bajando de la litera, decidiendo en la oscuridad qué barco o qué animal merecían estar arriba. Yo pronunciaba su nombre como una advertencia, de la misma forma que hacía mi madre con nosotros toda la vida, y él me respondía con un ¡yaaaa! largo, como si fuera él y no yo quien tuviera que armarse de paciencia, y aun entendiéndolo todo, mi nerviosismo creciente, mi irritación contenida, algo más fuerte que su voluntad de obedecerme lo mantuviera despierto.

Bailábamos después de que yo le dijera que aquello no podía ser, que los niños no eran así, como él era, un insomne que sólo cuando ya estaba vencido por el aburrimiento venía a mi cama y se me arrimaba, carnal y helado, respirando entrecortadamente como si viniera corriendo de la calle y colocando los piececillos en el hueco que formaban mis piernas dobladas. Todo siempre a gusto de sus pequeñas pero implacables manías, que yo toleraba con cierta grima, porque las interpretaba como imitaciones de un carácter neurótico, como había sido el mío de niña.

No, así no era como los niños tenían que ser, solía decirle. «Los niños de cuatro años no se pasan a la cama de sus madres todas las noches, los niños a la edad que tú tienes ya duermen solos. Los niños duermen.»

Tampoco los niños se levantaban a las ocho de la mañana un sábado para ponerse un vídeo a escondidas de su madre. *Poli de guardería*, *El bueno, el feo y el malo*, capítulos sueltos de *Las tortugas ninja*. «No, Gabi, caprichoso, todo esto te pone la cabeza loca —le decía mientras sacaba las películas de debajo del cojín donde sabía que las había escondido—. Ahora mismo van a la basura, te lo advertí.» Y me marchaba esperando a que por el camino me prometiera un cambio.

«¿A quién le echa luego la culpa el médico?», le gritaba desde la cocina con el cubo abierto. Él, previsible, venía corriendo y me prometía aquello que yo sabía que no podría cumplir.

Aquella mañana de sábado cerré el cubo antes de que él pudiera acercarse. De pronto vi la cabeza del canario sobresaliendo del trozo de papel higiénico en el que yo lo había envuelto la noche anterior para no tener que tocarlo con la mano y para que el niño no lo viera. El ojo redondo y diminuto del animalito que había muerto asfixiado por un ligero escape de gas que nos obligaba a vivir con las ventanas abiertas desde hacía un mes. El ojo abierto me miraba sobre las peladuras de patatas y las cáscaras de huevo.

Un mes atrás habíamos estado en el ambulatorio. Por el motivo de siempre, ese catarro constante que de pronto una noche se convertía en neumonía, y por uno nuevo, las pesadillas que le hacían llorar como si hubiera perdido la cabeza. Los dos, sentados frente al médico, como tantas veces. Con la formalidad de los que van a ser examinados.

—Dice que le ocurre dos o tres veces por semana.

—Sí.

—¿Hay una situación nueva en su vida, algún cambio?

—Bueno, su padre y yo...

—Entiendo.

—Pero tampoco se puede decir que sea algo así... definitivo.

—Ya. —El médico se lo quedó mirando y el niño lo interpretó como una muestra de confianza. Sus ingresos continuos en el hospital no le habían generado rechazo sino cercanía y determinación en cuanto se veía dentro de esa burbuja de olores y colores pastel que es un centro médico.

—¿Me puedes dejar un rato el fonendoscopio? —le preguntó.

—Ay, Gabi... —dije yo. Conocía el peculiar resorte por el que el niño tímido perdía su cortedad cuando había un aparato que le llamaba la atención.

—¡Vaya, te sabes el nombre!

—Fonendoscopio —repitió con orgullo.

—No, esto sólo lo puedo tocar yo —dijo el médico, sin brusquedad pero firme.

—Mi abuelo tiene uno, me lo deja y le escucho el corazón. El corazón de mi abuelo es infalible.

—Infalible —repitió el médico.

—Es que le gustan los artilugios, desde pequeño... —dije yo como excusándolo.

—¿Tu abuelo es médico? —le preguntó.

—No —respondí yo—, pero también le gustan los artilugios.

—Y es infalible —repitió Gabi.

El niño vino, me tiró del brazo, me cuchicheó al oído como tantas veces hacía cuando no se atrevía a hablar delante de desconocidos. «Y tiene la balanza», me dijo. «Que vale, que tiene la balanza, pero aquí estamos a lo que estamos», le dije colocándole de nuevo en su asiento.

El médico miró al pequeño hombre.

—¿Ésta es su segunda neumonía?

—La tercera. Cada primavera ha tenido una. Desde que nació.

—Qué curioso... —Se quedó mirando el talonario de recetas sobre el que estaba a punto de escribir y dejó el bolígrafo en suspenso. En el silencio provocado por esa duda misteriosa que le cruzó la mente, se me oyó tragar saliva. Me causaba una inexplicable vergüenza que fuera tan evidente mi miedo a que volviera la enfermedad, más concretamente, el miedo a tener yo algún tipo de culpa.

—Pero esta vez no es tan grave...

—No, no es grave. Antibióticos hay que darle, claro —empezó a escribir la receta, como si cualquiera que fuera esa idea fugaz que se le había cruzado por la mente hubiera sido ya definitivamente descartada—. Pero puede pasar el proceso en casa. Es cosa de una semana.

—No tendría por qué tener otra el año que viene.

Lo miró otra vez. El niño parecía feliz de sentirse observado. Tal vez albergara la esperanza de enfermar de neumonía todas las primaveras y que la escena volviera a repetirse, él, yo, el médico, el recetario, las dudas del médico, mi angustia, la saliva entrando en mi garganta y él reinando en el epicentro de la catástrofe.

—No, no tiene por qué —dio por concluido el asunto y se dirigió a él—. Y bien, vamos con lo otro, ¿con qué sueñas tú, dime?

El niño se quedó callado, me miró.

—Bueno, es que casi nunca lo sabe expresar —contesté yo—. Creo que lo olvida. Una vez soñó que salían manos de la pared.

—Manos de la pared —repitió el médico.

—Manos con sangre. Ensangrentadas —puntualizó el niño.

—Tienes un gran vocabulario —dijo el médico.

—No, no, sólo son dos o tres palabras que repite continuamente por hacer la gracia. Las acaba de aprender —dije yo, queriendo presentarle siempre como un niño normal.

—Y dime, ¿cuántas horas ves la televisión al día?

—Pues... —empecé yo.

—Dime —dijo el médico mirando al niño, haciéndome ver que debía limitar mis labores de traductora. Tenía en los ojos el cansancio de quien se ve obligado a repetir ciertas recomendaciones muy simples muchas veces al día.

—Le contestas tú —dijo el niño tocándome otra vez el brazo con el dedo índice—. Tú.

Se diría que habíamos pactado de antemano las respuestas a las preguntas que nos parecían previsibles. Entre los dos conseguíamos aparentar que por alguna razón estábamos dispuestos a falsear la realidad.

—Sea como sea —dijo el médico—, para mí está claro que la ve demasiado. Y si tiene una mente demasiado fantasiosa...

—Sí, la tiene.

—La mejor receta es que lo saque a la calle. Los niños que juegan en la calle tienen pesadillas menos barrocas que ésas. Es de sentido común. Lo digo mil veces pero no se aprende, o no se quiere aprender... —Y con esta frase, que sin duda sentenciaba mi culpabilidad, acabó la consulta.

Los niños, los otros niños. Yo le hablaba de los otros niños mientras le metía un bocado del sándwich de jamón y queso en la boca y le forzaba a acabarse el Cola Cao. Esos niños que no eran como él y no vivían prisioneros de sus manías.

Las madres, las otras madres, podía haber dicho él si hubiera sabido siquiera reconocer su posible defensa y verbalizarla; esas madres que abundaban en la puerta de la guardería y que no eran como yo, que se levantaban los sábados antes de las once para que el hijo no vagabundeara descalzo y solitario por la casa; las madres que llevaban una vida ordenada, que no se teñían el pelo de ese rojo que contrastaba tan llamativamente con las cejas negras; las madres que no se quedaban durmiendo en el sofá de madrugada con la tele puesta; que antes de irse a la cama tiraban a la basura las colillas que desbordaban el cenicero para que la casa no apestara a tabaco a la mañana siguiente; las madres que llegaban a su hora a la guardería, a llevar a sus hijos y a recogerlos; las madres que no tenían esa cara permanente de disculpa; las madres que no hacían a los niños llegar tarde a un sitio y a otro; las que iban siempre con el mismo hombre porque ese hombre era el padre del niño; las madres a las que no les cortaban la luz porque se acordaban de pagarla o de domiciliarla en el banco; las madres que no lloraban por las tardes cuando llamaba el padre por teléfono desde una cabina, ni pasaban una hora hablando con él en voz muy baja para que el niño no pudiera escuchar lo que decían, pronunciando unas palabras de contenida desesperación, «decídete de una puta vez, por el niño y por mí».

Las madres que no eran como yo, podría haberme dicho el niño cargado de razón, saben que los niños lo escuchan todo, en especial aquello que las madres no quieren que escuchen.

Las madres, las otras, no cantaban canciones tristes que el niño aprendía como si fueran melodías infantiles pero que inoculaban en su corazón infantil un poso de melancolía que le habría de acompañar siempre. Las madres no le cantaban al niño *Cuesta abajo*, aquella canción del hombre que daba tanta pena porque tenía voz de muerto. Aquélla no era una canción que las madres, las otras madres, considerasen adecuada para la felicidad de un hijo. Esas madres, las otras, nunca pasaban horas hablando por teléfono, nunca, ni mataban el rato riéndose a carcajadas con un amigo, que no era el padre, mientras el niño se aburría en el baño, rodeado de espuma y de juguetes flotadores, con el agua ya fría. El niño celoso, que empezaba a llamarla, «¡mami, mamá!», cuando la oía reír, porque tenía pavor a sentirse excluido. El mismo niño al que luego le latía el corazón cuando volvía a sonar el teléfono, como una amenaza, a las ocho y media de la noche, porque sabía que la madre lo abandonaría todo, la cena, la máquina de escribir, a él, que era el único ser en este mundo que no la abandonaría nunca, para hablar con el padre.

—¿Qué quieres ser de mayor? —le preguntaba ella mientras bailaban.

—Tu novio —decía él.

Ella, aquella tan ajena a mí que era yo en esos años, esperaba noche tras noche la llamada de las ocho y media. Acudía corriendo, con el paquete de cigarrillos en la mano, y se entregaba a aquella conversación mórbida, de frases repetidas, dichas en voz muy baja, en las que siempre se rumiaba lo mismo, el posible regreso de él, el amor aún no agotado. El niño debía de sospechar el sentido de las frases por una palabra, por el tono; eran frases que lo dejaban pensativo y paralizado, como un animalillo alerta que se sintiera apartado de un secreto que estaba a punto de cambiarle la vida pero del que nunca le hacían partícipe.

El niño en la bañera empujaba el submarinista con un solo dedo para no hacer ruido y así poder distinguir todo aquello que no oía claramente pero que reconocía y le provocaba desazón.

El niño que no era como son los niños escuchaba a la madre que no era como son las madres pronunciar aquellas frases temibles: «Yo también, pero en la vida hay que elegir; no puedes volver sin estar convencido; yo no podría soportar toda esa mierda otra vez; me matarías, que lo sepas, me matarías; tienes que estar seguro; no podría soportar otro fracaso». Era en aquel momento cuando el niño la llamaba desesperado desde el baño, «¡Mami, mami, me he quedado frío!», porque intuía que la conversación estaba a punto de precipitarse por esa pendiente en la que la voz de la madre, «Yo también, yo también», se quebraba. Él no podía esperar de brazos cruzados, como tantas veces había hecho, no quería que llegara a sus oídos el rumor húmedo del llanto. Tenía que apartarla del teléfono, defenderla.

Como tantas otras veces, aquella mañana de sábado Gabi soportaba resignado mi discurso sobre los niños ideales masticando despacio. Escuchaba paciente mis tonterías sobre el buen comportamiento de unos niños que debían servirle como ejemplo y, con su silencio, el discurso se quedaba suspendido en el aire, ineficaz, neutralizado, y siempre me acechaba la sospecha de que sería precisamente él quien de adulto formularía esa pregunta que en sí misma contendría una respuesta: «Y bien, ¿dónde teníamos a esas madres que debieron servirte a ti como ejemplo, eh?».

Pero ese futuro, que yo deseaba tanto como temía, es este presente de ahora en el que todo aquello me vuelve sin que pueda controlarlo, en sueños o de manera consciente, como una marea empeñada en dejar a mis pies unos cuantos recuerdos desordenados.

En este presente, en el cual sólo me estorba el miedo retrospectivo a no haber sido digna de mí misma, sé que puedo recuperar algunas cosas, las más básicas, que son sin duda las mejores: el cuerpo del niño, que tardó tanto tiempo en perder su carnosidad de bebé y que me gustaba tanto abrazar, bañar, besar; su voz, ronca y grave, aquella voz ligeramente asmática que él no sabía que me hacía tanta gracia. Sé que esos recuerdos, las canciones, los bailes, el cariño tan apasionado de ese tiempo en el que vivimos el uno para el otro, han embellecido por fortuna los suyos, ocultando todo aquello que pudiera perturbarle.

Recuerdo haberle preguntado cuando tenía unos catorce años: «¿Te gustó tu infancia? ¿Crees que fuiste feliz?». Y su reacción fue extraña, tanto que aún hoy, al recordarla, no la entiendo del todo. Me dijo que sí, que nunca había envidiado la infancia más convencional de sus amigos. Dicho esto, comenzó a evocar los largos ratos en el despacho amarillo, aquella intimidad de pequeños rituales establecidos entre una pareja que a veces dejaban de ser madre e hijo para parecer hermanos. Los bailes, las canciones, los Tintines, el cuento de un gusano que yo inventé y que escenificaba con mi propio dedo. Era tan inocentón que más de una vez me rogó que dejara al gusano que se quedara a dormir con él. Nos reímos mucho evocándolo, sintiendo que hay un humor secreto e infantil por el que estaremos unidos siempre.

Estábamos riéndonos de todo aquello cuando de pronto un pensamiento interrumpió su risa de manera brusca y le ensombreció el rostro. Fue como si algún recuerdo voluntariamente marginado en un lugar recóndito de la mente hubiera irrumpido para malograr su idea del pasado.

«Claro que me gustó mi infancia, es la que tuve y es la que quiero», dijo, pero al decirlo se le quebró la voz.

Por más que le pregunté, que traté de explicarle, como tantas veces he hecho, que lo que no se dice duele más que lo que se cuenta, él entró en esa especie de estado remoto y ajeno que yo entiendo como una venganza: la reserva defensiva que acaban adoptando los varones hacia las madres, como si fuera ésta la única manera posible de deshacerse de una relación demasiado estrecha que ha de ser en el futuro sustituida por otra. ¿Están en ese silencio todas las veces que él se vio abocado a protegerme, mucho antes aún de la edad en que yo tuve que empezar a proteger a mi madre? ¿Vuelve alguna vez a su memoria la inquietud de tener que velar por una madre que no estaba físicamente enferma sino que padecía esa difusa debilidad de ánimo a la que los niños son tan sensibles? ¿Regresan a él esos momentos en los que la madre excéntrica se convertía en hermana y la hermana dejaba de actuar como la compañera de juegos para ser alguien que el niño presentía que podía quebrarse?

Tengo la poco aconsejable costumbre de juzgarme muy duramente, de hurgar en lo que me produce desconsuelo, pero lo cierto es que si unos ojos inocentes nos hubieran observado aquella mañana de sábado, sólo hubieran percibido la escena tal y como era en su superficie, sin ese análisis despiadado que tantas veces disculpa a los hijos de rencores inconcretos y carga a las madres con un sentimiento de culpa del que quieren toda su vida ser perdonadas.

Lo que había en esa cocina era una madre pontificando sin convicción, y una criatura que escuchaba desganadamente una regañina mal hilvanada y a punto de agotarse, mientras miraba la jaula vacía que estaba encima de la mesa en la que se recostaba entre sorbo y sorbo de leche.

—¿Tendremos otro *Pepe*? —dijo, como si acabara de volver de un mundo remoto, ajeno a mis palabras.

—Claro, le dije yo, algún día tendremos otro.

—Este *Pepe*, este *Pepe*... —se lamentaba, atribuyéndole al pájaro una intención humana—, siempre quiso escaparse. ¿A que siempre quiso huir? Desde el principio, ¿te acuerdas que hacía así con la cabeza? —imitó la forma en que el pajarillo intoxicado giraba la cabeza, una y otra vez—. Desde el primer día en que lo tuvimos en casa se notaba que no estaba a gusto. Miraba por la ventana a otros pájaros y quería marcharse, con los suyos.

Me quedé callada. Era tan transparente a sus cuatro años, su pensamiento y su corazón eran aún tan míos que hubiera podido leerlos sin que apenas hablara. Cuatro años dan para mucho, para tener la intención de aparentar que se escucha a una madre que te repite la misma cantinela de siempre y estar al mismo tiempo pensando en el pájaro, en el canario que yo le había regalado haría un mes, por su cumpleaños, con la intención pueril de darle a la cocina un toque de lugar vivido y sereno.

Yo quería que nuestra cocina se pareciera a aquella otra cocina que mi madre llenaba con su presencia perezosa desde bien temprano. Quería que fuera el tipo de cocina donde se come, se hacen los deberes, se escucha la radio, una cocina con ese olor que aplaca el hambre y sirve de consuelo. Un lugar que pareciera haber existido siempre. No me daba cuenta de que sólo para el adulto los espacios son antiguos o recientes; en la memoria de los niños muy chicos, todo se convierte en familiar y personal de manera inmediata.

Cuántas veces recordaba y recuerdo a mi madre así, anudándose la bata mientras se acercaba, antes de comenzar las tareas diarias, a la jaula de su pareja de pájaros para saludarles chistando, silbando, preguntándoles por la noche pasada, provocándoles una respuesta con canciones de rimas tontas.

Esa imagen de mi madre, ajena a todo durante ese tiempo muerto que se concedía antes de enfrentarse a las tareas de la casa y a la soledad de la mañana, es la que de manera más poderosa se ha fijado en mi memoria. Madre sensual y maternal a un tiempo, con la bata medio abierta y el pelo alborotado por el sueño, tan sólida y tan única, intocada aún por la enfermedad, femenina, con una reserva siempre hacia nosotros, como si una vez que nos diera el beso de despedida y cerrara la puerta pudiera jugar a ser aquella otra mujer que no sería nunca, una mujer sin hijos o con otros distintos, sin marido o con otro. Yo la imaginaba paseando durante un rato de una habitación a otra, pensativa, fantaseando con deseos que yo hubiera deseado conocer; joven aún, más joven que yo ahora, siendo más ella misma que nunca en ese deambular casero, antes de abrirle la puerta a la muchacha y empezar a ser un día más la señora.

Madre a la que la muerte y la ausencia de los años fue robando poco a poco de su condición de madre, para convertirla en mujer, en la mujer de las fotografías de los años cincuenta, cuando ella y mi padre eran novios. Mujer que, a fuerza de estar ausente, ha ido presentándose en mi recuerdo en diferentes versiones de sí misma. Ahora, por ejemplo, en estos días, la recuerdo parecida a aquella actriz, Betsy Blair, de rasgos finos y sensualidad sutil, con una melena corta y castaña, un poco moldeada en la peluquería para darle gracia. Cuando veo películas suyas, *Marty*, *Calle Mayor*, estoy viendo la mirada de mujer frágil y anhelante que tenía mi madre. La imagino también en su piso de recién casada, vestida con esa bata de seda que todavía guardo en el armario, sola tras despedir a mi padre en la puerta, desamparada en una ciudad nueva, teniendo como única compañía la vida que casi desde el primer mes de matrimonio le latía en el vientre y cantando boleros frente al espejo que hay encima del aparador italiano de cerezo.

Pero ahora ya no canta boleros en mi memoria. En estos últimos tiempos, la voz de Peggy Lee, que me ha acompañado en mis tareas caseras en los pasados meses, se me ha impuesto a la suya, tan apagada ya en el recuerdo, y la imagino de manera incongruente entonando una canción, *Black Coffee*, que lamenta la suerte de las mujeres. Tal vez la razón de tanto equívoco se deba a que mi voz se parece mucho a la de mi madre y soy yo la que merodea ahora por la casa, como ella hiciera, llenando mi soledad con canciones, y al escuchar mi propia voz tengo de pronto el estremecimiento de estar escuchando de nuevo la suya, nasal y dulce, pequeña y maullante.

A man is born to go a loving
a woman's born to weep and fret,
to stay at home and tend her oven
and drown her past regrets
in coffee and cigarettes.[*]

Mi madre, que nunca vio ni París, ni Venecia, ni Roma (Nueva York no entraba entonces en la lista de destinos soñados por una muchacha romántica), ya no es exactamente mi madre en esa foto en la que baila con mi padre, los dos jóvenes, de belleza mediterránea, más altos que la media española y tal vez también más enamorados que la media, sino una mujer con el rostro de Betsy Blair y la voz de Peggy Lee. Así la conservo ahora en el caprichoso recuerdo, deambulando por la casa, ahogando sus pesares en café y cigarrillos, *in coffee and cigarettes.* Mi madre, que jamás tomó un café sin leche, sólo fumaba en las bodas y, como tantas veces repitió ante el médico, sin tragarse el humo.

* «El hombre nació para salir a buscar el amor / la mujer nació para llorar y preocuparse / para quedarse en casa y cocinar / y ahogar sus penas pasadas / en café y cigarrillos.»

«Yo gané un concurso de boleros», decía, mientras cantaba en la cocina *Noche de ronda*. Y, de pronto, interrumpía la canción y se quedaba pensativa, como si estuviera imaginando esa otra posible vida que siempre se pierde por vivir la propia.

Mi madre es tan joven ahora. Un deseo inconsciente ha trabajado por mí y ha borrado los años de enfermedad y deterioro. En mi memoria vive siempre en esa foto, en ese baile con mi padre. Tiene veinticinco años. La vida no la ha tocado casi. Sólo ha padecido la muerte temprana de su madre pero, ahora, comparada con el dolor que podría sufrir si pierde a ese hombre del que está tan enamorada, esa herida se le antoja minúscula. Se ha ido de su pueblo y quiere disfrutar de más mundo que el que han tenido sus hermanas mayores. Lo tiene ya, porque es intuitivamente elegante. Escribe cartas a su familia fechadas en los años cincuenta desde esa ciudad del sur a la que yo iría muchos años más tarde a trabajar en la radio; escribe con una caligrafía redonda y coqueta, dibujando rabillos caprichosos a las «ges» y a las «bes», cuidando mucho la puntuación y revisando la ortografía. Todo es para ella una forma de distinguirse, su afición a la lectura o su cuidado en el vestir, siempre discreto, respetando la correcta combinación cromática hasta la obsesión. La veo sola, en su bata de seda beige, estudiando una y otra vez la manera en la que ha dispuesto un ramo de flores en el jarrón. Sus muebles son modernos, de esa repentina modernidad de los cincuenta que irrumpió en las casas de los matrimonios jóvenes españoles. Aunque ella no tiene conciencia ilustrada del estilo, intuye que ese aparador de cerezo de formas limpias y prácticas rompe con la severidad de los muebles del diecinueve que decoraron su infancia en la casa del pueblo. Echa de menos a su padre, a ese viudo alegre y diletante que la dejó marchar con pena, pero con toda su confianza puesta en el joven que parecía haber nacido para llevársela. Pero ella padece su soledad sin angustia, sabe que en su pueblo el tiempo está detenido y que cuando vuelva por navidades podrá incorporarse a las rutinas en las que creció, para luego salir de ellas con alivio, porque está orgullosa de haber elegido un marido de ciudad, distinto a los hombres que la rodearon siempre, peculiar y vehemente, al que ha de ajustarle la corbata por las mañanas porque se va corriendo, como si llegara tarde a la concesión de ese ascenso que siempre anda buscando.

No sé por qué recuerdo a mi madre cuando aún no era la madre de nadie, sólo la hija querida, la flor más delicada del ramo. La veo pasear por el pequeño piso que han alquilado en el barrio del Palo, en Málaga, año 1956, pero ya no canta un bolero sino una canción en inglés, a la manera de Peggy Lee. Me produce cierta pena pensar que el olvido la haya transformado tanto que ya no quede nada verdadero de mi madre. Sólo alguna vez, cuando yo me pongo a cantar trajinando por la casa, siento que en mi voz aún se halla el eco de la de ella y se parecen tanto que me produce un pequeño estremecimiento. Quisiera decirle a mi marido, «acabo de escuchar la voz de mi madre en la mía», pero hay sensaciones que pierden su valor en cuanto las convertimos en palabras.

El canario. El niño miraba la jaula vacía. Traté de borrarle la pena por su muerte, le metí el último pedazo de sándwich en la boca y le cogí en brazos para llevármelo al cuartillo de trabajo, ese que él había bautizado pomposamente como «el despacho», imitando la manera en que su abuelo, mi padre, se refería al suyo. Pero mi despacho no era más que una habitación diminuta, caótica, en la que los inquilinos anteriores habían dejado las estanterías empotradas pintadas de amarillo chillón. Allí adelantaba algunos guiones para el programa del día siguiente, intentaba comenzar una novela que nunca pasaba de la página diez o escribía algún relato erótico, o guarro, para ser exactos, que me publicaban en una revista del asunto, con lo que me ganaba un dinero extra. Recuerdo que la novela que tenía en la cabeza estaba basada en el tiempo que pasé viviendo en una torre de apartamentos en Málaga donde se alojaban hombres de oficio dudoso y, sobre todo, putas. Por supuesto, yo desconocía este hecho cuando alquilé el piso y se produjeron algunos momentos conmovedores con aquellas mujeres, y otros muy desagradables. Imaginaba para mi novela a una madre joven, como yo, y a una criatura de un año, Gabriel, moviéndose alegre y natural en aquel mundo tan poco apropiado para él. Pero lo que parecía un gran argumento en mi mente, poblado de sabrosas anécdotas que habían sido celebradas con gran entusiasmo por mis amigos, se desvanecía en cuanto me encontraba frente a la máquina de escribir. El problema no era la historia, ni el trabajo, ni la maternidad, ni la ansiedad creciente, sino que no sentí nunca la necesidad verdadera de escribir una novela. Ni ésa ni ninguna. Que lo único que me forzaba a trabajar era el encargo. Allí, en el despacho amarillo, planchaba, escribía guiones a patadas, leía en bragas tumbada en el sofá-cama con los pies apoyados en la pared o escuchaba música, sobre todo escuchaba música en aquel aparato que era casi la única posesión que me había quedado de un matrimonio sin bienes, sin nada, dejando a un lado, claro, la presencia real, el niño, que era la prueba tozuda de que su padre y yo tuvimos alguna vez una vida juntos.

En el despacho amarillo escuchábamos los discos que yo me traía grabados de la radio, música pop de mi propio programa, pero también tangos, boleros, canciones horteras, rockeras, copla, new age, infantiles, africanas, jazz. Cada vez que tenía un rato libre acudía a la discoteca y rebuscaba codiciosamente entre los archivos hasta encontrar una canción que había escuchado por el pasillo, surgiendo de las otras emisoras que dejaba atrás de camino a mi estudio. A veces buscaba melodías antiguas; otras, las últimas canciones pop que programábamos para esa audiencia de enteradillos y caprichosos como nosotros. Al niño le gustaba todo. O puede que su entrega total a la música viniera más por esa pasión que sentía por que estuviéramos los dos solos, sin hacer nada, tumbados en el sofá, perezosos y meditabundos, cantando lo que ya nos habíamos aprendido, imaginando que todas las canciones, aunque no las entendiéramos, trataban de nosotros mismos. Estoy segura de que él aprendió de mí esa manera un poco intoxicante y egocéntrica de entender la música, como una especie de autobiografía narrada en tiempo presente. Todas las canciones hablaban de nosotros.

A veces, como aquel sábado, la música me ayudaba a sacarle de su ensimismamiento de niño casero. Lo llevaba al cuarto y le decía, «Venga, vamos a bailar». Le dejaba subirse al taburete y pinchar los discos, haciendo chirriar la aguja sobre los surcos por la impaciencia que le entraba de querer bajarse corriendo para empezar el baile desde las primeras notas. Bailábamos las canciones infantiles del disco de María Elena Walsh, con sus ritmos alegres, cursis y luminosos, bailábamos las canciones de Disney, que yo le había recopilado en una cinta, a pesar de que varios compañeros, en permanente demostración de que eran trabajadores de la radio más progre del país, me habían afeado la conducta por querer enseñarle a un niño ese producto baboso, tóxico, fascista, cruel y sentimentaloide a un tiempo. Juicios que no andaban alejados de lo que pensaba el padre cuando al llegar aquel sábado por la tarde a recogerlo lo sorprendía en el despacho amarillo, tumbado en el sofá, rendido a la ensoñación mientras escuchaba *My Favorite Things* en la voz aguda y amanerada de Julie Andrews.

Cantábamos las cancioncillas de trenes, de brujos, de ratones, bailábamos las melodías eternas, pero cuando él presentía que yo estaba un poco cansada de historias infantiles y temía que estuviera ya a punto de abandonarle, corría a poner en el casete nuestras otras canciones: las de Paul Simon, el *Mother and Child Reunion*, que parecía estar compuesta a la medida de nuestras emociones; el *Dirty Boulevard* de Lou Reed, que tantas veces hacíamos sonar en el programa para despertar a la gente y despertarnos, o esas otras más puras y melancólicas de João Gilberto, que se convirtieron en la banda sonora de aquellos días. Todo dependía de mis gustos, que eran eclécticos y veleidosos y que el niño asumía como si fueran propios, como si él estuviera determinado a que no hubiera nada de lo que debiera mantenerse al margen. A veces, la elección musical dependía de mi propio trabajo: si andaba yo preparando un especial sobre Gardel empezábamos a escuchar tangos en casa. El piso se inundaba con esa voz del pasado que de una forma tan misteriosa describía nuestro paisaje presente, «Barrio plateado por la luna / rumores de milonga / es toda tu fortuna», y a mí me parecía que aquella letra hablaba con precisión de aquella placilla nada memorable de mi barrio en la que habían vivido tanto la familia de mi marido como la mía cuando llegamos a Madrid.

Esa plaza había sido ya escenario de nuestras vidas, la de Alberto y la mía, años antes de que nos conociéramos: yo, con doce años, recién llegada a la ciudad, yendo por las tardes con mi amiga al pequeño edificio de la biblioteca infantil, para leer, para hacer los deberes, para disfrutar con el acto solemne del préstamo y el sello; él, con dieciocho, enfebrecido ya por la emoción de la militancia clandestina. Nos cruzábamos sin saber que nuestros destinos se unirían en tan sólo seis años; él, sin reparar en mí por mi condición de niña; yo, fijándome en él por la atracción que sentía hacia los chicos que eran de la edad de mis hermanos. En esa plaza estaba casi mi vida entera, de los doce a los veintinueve años, los que tenía cuando ya me marché para siempre. En esa plaza, en los pasos que iban de su casa a la mía, estaba contenida la historia de mi juventud: la vuelta diaria de la escuela, las tardes de invierno en los bancos, la afiliación prematura e ignorante a las Juventudes Comunistas, que tenía su sede en un pequeño local que había en un bajo; todo en no más de quinientos metros de distancia, todo cerca, como si fuera un escenario barato y limitado de una comedia de situación para representar la adolescencia y la juventud, escenario del que luego, irónicamente, como una mala broma de la vida, me resultó tan difícil escapar.

Ahí lo tenía ahora, en mi condición de recién separada, exacto a mis recuerdos desde el ventanal del sexto piso en el que estábamos de alquiler el niño y yo. Un escenario al mismo tiempo protector y asfixiante, que me provocaba ese apego enfermizo que tanto se parece, aunque suene extraño, al miedo de la gente a salir de su pueblo para vivir en el pueblo de al lado, que no está a más de diez kilómetros. Yo, que había vivido una infancia tan nómada, que no había sabido lo que era estar en un mismo colegio más de dos años seguidos, temía sentirme extraviada si perdía de vista esa maqueta emocional que divisaba desde la ventana de la cocina: la biblioteca verde, los bancos, la tierra de la plaza, los árboles ralos. Un escenario suburbial, de esos que sólo contienen belleza y singularidad para quienes han vivido allí la experiencia de la juventud.

Por allí le conocí, en los billares o en el local del Partido, más serio, más grave que los de su propia generación, siendo y sintiéndose superior a los de la mía, superior a mí en todos los sentidos, en edad, en convencimientos ideológicos, en principios, en su capacidad de entrega a una idea y en su capacidad de detestar todas las demás.

Siempre hay un momento en el que todo podía haberse evitado, se piensa luego. Sobre todo en aquello que se comenzó sin mucho convencimiento, más por motivos fantasiosos que por lo que se tenía de verdad delante de los ojos. Pero quién quiere ver lo que está delante de los ojos, quién está dispuesto a admitir que en realidad no hay posibilidad de conexión. Cómo me habría confesado a mí misma, en aquel ambiente tan propicio a la espesura dialéctica, que hubiera cambiado una soporífera tarde de inagotable discusión política por irme a bailar, cómo reconocer que el sexo tampoco era lo que había imaginado antes de probarlo. La juventud, tan proclive a la temeridad, de pronto se vuelve conservadora y renuncia a sus sueños, se conforma con el primer amor que ha conocido. A lo mejor sea ésa la manera más retorcida de ser temerario.

Cuánto se habla y se escribe sobre esos matrimonios en los que los cónyuges están aferrados a la infelicidad durante toda una vida, y qué poco de todas esas parejas jóvenes que, sin mayores lazos que una fidelidad mal entendida, se entregan dócilmente al aburrimiento de unos sábados y unos domingos larguísimos, en el banco del parque, frente al televisor, en comidas familiares, interpretando antes de tiempo al matrimonio que, a no ser que alguien se cruce por medio y lo remedie, habrán de ser; desleales precoces a sus propios deseos, olvidadizos de toda aquella fiebre que les provocó la promesa del sexo cuando aún no sabían cómo era y a la que van a renunciar mansamente por pensar que la torpeza está en ellos mismos, en su naturaleza, y que la realidad debe ser ésa y no otra, así de decepcionante, una realidad no destinada a coincidir con los sueños. O tal vez lo que ocurra es que sienten pena por el poco atractivo que le encuentran al otro y se autoconvencen de que esa compasión tiene un origen noble. Y por medio andan los amigos que, en esa edad en la que no entiendes más moral que la que te dictan tus iguales, se convierten en guardianes de una infelicidad de manera más implacable que la que en un futuro ejercerá la propia familia.

Los amigos, mis amigos de entonces, acomodados en ese gregarismo que lo engullía todo, pareja, barrio y camaradas, y que señalaba cualquier signo de independencia, desde buscar pareja en otro ambiente a centrarse en una ambición personal y no compartida, como un abandono del grupo, como una traición.

Qué difícil era y es traicionar al grupo y qué fácil ser desleal con uno mismo. La deslealtad a uno mismo no se suele advertir en el presente, se camufla de malestar, de ansiedad difusa, porque éstas son sensaciones mucho más fáciles de sobrellevar. Yo nunca acabé de identificar aquello que no era más que una traición a mis deseos. Sentía una atracción hacia ambientes menos densos, pero nuestra pueril homogeneidad política nos hacía creer que teníamos los ojos mucho más abiertos al mundo que aquellos que no habían sido llamados por la disciplina del compromiso.

Me gustaba mucho, por ejemplo, un compañero de la facultad que se pasaba las clases dibujando viñetas vivísimas, muy ingeniosas, al hilo de lo que el profesor estaba explicando. Me atraía su habilidad manual, la ligereza con la que observaba el mundo, sin establecer un juicio inmediato sobre cada cosa; me atraía el acento marcado de pueblo, el hecho de que viviera con otros compañeros, todos ajenos a la ciudad en la que yo había crecido y a ese acento de barrio de Madrid que para mí era la norma. Caminábamos juntos todos los días hasta Moncloa, nos reíamos mucho, él se reía de mí, de mis cuatro principios mal hilvanados, y yo no me ofendía porque también se reía de él mismo, de los granos que aún se empeñaban en brotarle en la cara, del poco éxito que había tenido con las tías. Me contaba la historia de amor que había mantenido con su profesora de Filosofía en el último año de instituto. «Mi maestra», la llamaba.

Su maestra conducía el coche por caminos de tierra sólo transitados por gente del campo y al abrigo del atardecer, en un lugar remoto y seguro, se besaban, se metían mano y se hacían pajas. «Nunca me dejó metérsela —me decía—, pobre de mí.» Esta irónica compasión hacia sí mismo venía a ser una manera solapada de confesar su virginidad. Yo disfrutaba mucho de su temperamento sincero, era una sinceridad distinta a la que yo había conocido hasta ahora, nada hiriente, nada intelectualizada. Éramos soldados de un mismo pelotón, el de los torpes, teníamos algo en común, la ingenuidad, la necesidad de empatizar con el mundo más que de estar frente a él, y un deseo sexual muy fuerte que no encontraba la manera de verse satisfecho.

A veces yo fantaseaba con tener un futuro con el dibujante, los dos entregados a retratar personajes, él dibujando, yo escribiendo sus guiones, sus diálogos; tuve alguna idea concreta de cómo sería esa vida en común las dos veces que fui a su casa y que acabamos, después de tomar un bocado en la cocina por pudor a mostrar un deseo demasiado imperioso, en su cama estrecha de piso de estudiante, haciendo el amor de la misma manera franca en que se desarrollaba nuestra amistad, como si fuera una continuación natural de la camaradería.

Pero no fue posible, no cuajó, venció finalmente esa creencia tan tóxica de que sólo quien te hace sentir un poco inferior posee atractivo y es, a su vez, merecedor de cariño. El verano me sirvió para marcar distancias y volví al barrio, al novio, al grupo, con la entrega obstinada de quien ha sido infiel y prefiere olvidarlo. Resuelta a disfrutar de la rutina.

Unos años más tarde, peregrinando con un grupo de amigos por la plaza del Dos de Mayo en busca de ese hueco libre en un bar que nunca se encuentra en las noches de frío, sentí su voz llamándome. Me había visto tras la cristalera de un café. Abrió la puerta y gritó mi nombre. Me aparté del grupo y entré a saludarle. Nos dimos un abrazo. Durante los pocos minutos que duró nuestra charla sentí que me subía a la cara el rubor de una infidelidad voluntariamente olvidada y una especie de fastidio por no poder decirle muchas cosas ya. Me contó que escribía en un periódico local. «¡Soy el corresponsal en Madrid!», dijo riéndose, burlándose de su propio destino. «Pero ¿sigues dibujando?», le pregunté. «¡Claro! —me dijo—, me han publicado alguna cosilla. Yo te oigo, te oigo muchas mañanas y me hace tanta gracia... Eres muy tú.» Bromeamos. «No sé si es bueno para mí ser muy yo», le dije.

Mientras me apuntaba su teléfono en una servilleta de papel intenté adivinar cuál de las chicas que estaban detrás de él en la barra podía ser su novia. Había una que cruzó una mirada fugaz conmigo. Era ésa. «Nunca contestaste mis cartas», dijo. «Ya», le dije. «Pero no por falta de ganas», añadí, sin saber ni yo misma cómo interpretar la frase. «Pues llámame», dijo. Me pareció que miraba un instante hacia atrás, temeroso de que ella pudiera escucharle, o al menos así lo interpreté yo. «Podemos quedar algún día», dijo, y se le dibujó la misma sonrisa algo suplicante que yo había conocido, el mismo encanto de entonces, de cinco años atrás, un encanto no contaminado por nada, pleno de ese candor con el que algunas personas atraviesan todas las edades de la vida, tan raro en los hombres, y que les suele hacer vulnerables con las mujeres y presas fáciles del sufrimiento sentimental. Tenía la misma mirada franca que a los dieciséis años, cuando la joven maestra se sintió atraída por él y le condujo por caminos de tierra para enseñarle prematuramente algo del amor mezquino, del amor a medias. Entonces yo, queriendo advertirle de que las cosas a veces cambian para siempre, me entreabrí un poco el abrigo.

—Igual has pensado que estoy más gorda, y es verdad, estoy más gorda, pero es porque estoy embarazada. De cinco meses.

—Vaya —dijo—, cuánto me alegro —y le tembló la sonrisa, se le apreció el desconcierto—. ¿Del mismo tío que entonces?

—Sí, claro, del mismo. Está ahí afuera.

Noté que se sentía avergonzado por haber expresado el deseo de un posible encuentro.

—No te veo de madre —dijo ya en un tono normal.

—Todo el mundo me dice lo mismo.

Qué pocas veces supe perseguir lo que quería. Hay un mecanismo por el cual uno consigue convencerse de que lo que se tiene es lo que se desea y a él me acomodé yo algunos años. Aquella noche, la última vez que vi al dibujante (aunque hayan sido muchas las veces en que he visto su trabajo publicado), salí del bar y me colgué del brazo del que ya era mi marido. Mi marido, a pesar de aquel juez que más que casarnos pareció habernos arrestado y estar juzgándonos por el hecho de haberle preferido a él antes que a un cura; mi marido, a pesar de que el escenario de la boda fuera un localucho en absoluto solemne, un juzgado inmundo al lado de la casa de mis padres, de los suyos, de la plaza, de nuestros colegas de partido y barrio. Un bajo que podía haber sido una oficina inmobiliaria o un bar. El suelo de terrazo, el olor a húmedo y toda aquella pobre gente vestida de boda, apelotonada, pasando frío, inaugurando con desconcierto la nueva era de matrimónios civiles, con trencas o falsos chaquetones de piel encima de las camisas de raso y las corbatas. Familiares de pueblo que venían a las bodas de sobrinos o de sus propios hijos sin entender muy bien a qué respondía el empeño de casarse de forma tan fea, tan humillante.

No tuvo la solemnidad de una boda religiosa ni el encanto de esas bodas aventureras que habíamos visto en las películas americanas en las que el juez, somnoliento y en camisón y gorro de dormir, le pedía al novio que besara a la novia, pero nos casamos. Al menos eso constó en un papel que firmamos a toda prisa, achuchados por una funcionaria que nos advertía que la siguiente boda ya estaba esperando, mientras nuestros familiares, empujados por los siguientes, vaciaban la sala diminuta.

No hubo aplauso, ni beso, ni anillo. No hubo tiempo.

No hay imágenes del momento porque no hubo momento prácticamente. Sólo unas fotos mal enfocadas en el pub de unos amigos donde se celebró lo que mis tíos llamaban insistentemente «el banquete» hasta que la realidad se impuso y vieron que se trataba de unas bandejas de canapés. Todo escaso, todo precario a los ojos de esos familiares para quienes la abundancia de comida era el elemento fundamental de una celebración. Y yo entre los dos mundos, el rural, del que venía mi madre, donde una boda era y es ese acontecimiento en el que los padres debían y deben mostrar toda la generosidad posible, aunque les cueste la ruina, y el urbano suburbial, rojo, de 1981, donde a fuerza de considerar una afrenta aquello que oliera a rito o a traición ideológica se conseguía que todo estuviera impregnado de una fealdad insoportable, que por no tener ni siquiera tuviera el encanto menesteroso de los pobres, porque, aunque no teníamos un duro, pobres no éramos. No habíamos entrado aún en la modernidad pop que habría de cambiarnos de los zapatos al peinado en dos años y aún estábamos prisioneros de la estética antifranquista de la década anterior.

Mis tíos se sentaron en un rincón del pub, encorbatados y refractarios a aquel lugar de asientos bajos con cojines morunos; esperaron, fumando, a que sus señoras, que estaban acostumbradas a servir más rápido que esos camareros de poco oficio, les acercaran las bandejas de canapés. Mis tías, sin saber muy bien cuál iba a ser el paso siguiente en aquella boda sin banquete, no se quitaron los aparatosos chaquetones de piel. Incapaces de estar de brazos cruzados se hicieron enseguida con la organización y acudían a la barra para hacerse con otra bandeja una vez que la anterior se gastaba y se movían con soltura entre los rincones en penumbra del pub. Cuatro camareras absurdamente uniformadas con enormes chaquetones de mutón. Los camareros, amigos del barrio, novatos en el negocio, optaron por confundirse con los invitados. Con el tiempo he comprendido, acordándome de aquella determinación con que mis tías se pusieron manos a la obra, que en su manera conservadora de entender la vida lo que más podía desconcertarles era ver desvirtuado un ritual. La mejor manera de superar una situación así era actuar, actuar como si nada pasara, sin entrar a analizar la situación.

Mis tías me miraban, no de frente, como se mira a las novias, sino de soslayo. Me dijeron algo del traje, pero sin ningún convencimiento. No entendían la elección de ese vestido de un perla sin brillo, que parecía más un disfraz de novia por su hechura pobretona que un vestido real. A sus ojos, ahora me doy cuenta, debía de ser como si hubiera abierto uno de los baúles que estaban en la cambra de mi abuelo y me hubiera vestido con uno de aquellos trajes que el tiempo había vuelto amarillentos y ya nadie sabía decir a quién habían pertenecido. Mi novio, mi marido, se acercaba de vez en cuando a ellas y, en su falta de conocimiento real del mundo, queriendo ser campechano, como se suponía que debía de ser el trato con aquella gente que venía del pueblo, les dijo varias veces que el vestido sólo me había costado cinco mil pesetas porque lo había encontrado en una tienda del Rastro. Ellas se quedaban atónitas, sonriéndonos a él y a mí alternativamente, sin encontrar un comentario adecuado para salir airosas del momento, pensando que todo aquel desatino tenía una explicación dolorosa de tan clara como estaba: era la boda de una huérfana.

Mi incomodidad no provenía de que yo sintiera algún tipo de fidelidad moral al mundo en el que se había criado mi madre y que aún pesaba en las vidas de mis primas, sino de comprobar la nula perspicacia de mi novio que, como tantos amigos, parecía querer defender o representar con ideas abstractas a un pueblo llano del que, en la práctica, tenía un gran desconocimiento. Para mis tías, aquel comentario sobre el vestido era un insulto. Un insulto porque ponía en duda el sentido mismo de sus vidas, marcadas por la preparación laboriosa de las celebraciones que servían para alimentar con los recuerdos y las fotos de los días memorables un presente humilde.

Yo ya no pertenecía a ese universo de mi infancia, ya no, pero preservaba un respeto distante, que sospecho que se habría transformado en rebeldía en el caso de haber vivido mi madre. Sí, ellas tenían razón, era la boda de una huérfana, de alguien que llevaba muchos años tomando decisiones sola: en los años de infancia, por la responsabilidad de una madre enferma; después, por su ausencia. Aunque yo lo hubiera negado entonces, la orfandad era el estado que me definía con más exactitud.

Huérfana es la muchacha que ahora veo en las fotos de aquel día: tiene veinte años y lleva trabajando desde los dieciocho. Se le ha despertado una vaga conciencia política prestada por sus hermanos, por sus amigos y por su novio. Es torpe en los ambientes de gregarismo ideológico; perspicaz a la hora de detectar a otros que, como ella, esconden una herida de la infancia. El vestido parece o es antiguo, incongruente sin duda alguna, más propio de un carnaval que de una boda. En el cuello luce el único detalle valioso, un collarcito de perlas que le ha prestado la hermana, herencia de la madre.

La hermana, antes de marchar hacia el juzgado, la ha obligado a sentarse en el taburete del aseo y le ha pintado en los ojos una sombra azul. «No, no —dice la pequeña—, a mí me gusta el lápiz negro y el rímel, sin más, como siempre, así me veo muy puesta.» Y la hermana le dice: «No, hazme caso, hoy no es un día como todos los días, tienes los ojos muy bonitos, hay que marcarlos un poco más para que destaquen». Las dos están ante el espejo. La hermana mayor observándola con reserva, con una preocupación maternal que la hermana pequeña advierte y que le hace sentirse incómoda. Tal vez quisieran abrazarse pero ya no saben; es algo que con frecuencia los hermanos pierden, no el amor, sino la posibilidad de tocarse como cuando eran niños. La mayor se ha perdido a sí misma en una dedicación absoluta y vocacional al matrimonio y la pequeña se acostumbró a estar sola. Se ha hecho arisca. Ahora están las dos delante del espejo que compartieron tantas veces. El silencio o los comentarios que se refieren al maquillaje que la mayor extiende sobre los párpados queridos de su hermana ocultan una conversación subterránea que no son capaces de expresar. No pueden nombrar a esa madre de la que tanto hablaron, robándole horas al sueño, en los meses que siguieron a su muerte, con el fin inconsciente de liberarse, a fuerza de recordarla, de aquella mujer cuya enfermedad marcó siete años de sus vidas. No pueden nombrarla porque fueron educadas, cuando ella aún vivía, para esconder las heridas y no quejarse, y saben de sobra que su recuerdo, en un día como éste, podría provocar un llanto por el que luego sentirían vergüenza.

La mayor, más medrosa, transformó esa fortaleza que se les exigió desde niñas en dulzura y retraimiento; la pequeña ha convertido aquel carácter inocente y confiado de su infancia en un temperamento irónico que camufla todo aquello que desea expresar, desde el amor hasta la melancolía. La ironía es una fuerza pero también una trampa de la que habrá de librarse en el futuro, porque esa enfermiza tendencia al humor, que ya constituye parte de su naturaleza, será su salvación muchas veces pero también la coartada para no afrontar las verdaderas consecuencias de sus actos, como las tan previsibles de esta misma boda que está a punto de producirse.

No, no pueden abrazarse, habrán de pasar diez años en los que la vida provocará inesperados derrumbes y necesarias reconstrucciones, habrán de desconocerse un tiempo para volver a encontrarse, pero, ahora, no son capaces de recuperar esos años en los que compartieron cama, cuarto y lecturas. En ese acto nimio de pintarle los ojos, la mayor está resumiendo todas aquellas noches en que abrazaba a su hermana pequeña con ese amor de las niñas primogénitas, obligadas a ser adultas antes de tiempo, y tantas noches en las que le contó cuentos, películas, o estableció turnos rigurosos para rascarse la una a la otra la espalda o normas para el tiempo de lectura. Pero no hay forma de decir en voz alta lo que el pequeño gesto de colorear en azul la almendra del párpado contiene, no fueron educadas para eso sino para lo contrario, para apretar los dientes y aguantar. Esquivaron esa frialdad expresiva durante los años en que hubieron de sobrellevar a medias lo que casi siempre es tarea de las hijas, la enfermedad de una madre, pero aquella cercanía física, tan balsámica entonces, de momento se ha perdido. Una anda refugiada en su nueva familia, tiene una niña pequeña en la que vierte ahora el instinto maternal que ensayó con la hermana; la otra vive asalvajada y solitaria en la casa familiar, de la que todos, del padre a los hermanos, se fueron yendo poco a poco, por bodas o por trabajo, invirtiendo el orden natural de las cosas. Es la hija rebelde a la que, habiéndole correspondido por su carácter el papel de largarse, le ha tocado en cambio presenciar cómo todos se fueron marchando en busca de sus otras vidas dejándola como guardiana involuntaria del pasado familiar.

La chica del disfraz de novia también será una extraña en su piso de recién casada a las afueras de Madrid. Tratará de buscar un rincón que hacer propio, sin ningún éxito. De aquella casa, en la que el marido al que nunca llamará marido le discute la necesidad de tener su «habitación propia», sólo le quedará el recuerdo vívido, sensual y gozoso de su embarazo, de la tozudez con la que lo defendió, de la curiosidad con la que observó el desorbitado crecimiento del abdomen hasta el punto de perder la visión de sus pies y los movimientos acuáticos de ese ser apegado a su carne en el que ya creía apreciar las dos tonalidades más llamativas de su futuro carácter: la dulzura y la tozudez.

La sensualidad íntima de su estado y la aspereza del exterior. Ése sería el resumen de aquella época. Lo esperanzador y lo amargo de esos días en los que jamás disfrutó de la serenidad del término medio.

La hermana mayor se aleja un poco, observa el resultado de sus pinceladas y luego intenta dominar ese pelo rebelde, rojizo, encrespado, recién cortado a la manera de una actriz que la hermana pequeña vio en las revistas de la peluquería, una artista americana que se casaba con un traje de aire decadente y un peinado pop, como ironizando sobre el mismo hecho de contraer matrimonio.

Los ojos han quedado, finalmente, muy marcados con esas dos líneas negras tan propias de la época, 1982. Es la imagen de un hippismo sin convicción, residual ya, como a punto de pasar a otra etapa estética, que la sitúa a medio camino entre la chica de barrio de vaqueros y blusones bajo los que se transparenta un pecho sin sujetador y esa otra joven de melena roja y falda corta. Una joven en busca de un estilo de vida, de vestir y, como consecuencia indivisible de esa búsqueda estética, de pensar.

Veo ahora la foto del banquete que no fue tal, la sonrisa de esa chica que era yo, a la que rodean sus tías, mujeres grandes, de cuerpos rotundos, uniformadas con sus chaquetones y sus blusas de lazada al cuello compradas para las bodas, envolviéndola en una nube de perfumes tremendos que ahora parece que siento emanar de la misma imagen; veo al padre, que sale de refilón, con un vaso de whisky en la mano, atractivo en sus cincuenta y pocos, esquivo, como no queriendo adoptar el papel de padre de la novia, avergonzado por todo aquello que le exija una implicación sentimental; veo, sin dejar que me confunda la velada trampa del recuerdo, aquella sonrisa de mis veinte años en una mañana heladora de enero, aquel gesto que parecería de franca felicidad si no fuera porque yo sé lo que aquella chica rumia sin atreverse a confesárselo a sí misma. Sé que está tan abrumada por los momentos de protagonismo en esa boda desastrosa como por el futuro que le espera. Tras esa sonrisa no está la expectación angustiada de una mujer virgen, como pudiera ocurrir en las fotos del banquete de la madre; lo que ronda en su cabeza es la conciencia plena de que la búsqueda de otros amores, que no cesó durante los tres años de noviazgo y que la mantuvo viva, expectante y precozmente infiel, ha terminado.

Lo que puedo ver ahora, tantos años después y tan lejos de mi ciudad y de mí, lo que puedo confesarme a mí misma, sin miedo a traicionarme o a ofenderme innecesariamente por forzar el dañino mecanismo de la sinceridad, es que lo más sobresaliente en esa imagen es la expresión desasistida de una muchacha huérfana, que aquí o allá, en ella o en otras, entonces o ahora, fue y será la misma.

Un año después yo aún no había aprendido a decir «mi marido», y creo que nunca lo nombré de esa manera; tampoco él dijo nunca «mi mujer». El entorno en el que vivíamos, tan reacio a las formalidades, se alió con la sospecha de que no estaríamos casados durante mucho tiempo. Mi marido, al que nunca llamé mi marido, me preguntó aquella noche, tras el encuentro con el dibujante en el barrio de Malasaña, si me gustaría volver a verlo; lo hizo de manera vaga, como preguntan las personas que no son celosas o que no quieren parecerlo, y yo le di algunos detalles precisos, como se hace cuando no se quiere provocar desconfianza; por otra parte, no había ya ningún motivo para el recelo. Yo estaba en ese momento en que una mujer embarazada no desea más que provocar el deseo del padre de su hijo futuro. Como tantas veces ocurre, fue cuando él, por despecho, vengándose por mi empeño en traer un hijo al mundo, furioso porque esa dialéctica implacable con la que me derrotaba en tantas otras cosas no me hubiera vencido en esta ocasión, dejó de quererme. Fue así, abruptamente. No me abandonó, no mostró nunca el desamor delante de la familia ni de los amigos, pero dejó de quererme en el aspecto más hiriente, en el que más humilla a una mujer en ese tiempo en que su cuerpo deja de parecerse al de la mujer del que un hombre se enamoró. A su manera él quiso decir la última palabra.

Aquella noche, una vez que me despedí del dibujante, mi marido, al que jamás llamé marido, me pasó la mano por el hombro, me abrazó, notó que algo me había sacudido, la otra vida posible a la que renunciamos siempre que tomamos un camino. Puede que se acordara de cuando me quería tanto, de una de aquellas veces en que me pidió, con una desesperación insensata que, por favor, no le dejara nunca. Nunca. Nunca y siempre. Ésas son las palabras que los amantes pronuncian de manera ilusa sin querer admitir que son las únicas dos que carecen de sentido. Sí, se acordó de cuando me quería. Fue uno de esos momentos raros en los que se siente, fugaz pero intensamente, el amor del pasado. Me besó el pelo. Sintió, seguro, un olor antiguo, el de aquella otra a la que hacía cinco años dijo a su manera nada complaciente de expresar la pasión: «Ninguna mujer guapa podría gustarme tanto».

Fuimos paseando ya un poco rezagados del grupo de amigos, algo tristes, anticipando una separación que los dos presentíamos, que vendría después del niño. Lo sabíamos, como a veces se sabe todo.

«¿Se mueve?», preguntó. «Sí, ahora se está moviendo, tócalo.» Le llevé la mano debajo de mi abrigo para que pudiera sentir al pequeño ser ya exigente en su naturaleza primitiva y acuática. «Esta noche he soñado con él —le dije—, tenía los ojos grandes y caídos, como los míos, y tu pelo rizado, me miraba como si quisiera pedirme algo que aún no supiera nombrar, y yo le decía, "No quiero cometer errores contigo, a partir de ahora voy a ser otra persona", y él me ponía la mano en la cara, como si quisiera cuidarme o protegerme.»

Esa noche nos fuimos a casa antes de lo que acostumbrábamos. Él me preparó un vaso de leche porque me estaba subiendo la fiebre. Se metió conmigo en la cama para aliviarme el frío que siempre hacía en aquella casa odiosa de radiadores eléctricos en la que cada mes estudiábamos la factura de la calefacción para acabar constatando que era yo quien la encendía en cuanto él salía por la puerta. Yo odiaba la periferia, la periferia de la periferia de barrios recién construidos, la sensación de lejanía, ese frío continuo que me hacía ir de una habitación a otra sin encontrar consuelo. Él me abrazó aquella noche, me arropó. Los restos de la pasión siempre se manifiestan de manera poderosa. Él estuvo a la altura de lo que me había querido. Ojalá el último recuerdo hubiera sido ése.

Pero aun así, sería injusto no admitir que hubo algún momento por el que todo mereció la pena, ese momento que al cabo de los años se busca para justificar todo el dolor que tuvo que soportarse, toda la traición y las palabras pronunciadas para herir al otro con la misma saña que un arañazo en la cara.

Estuvieron las noches de verano de los primeros años, cuando él me esperaba sentado en un banco, grave siempre, nunca juvenil, recién duchado después de trabajar en su taller de restauración, aunque a mí me gustaba percibir, por debajo del perfume del jabón, el olor de los materiales, de las pinturas, la cola y la madera noble. Me esperaba concentrado en alguna lectura, como si en realidad no estuviera esperando mi llegada, como si lo que leía, casi siempre una publicación política, fuera más importante que yo. A mí aquella actitud de ensimismamiento me producía una cierta excitación sexual, la que provoca la persona a la que no posees del todo, la del hombre que está perdido en sus asuntos. Ése es el momento a recordar. Cuando le observaba mientras iba acercándome y le veía tan ajeno a mí, en la misma postura en la que hace dos meses había estado esperando a otra novia. Caminaba sigilosamente para poder observarle sin que él me viera y para sorprenderle. Esperaba disfrutar de sus caricias en mi pecho durísimo, tan duro que dolía como duele el pecho de las adolescentes, debajo de aquellas camisetas de dibujos étnicos. Las camisetas de algodón gastado de aquellos veranos sobre el pecho sin sujetador. Sentía en ese roce de la tela la promesa de algo, la anticipación de una voluptuosidad que siempre me parecía que estaba a punto de producirse.

Llegaba hasta él, le tapaba los ojos, él me tomaba las manos, se volvía, me miraba y decía, «Vaya, vaya, sólo has llegado quince minutos tarde, te vas superando», o decía, «Se te transparenta todo». Y aunque yo sabía que debía interpretarlo como una demostración muy torpe del deseo, porque era exactamente eso, la única manera que él tenía de hacerme entender que me había mirado las tetas, su distanciamiento de las emociones se me convertía en antipatía, su pudor se transformaba en sarcasmo. Mis ensoñaciones sexuales eran tan sublimes que fácilmente se venían abajo.

La promesa de plenitud sexual que parecía ser tan clara en esos cien metros en que lo observaba sin que él me viera, se derrumbaba con aquellas frases; todo se volvía entonces real, se empobrecía. Mirábamos el periódico, hablábamos de política, paseábamos por los bares con la esperanza, que cada uno por su cuenta albergaba secretamente, de encontrar algún amigo que me sacara de mi contagioso humor mohíno, y así pudiéramos remontar ese estado inconcreto de insatisfacción que se fija en la cara de muchas parejas, empalideciendo el brillo de la juventud.

—Venga, tienes que vestirte ya. Tenemos la nevera vacía y nos van a cerrar las tiendas —le decía al niño aquella mañana de sábado.

Gabi me suplicaba que le dejara solo. Decía: «Anda, déjame aquí en casa, solito. Qué te importa». Empleaba ese diminutivo tantas veces usado por los padres que los niños acaban imitando, añadiendo, sin ser aún conscientes, un elemento de cariño y de compasión hacia sí mismos. Quería quedarse «solito». No me gustaba la idea, pero al mismo tiempo me agotaba de antemano el interminable camino entre las tiendas de la galería comercial con él dos pasos por detrás de mí, distraído con las cosas que iba encontrando por el suelo, lento, poniendo a prueba los límites de la madre impaciente. Le dejé solito.

Fui comprando algunas cosas en las mismas tiendas a las que tantos sábados, de mala gana, había tenido que acompañar a mi madre. Antes que nada, me acerqué al Puesto Azul, el kiosco de los niños, y le compré a Gabriel una de aquellas bolsas pobretonas de papel que tenían submarinos o aviones desmontables. Se la entregaría antes de que se fuera con su padre, en el momento en que le diera el beso de despedida en el portal. Luego entré en la tienda de Pepe el Feo, el carnicero al que yo recordaba mirando irónicamente a mi madre desde detrás de las ristras de chorizos que colgaban del techo. «¿Es tu hija o tu hermana?», le preguntaba a mi madre, señalándome a mí con la cabeza. Yo miraba para otro lado, pensando, menudo imbécil. Pero ahora que me tocaba a mí estar en el papel de madre no trataba de juguetear conmigo de ninguna manera. Era evidente que la prefería a ella, por una cuestión económica y también de encanto, imagino. Yo sólo le pedía los sábados medio kilo de carne picada y salchichas. Con esa precaria adquisición consideraba renovado mi intento semanal de convertirme en una madre como fue la mía.

Cuando me sentía perezosa y no salía ni a comprar ese medio kilo de carne de los sábados acabábamos comiendo en el chino de los soportales. Allí solíamos ser los dos únicos clientes (tal vez un padre separado con sus niños). No por eso se esmeraban demasiado en el trato. Debíamos ser rápidos pidiendo la comanda, palillos, Coca-Cola, más arroz, porque el camarero chino sólo aparecía una vez cada media hora, alimentando mi sensación de que nuestra presencia interrumpía la apacible comida de sábado de una familia china que había elegido este barrio entre todos los barrios del mundo para forjarse una vida nueva. Qué estampa más única hacíamos. Los dos solos, al fondo, comiendo arroz y pollo en salsa de limón. No puedo recordar qué tipo de conversación conseguirían mantener una madre con dificultades para centrarse en los placeres del presente y un niño ensimismado de cuatro años. La imagen misma del divorcio. Me acuerdo, sí, de cómo la escena se animaba invariablemente a la hora de la galleta de la suerte.

—¿Qué pone, qué pone? —decía Gabi nervioso, se

levantaba, se colocaba de pie a mi lado, con la mano sobre mi brazo. Yo me inventaba algo pueril, que él pudiera entender.

—Sólo los niños que obedecen a sus madres conseguirán aquello que tanto desean.

—¿El barco pirata?

—Ah, no sé.

—¿No dice nada el sabio chino del barco pirata?

—No, lo dice en general.

—Yo siempre voy a obedecer.

—Eso ya lo veremos.

—El sabio chino es infalible.

La galería de tiendas había sido diseñada en los años sesenta para aquel barrio nuevo que se anunciaba en la radio. No era bonita, desde luego, aunque ese paseo de soportales de materiales pobres y trazado funcional guardaba cierta armonía y tenía más gracia que la arquitectura periférica que se construyó luego. Las tiendas eran modestas pero mantenían una clientela fija de madres y abuelos venidos de los pueblos andaluces y extremeños, que todavía no habían sucumbido al atractivo del gran hipermercado que acababan de construir a la entrada del barrio. Había un trasiego agradable de vecinos en la mañana de los sábados, compraban, tomaban cañas y tapas en los bares, se encontraban con las bolsas en la mano y hacían las preguntas de rigor sobre esos hijos a los que habían visto crecer y que se iban casando y abandonando el barrio.

Yo saludaba a algunas viejas conocidas de mi madre, me preguntaban por el niño e intuitivamente dudaban si preguntarme o no por mi marido. Acusaba yo entonces un indefinible complejo por haberme quedado estancada en el paisaje de mi adolescencia, por haber vuelto allí después de un matrimonio fugaz y fracasado en la periferia de la periferia. Ahora vivía a doscientos metros de la casa de mis padres, como si hubiera buscado ser testigo del progresivo envejecimiento de esas mujeres que un día fueron jóvenes como mi madre y dieron carácter, con su sola presencia, a aquellas calles entonces recién construidas y a ese barrio en el que los árboles eran palitroques recién plantados y en el que los niños decíamos «¡Vamos a Madrid!», cuando nos montábamos en el autobús para ir a esa ciudad cuya línea del cielo se veía desde el piso de mis padres.

Entre las pequeñas tiendas de alimentación de la galería había una corsetería, pequeña y primorosa, con dos maniquíes en el escaparate a los que en el último año les habían cubierto las cabezas peladas con unas pelucas afro de colores. Lucían unos conjuntos de ropa interior, uno en morado y otro en rojo, que poco tenían que ver con las necesidades de las mujeres que pasaban por la puerta. Me quedé mirándolos. Llamé al timbre de la corsetería. El miedo a los asaltos de los yonquis había socavado el espíritu confianzudo del comercio pequeño y las puertas cerradas eran el signo indudable de los nuevos tiempos. Cuando me estaba abriendo la dependienta, cruzó la calle Paula, la gran amiga de mi madre. Enérgica, dueña de sí misma, tesorera de secretos y confidencias de su amiga muerta, que a mí me iba confesando poco a poco, como si el volumen del recuerdo que atesoraba fuera más extenso y valioso que el mío y se regodeara en ir administrándolo. Esas historias, a veces tan simples como aquella de la amiga audaz, ella, arrastrando a la otra más puritana, mi madre, hasta la sala de un cine para ver *Emmanuelle negra*, me provocaban cierto desasosiego, porque nunca sabía si acabaría escuchando una frase rescatada del pasado o una faceta insólita de mi madre que hubiera preferido desconocer.

Los actos de los muertos no pueden modificarse, ni discutirse, así que cualquier hallazgo sobre su pasado nos trastorna más que consolarnos. Algo así ocurrió aquella vez en que Paula vino a visitarnos y acabó bañando al niño, con un esmero y una solicitud de abuela. «Cuánto le hubiera gustado a tu madre este nieto —dijo—, este niño tan tierno le hubiera alegrado la vida.» Esa escena del todo imposible, la de mi madre bañando a Gabriel, nos dejó en silencio. Pero entonces ella añadió: «Además, es el niño de la hija por la que ella sentía más inquietud. "Si me muero —me decía siempre—, qué será de ella"». «¿Por qué me cuentas eso? —le dije yo—, ¿no ves que me haces sufrir? Me haces sufrir —le repetí. Ella me pidió perdón pero yo ya no supe controlarme—: ¿Me lo cuentas porque crees que en el fondo tenía razones para sentir angustia por mí, que sus malos presagios se han cumplido? A lo mejor mi madre estaba muy equivocada.» Esas palabras no iban destinadas a ella, sino a quien ya no podía escucharlas.

Ahí iba Paula, sábado por la mañana, siempre apresurada, la mejor en su género, madre, cocinera, inventora de mil negocios femeninos para sacarse un dinero, maestra de flores hechas con pan Bimbo, de paisajes esmaltados, emprendedora. Ay, qué hubiera llegado a ser Paula en otros tiempos, en los míos, de no ser por esa guerra que le arrebató a su padre y lo mandó para siempre al exilio. Qué hubiera sido fuera de este país en el que una mujer no podía ser otra cosa que buena en su género. Me saludó alegre con la mano. Me preguntó por el niño.

—Se ha quedado en casa viendo la tele. No ha querido venirse conmigo.

Casi sin detenerse, movió la cabeza de un lado a otro, como cuando se reprende suavemente a una hija, y siguió su camino murmurando algo que no llegué a escuchar bien. «¡Bueno, bueno, tú sabrás!», creo que dijo.

La dependienta, que tenía la palidez de las antiguas merceras, me llevó los sujetadores al probador. De vez en cuando entraba y metía la mano dentro de la copa para amoldarme el pecho. No había pudor por su parte, sino diligencia profesional. Había turbación por la mía. Tomaba cada pecho con la maestría de quien se pasa la jornada acoplando masas de carne dentro de un molde y no hubiera una sola variedad de pecho que le fuera desconocida. Tetas flácidas, excesivamente asimétricas, extendidas hacia las axilas o apelotonadas hacia el centro; de pezones metidos hacia dentro o salientes, enormes y oscuros. Tetas duras y pequeñas de niñas que van a comprarse su primer sostén. Tetas de mujeres que han tenido varios hijos y las muestran con el desparpajo de quien ha enseñado muchas veces su cuerpo a punto de reventar por un parto o por las múltiples dolorosas secuelas de las recién paridas. Tetas llenas de leche que necesitan sujetadores que se abran para alimentar a la criatura.

La corsetera entraba y salía. Resuelta y comentando con juicio de experta lo que el espejo nos mostraba a las dos: una mujer joven, muy delgada, con un sujetador morado que le levantaba el pecho. La joven, en silencio, esperando el dictamen de la doctora del sostén. «Es caro —dijo estudiándome—, pero es que no es una prenda que vayas a ponerte todos los días. Es, digamos, para momentos especiales.»

Cuando me quedé sola, ensayé algunas posturas, improvisé algunas frases que diría con aquel sujetador cuando tuviera la oportunidad de exhibirlo a la vista de alguien. Me senté en el taburete, entre las dos bolsas de la compra. Si el niño hubiera venido conmigo, se habría tirado en la moqueta y habría empezado a montar el submarino en el rincón, resignado a pasar allí media hora. «¿Te gusta, te gusta, el morado o el rojo?», le habría preguntado yo, y él habría contestado, mirando sólo un momento pero demostrando un gran criterio, «el morado».

El vestuario no tenía ventilación y sentí que podía desvanecerme. Cerré los ojos y apoyé la cabeza contra la pared. La dependienta llamó a la puerta, «¿todo bien?». ¿Cuánto tiempo hace, pensé, que no he echado un polvo? ¿Quince, veinte días? ¿Y Alberto? ¿Cuánto tiempo hará? Ayer mismo, imaginé. Era imposible no sentir una competencia insana con él. Quería ganarle en polvos, en amor, en mentiras.

—Ya, ya sé que no me arrepentiré; una vez que me gasto el dinero ya no le doy vueltas; sé disfrutar de lo que compro —le dije a la mercera.

—Así se habla —dijo ella—, viene tanta gente aquí que se lleva prendas con culpabilidad... ¿Por qué? No puedo entenderlo. Esto es lo más íntimo, lo que está más cerca de nuestro cuerpo —al decir «nuestro cuerpo» se llevó la mano al pecho. Me pareció incongruente: caído, desparramado de las axilas a la cintura, como si no tuviera dinero para predicar con el ejemplo, o como si la mercera sólo estuviese para contribuir a la felicidad ajena y no a la propia.

Mientras escuchaba las razones por las que gastar dinero en sostenes era una manera de aumentar el sosiego espiritual y la autoestima, vi pasar de vuelta a Paula, con el carro rebosante de verduras. Sentí una especie de golpe seco en la nuca que me aceleró el corazón. Ay, Dios mío, qué hora es. «No, no hace falta que me lo envuelvas, me lo llevo en la bolsa, no, que da igual, de verdad, me lo llevo aquí mismo, sí, con la comida, no importa, si son cinco minutos hasta casa, si vivo ahí mismo.»

En vez de salir corriendo esperé dentro a que ella, Paula, desapareciera. El miedo infantil a llevarte una bronca de quien sabes que puede echártela porque te conoció de niña venció a la angustia que, de pronto, me producía esa situación. ¿Cuánto fui capaz de esperar? ¿Dos minutos, cinco? Cuando desapareció de mi vista, salí corriendo, sudando mucho antes de que la carrera hiciera efecto, sin apreciar el peso de las bolsas que cargaba en las manos. Bordeé la biblioteca, crucé la plaza y llegué al portal desesperada, como si de pronto me hubiera asaltado el miedo de no volver a verlo. Se me cayeron varias veces las llaves de las manos antes de conseguir abrir el portal y, viendo que el ascensor estaba ocupado, no esperé. Subí de dos en dos, de tres en tres, las escaleras. Llamé al timbre antes de meter la llave. Esperaba que él se levantara del sofá y me abriera. Esperaba su mano gordita sobre el pomo, mirándome maliciosamente con esa expresión tan querida: «No me fui contigo, pero sé que me has traído algo». Esos ojos que parecían decir, «me quieres aun cuando no me quieres». Pero no. Nadie abrió. En el salón no había nadie, la tele estaba apagada. Crucé el pasillo. Estaba loca, loca, mi mente encontraba consuelo en un pensamiento macabro: «Bueno, si le ha pasado algo me tiro por la ventana».

El rastro de una colonia familiar me hizo apoyarme contra la pared, las bolsas todavía en mis manos. Tragué saliva, sentí el sudor en el pecho y el corazón acelerado.

Me asomé al cuarto amarillo y los dos, padre e hijo,

levantaron la cara para mirarme. Estaban sentados en el suelo, haciendo un puzzle de una escena de *Tintín en el Tíbet*. El padre tardó un momento en levantarse, como si su lentitud quisiera contener el reproche que iba a hacerme. Se sacudió los pantalones y empezó a salir del cuarto haciéndome a mí retroceder.

—¿Se puede saber dónde estabas?

—Comprando.

—¿Comprando? ¿Comprando qué? ¿Dejas solo a un niño de cuatro años y te vas a comprar?

—Sólo ha sido media hora.

—¿Media hora? De media hora, nada. Me llamó al trabajo. ¿Sabes cómo he venido? He venido loco, loco.

—No quiso venirse conmigo.

—¿Y tú haces lo que él dice?

—Se quedó viendo la tele, qué coño le podía pasar.

—De todo, podía haber pasado de todo, pero lo que pasó exactamente es que salió a esperarme a la escalera y con un golpe de viento se le cerró la puerta. Es decir, que durante unos quince minutos estuvo en la escalera, solo. ¿Y si hubiera decidido esperarme en la calle?

Fui a mi cuarto y me senté en la cama. Sentí escozor en las palmas de las manos por llevar las bolsas agarradas con una fuerza excesiva. Las solté. Me llevé las manos a la cara.

Por perdonarme, porque no tenía adónde ir o por las dos cosas, se quedó a comer. No hubo más comentarios sobre el asunto. En la mesa se respiraba una calma verdadera, casi hipnótica, la placidez que sienten los que, a pesar de su orgánica incompatibilidad, han generado un vínculo difícil de romper. Parecíamos cualquier familia en la comida del sábado.

—Sigue oliendo a gas por las noches —le dije—. Hay

un escape, seguro. Es verano y ahora no importa dormir con las ventanas abiertas, pero aun así...

—Ya te dije que me ocuparía, hablé con mi tía y me aseguró que ya había llamado al técnico.

—¿Y qué?

—Dijo que vendría.

—¿Cuándo?

—Pues... esta semana. Ya sabes que ella se toma su tiempo —sus ojos se levantaron del plato y me miró—. ¿Me puedo servir un poco más, por favor?

El cambio de conversación fue tan brusco que por un momento no supe de qué me estaba hablando. Su voz sonó excesivamente educada, casi cariñosa. Yo trataba de adivinar sus intenciones: aunque ya no viviera en casa parecía querer estar con nosotros, con los dos, una mañana de sábado, sentado a esa mesa. Mientras se servía macarrones le miré. Había una falsa prudencia en sus modales y, sin embargo, se llenó el plato. Se llenó el plato. Le estudiaba cada gesto, cada movimiento. Nadie observa con más agudeza que el que desea ser querido. Es una atención parecida a la de los perros hacia el amo. Yo había desarrollado una pericia en captar sus notas falsas. Demasiada compostura, pensé con desesperanza.

Sospeché, supe más bien, que no había llamado a su tía, la casera, ni al técnico, que no los llamaría. La indiferencia era transparente. Al cabo de dos semanas, como solía ocurrir, yo destaparía el pequeño embuste, la mentira mezquina de tan pequeña, innecesaria; le diría, «¿Por qué te empeñas en prometer cosas que no vas a cumplir y en asegurar que has hecho cosas que no has hecho?». Él pondría ese gesto que yo tan bien conocía, el de un ser derrotado por sí mismo, prisionero de su carácter, y yo, sin querer admitir lo evidente, que se trataba de una estrategia, y temiendo perderlo del todo, mantendría a raya la agresividad que estaba ahí, contenida, mordiéndome en el fondo del estómago, o la dignidad, que a veces es lo mismo. Le diría, «Bueno, qué importa, al fin y al cabo era yo quien tenía que haberme ocupado de eso desde un principio, vamos a olvidarlo, es una bobada». Y los dos haríamos lo necesario por borrar el incidente de la conversación, aunque por tratarse de una mentira tan banal, yo luego la analizaría, una vez y otra, y la perdonaría menos que una de esas grandes mentiras que, al fin y al cabo, tienen una razón de ser. La mentira grave, esencial, puede producirse por respeto, por miedo o por cariño a la persona a la que se le cuenta, pero las pequeñas mentiras, esas que se suceden unas a otras, que se amontonan como las cagadas de paloma, son las que acaban definiendo al mentiroso, que miente y olvida, miente y olvida.

Al terminar, me quedé fregando los cacharros. Me gustaba estar sola en la cocina y escucharlos a ellos dos en el salón, hablando, jugando, sin tenerlos presentes pero con el sonido de sus palabras de fondo. Así podía imaginar con más verosimilitud que aquello podía ser cierto y duradero. De pronto, sentí la mano del niño en mi pierna. Su carácter ecuánime, destinado a no ofender, aun a costa de ocultar cualesquiera que fueran sus verdaderos deseos, le hacía estar alerta siempre ante un posible desequilibrio en su entrega de cariño. Eso es lo que le debió llevar a la cocina, eso y la sospecha de que su madre le guardaba un pequeño y miserable rencor, un rencor no propio de las madres pero tan habitual en ellas. El niño sabía que nunca escucharía de los labios de la madre frases de claro reproche: «¿Para qué tuviste que llamarlo esta mañana? ¿Qué va a pensar él ahora de mí? ¿Crees que podrá quererme después de esto? ¿Lo has hecho para que no me quiera?». No, yo nunca le diría eso porque ninguna madre se permite a sí misma actuar frontalmente. El resentimiento o la rabia están tan censurados que jamás hubiera reconocido ante nadie albergarlos; pero ahí estaba mi silencio hacendoso y elocuente, tan eficaz o más que las palabras, un silencio que siguió el mismo camino (de la cocina al salón) que hubiera recorrido la voz para llegar, si no a sus oídos, a su mismo corazón.

El niño sintió mi enfado sordo tan nítidamente que no dudó en dejar a su padre solo, absorto en la película que acababa de comenzar, para ir a la cocina y acariciarme la pierna, la pierna de esa madre a la que había dado permiso, como alguna otra mañana de sábado, para ir sola a la compra, porque no había nada mejor en este mundo que quedarse tumbado en calzoncillos viendo *La bola de cristal*.

El problema es que aquel día el programa debió de terminar antes de lo previsto y al rato, harto ya de los puzzles y sabiendo que tenía prohibido tocar cualquier aparato eléctrico de la casa —después del día en que se llevó la plancha a su habitación para alisarse el dorso de su mano—, el niño, muy aburrido, llamó al padre. El padre preguntó que cuánto tiempo llevaba la madre fuera de casa y el niño, para el cual el tiempo era una masa informe que se alargaba y se estrechaba conforme a su nivel de aburrimiento, le dijo que una hora o más. No tenía intención de alarmarle pero, al fin y al cabo, se alegró de que el padre le dijera, «Espera, no te muevas, que voy para allá. No te muevas», dijo el padre, y el niño se propuso obedecer la orden. Se sentó en el sofá. Luego se tumbó en el suelo. Qué difícil era esperar. Cuando se esperaba a alguien que te había dicho «No te muevas, que voy para allá», uno no podía concentrarse ni aun leyendo ese libro que siempre le emocionaba, *Tintín en el Tíbet*, sobre todo en aquel momento crucial en el que Tintín le tiene que decir adiós para siempre al Abominable Hombre de las Nieves, y el Abominable se quedaba para siempre solo en sus montañas. Además, sabía el niño que si leía el libro sin estar su madre lloraría sin tener a nadie en quien encontrar consuelo. Su madre se lo había escondido durante un tiempo, pero como hacía dos semanas que no tenía pesadillas había vuelto a colocarlo en la estantería. Y ahora que lo tenía a mano no le apetecía leerlo. Él nunca lloraba estando solo. Nunca, para qué.

Aburrido, se metió como tantas otras veces debajo de la mesa baja que había delante del sofá e imaginó que era un faraón dentro de un sarcófago. Se estuvo muy quieto durante unos segundos y luego, harto de ser un faraón muerto, pensó que lo mejor sería esperar a su padre en la escalera. Menuda sorpresa. Cuando abriera el ascensor ahí estaría él, en los escalones, como si tal cosa. Le daba la risa sólo de pensar en su gran capacidad para sorprender. Salió y se sentó en el quinto escalón, que es el que quedaba a la vista del que salía del ascensor situado en la entreplanta. Pero nada más sentarse hubo un golpe de viento que cerró la puerta de un golpe, dándole un susto de muerte que le provocó un ¡ay! que viajó por el hueco de la escalera. Pensó en los insultos que hubieran salido de la boca del capitán Haddock: filibustero, troglodita, tonto de capirote, cromagnon, cretino de los Alpes, cochino, diplomado, gaznápiro, cabeza de mula, borrico, macrocéfalo, hidrocarburo, filibustero, rizópodo... Todas esas palabras impronunciables, mezcladas unas con otras en su recuerdo, pero prometedoras siempre de la felicidad porque se correspondían con los ratos en que su madre se sentaba con él a leerle un álbum. Los insultos del capitán sonaban tan tremendos en su boca que a él se le sacudía el cuerpo entero de la risa. Pero luego era incapaz de reproducirlos. Ningún ser humano podía hablar como Haddock.

Pensó en llamar a casa de Nicolás, el del 6.º izquierda, pero su madre no le deja molestar al vecino, porque el vecino es cojísimo y lleva un alza en el zapato y un día él le pidió que si le dejaba andar un rato con el alza y dice su madre que a las personas, si son cojas, no les sienta bien que les andes pidiendo el alza. No le dejaba molestar, ni llorar, ni jugar con los aparatos eléctricos. No le dejaba ponerse el casete encima del váter cuando se baña porque dice que hay millones de niños a los que se les cayó el aparato en el baño y murieron electrocutados.

Ahora sí que se aburría porque en una escalera no se puede hacer nada de nada a no ser que la subas o la bajes. Bajó hasta el quinto y volvió a subir varias veces. Si hubiera podido viajar en el ascensor hubiera esperado a su padre en la calle, pero su madre no le dejaba bajar en el ascensor (aunque llega al botón del Bajo) porque le contó el cuento basado en una historia real del niño de una compañera suya de la radio que tenía un ascensor como éste, sin puerta interior de seguridad, y ese niño, al que le gustaba toquetearlo todo (como a Gabi), metió el brazo por la rendija cuando el ascensor estaba en marcha y el brazo se le quedó atrapado y colgando de sólo un tendón del hombro y luego en el quirófano se lo tuvieron que coser vena a vena. Doce horas de intervención con veinte médicos. Así que ahora cuando Gabi se monta en el ascensor se acurruca en el rincón y cierra los ojos para no ver la ranura.

Al fin, cuando oyó que el ascensor había parado en el sexto, subió las escaleras corriendo desde el cuarto. Su padre, desconcertado, le dijo, «Pero ¿qué haces tú aquí?». Y él le dijo que la puerta se había cerrado. Y el padre, muy nervioso, «¿Y tu madre?». Y el niño le dijo, «Aún no ha llegado». Y fue entonces cuando el padre soltó, «Joder, esta tía es acojonante», que eran palabras como las del capitán Haddock aunque por alguna razón no tenían ni la mitad de gracia. Se sacó las llaves del bolsillo como si estuviera pero que de muy mala leche, y el niño pensó, igual me la cargo, igual mi madre piensa que me he chivado, pero como se pusieron enseguida a hacer el puzzle en el despacho amarillo ese pensamiento de alarma desapareció de su mente.

Cuando acabé de fregar los platos, el niño musical, mi pareja de baile, me tomó de la mano y me arrastró al despacho amarillo. Colocó una cinta en el casete. La rebobinó entera. Pulsó el play con la determinación de quien ha tomado una decisión meditada y comenzó a sonar la canción de Pinocho, *When I Wish upon a Star*, preámbulo de la felicidad de tantas infancias, de la suya, de la mía. Vino hacia mí. «En brazos», me dijo. No era una petición sino una exigencia. «Quiéreme», era lo que en realidad estaba diciendo. Lo subí en brazos, y como tantas veces en que buscaba mi abrazo y el de la música, dejó caer su cabeza sobre mi hombro.

Si aquella mañana llamó a su padre por miedo o simplemente por provocar un encuentro, no lo sé. El episodio ha quedado voluntariamente perdido en ese catálogo de anécdotas familiares que los padres ordenamos a nuestro antojo para modificar el pasado o para hacernos perdonar. Mientras yo le susurraba la canción al oído, noté que su peso se relajaba en mis brazos.

When you wish upon a star
Makes no difference who you are
Anything your heart desires
Will come to you.

If your heart is in your dream,
No request is too extreme,
When you wish upon a star
*As dreamers do.**

El padre, acodado en la puerta, nos estaba mirando. Yo sabía que hubiera querido decir algo a la altura de lo que sentía, una ternura que le consolaba de toda la desolación de su nueva vida en una calle miserable del centro y de su indecisión permanente, de las pequeñas mentiras compulsivas. Pero no supo o no quiso decir nada. Hizo, eso sí, algún comentario previsible sobre la canción. Ah, las personas siempre tan fieles a lo que esperamos de ellas. «¿Y qué importa que sea cursi? —le dije yo—, a él le gusta.» Tenía que haber añadido: «A él le gusta porque a mí me gusta». Miré la cara del niño para buscar su aprobación pero se me había quedado dormido.

Me desperté sintiendo el peso de su mirada. Estaba al borde de la cama, observándonos. No decía nada, sólo nos miraba, tratando seguramente de comprender lo que veía, su padre y su madre durmiendo juntos la siesta, algo que sucedía algunas veces y que luego dejaba de suceder

* «Si a una estrella / pides tú / un deseo con su luz / lo que pidas al soñar / a ti vendrá. / Cuando sueñes ya verás / cualquier cosa / será real, si lo pides / de corazón / se hará real.» (D. R.)

durante tanto tiempo que no conseguía acostumbrarse del todo a la escena. Había algo de reprobación en su gesto, la del niño que ya se ha acostumbrado a manejarse como pez en el agua en dos vidas ajenas, en compartimentos estancos, y que entiende el amor entre sus padres como una amenaza. Tal vez fuera la misma reprobación que yo sentí aquella noche de mis diez años, cuando me levanté al baño y escuché a mis padres hablar en la oscuridad. Me quedé quieta, tras su puerta, queriendo espiarles en esa intimidad que yo era incapaz de aceptar y que algunas veces me llevaba a llamar tozudamente a la puerta de su dormitorio, cerrada con llave.

«Yo también te quiero —decía mi madre aquella noche—, pero a veces eres tan bruto que.» La frase ha traspasado los años, los filtros de la memoria, las escenas inasumibles que se sucedieron luego, cuando era una pobre enferma, y se ha quedado ahí, la frase, latiendo, venciendo al tiempo: «Yo también te quiero». En aquel momento supuso una revelación. La mera idea de que mis padres se quisieran como hombre y mujer, no sólo como padres, que se dijeran «te quiero», me producía una honda vergüenza. Era algo que yo no había oído salvo en esas películas que mi padre, incapaz de soportar un momento de sentimentalismo, apagaba en cuanto los protagonistas iban a besarse. Qué viaje más largo ha hecho esa frase en el tiempo, de ser vergonzante a ser mi tesoro: frase inacabada o acabada de una manera que yo no supe interpretar, ha vuelto muchas veces a mi memoria teniendo un efecto balsámico sobre esos otros recuerdos de la vida familiar que voluntariamente me callo y trato de olvidar.

El niño nos miraba. Se había despertado donde yo lo había dejado, en el sofá, y, desorientado, fue a mi habitación a buscarme. No debía de saber, probablemente, qué hora era, ni si aquello era la mañana o la tarde, de tan profundo como era su sueño de la siesta. Nos miraba. Nos observaba con curiosidad y recelo. Le acaricié la marca que le había dejado el cojín en la cara, una hendidura que le cruzaba el párpado. Estaba a punto de acostarlo conmigo, arrebujarlo unos minutos más como tantas veces para quitarle el mal humor del sueño de la tarde, pero su padre se despertó y se levantó a toda prisa, molesto porque se hubiera producido esa situación, como si hubiera sido pillado en falta.

—Venga, prepara tu mochila, que nos vamos.

El niño fue corriendo a por la bolsa que contenía sus dos vidas y en la que él mismo se había adiestrado en meter lo necesario para sus dos noches fuera: dos mudas, el cepillo de dientes, una camiseta, palos, piedras, dinosaurios y talismanes cuyo significado sólo él conocía. A veces, precozmente hipocondríaco, iba al armario y cogía el jarabe que estaba tomando en ese momento. A los pocos minutos estaban los dos en la puerta. El niño copiando del padre un gesto de forzada melancolía, que desaparecería en cuanto supusiera que estaba fuera del alcance de mi mirada. Alberto me fue a dar un beso. Yo le di la mejilla pero él me buscó los labios. «Ya hablaremos», dijo. Dijo eso porque pensó que era lo que yo esperaba escuchar. «Hablaremos», esa palabra en un tiempo verbal que contenía posibilidades de esperanza. Se tocó la barbilla, estudiando la manera de decirme algo que le costaba.

—¿Por qué no compras otro canario?

—¿Otro canario?

—Puede sonar un poco cruel, pero el pajarito te avisaría, como te avisó éste, de un escape de gas.

—Muriéndose, quieres decir.

—Bueno..., sí. Yo me quedaría más tranquilo.

—¿No dijiste que vendría el técnico?

—Ya, pero entre tanto...

—Entre tanto qué, ¿compro otro canario para que certifique que, efectivamente, hay un escape?

Cerré la puerta. Me quedé de pie, con la mano en el pomo. Esperando. Supe que el niño habría olvidado algo, como siempre, que volvería a llamar. Llamó.

—Se me olvidó la gorra.

—Puedes ir perfectamente sin gorra, ¿qué falta te hace la gorra?

—No, no puedo ir sin gorra.

Fue hacia su habitación, tozudo. Fiel a esas manías que yo había contribuido tanto a crear. La gorra. Ésa y todas las gorras que le taparon la cabeza rapada por los ingresos continuos en el hospital en sus dos primeros años de vida. Yo se la ponía entonces para eludir preguntas sobre el hospital y ahora a él le resultaba imposible prescindir de la gorra. Salió de su cuarto con ella puesta. La de cuadros, como los pantalones.

—Ésta es la que pega, ¿verdad?

Me puse en cuclillas para abrazarle.

—A lo mejor un día igual te puedes venir con nosotros —dijo.

—Sé bueno, cara de mono.

—Sé buena tú, cara de mona.

—¡Venga, que llegamos tarde! —dijo Alberto desde el ascensor.

La voz del padre sonó alegre e impaciente. Parecía haber olvidado, tan rápido como se bajan siete escalones, que estaba yo ahí, detrás de la puerta. Ni rastro había de ese tono culpable con el que me confundía en las despedidas y me hacía pensar que teníamos una conversación pendiente que habría de cambiarlo todo. «El lunes te llamo —había dicho—, y hablamos de todo esto.» De todo esto. Siete escalones para olvidar su promesa. Su voz no consciente, no controlada por el papel que él creía que debía representar ante mí, era la de un hombre lleno de proyectos para aquella misma tarde, para el domingo, para su vida entera.

Me asomé a la ventana. El niño de la gorra a cuadros, diminuto, esperó a que su padre levantara el seguro del coche y se subió en el asiento de atrás. Primero se sentaría, queriendo actuar con la corrección de un niño formal, obediente con las indicaciones que tantas veces se le daban, pero poco a poco se iría levantando para colocarse entre los dos asientos, cuyo lado derecho, ahora vacío, ocuparía ella, que ya estaba esperándoles en una calle del centro. Impaciente, no muy segura aún de las promesas de él, ajena, por vivir en la etapa inmediatamente anterior a los móviles, al siempre traumático ajetreo de sus idas y venidas, queriendo ignorar algunas de esas mentiras, pequeñas, pero precisamente por eso más dolorosas, con las que él intentaba ocultar su enfermiza indecisión. O puede que no se tratara de indecisión sino de algo que ni ella ni yo, que ahora los veía subir al coche desde la ventana, nos habíamos planteado en esta lucha sorda: la posibilidad de que por una vez en su vida él se viera como objeto de disputa y estuviera saboreando el momento como lo que habría de ser, irrepetible.

Ella habría visto minada parte de la seguridad que otorga el haber sido la elegida y sería capaz de estar esperándolo hasta que el rojo del cielo se volviera violeta en esa esquina de Gran Vía con Hortaleza. Todos los coches blancos parecerían el suyo. No relajaría su sonrisa esperando reconocer de pronto en cualquiera de ellos el gesto de su mano diciéndole que entrara, y la cara del niño mirándola tras el cristal. El niño le daría dos besos, dócil, confiado. Ella aún no sabía calibrar lo afortunada que era. En realidad, nunca sabría lo que los hijos ajenos pueden minar un amor que comienza, porque aquel niño asumía su presencia sin rechazo, con una especie de enigmática resignación, como si fuera ya el adolescente que un día le diría a su madre, diez años después, en un tono que ella no sabría interpretar, que no deseaba otra infancia que la que le había tocado en suerte.

Ahí estaban aún, bajo mi mirada desde un sexto piso, padre e hijo. Cada uno de ellos interpretando con naturalidad el nuevo papel de su vida, ajenos ya a esa representación, ahora pienso que forzada, a la que se aplicaban cuando estábamos los tres juntos. Siendo otros. El coche salió de la plaza.

Una corriente de aire cerró la puerta que había dejado abierta. Fui hacia el despacho amarillo y allí encontré, bajo un cojín, la bolsa en la que estaban el submarino del kiosco azul que había olvidado darle y el conjunto de bragas y sujetador. Me desnudé, me puse las bragas y el sujetador morados. Las ventanas de un lado y otro del piso estaban abiertas y corría un flujo de aire revitalizante. Quité la toalla de la ventana de mi cuarto, que daba al este, para dejar que la casa se llenara de la luz violeta. Me encendí un cigarro y paseé por las habitaciones, con la incertidumbre de no saber qué era lo que venía a continuación. Esperaba una llamada. Bah, quién sabe. Mejor no ilusionarse. Antes tenía que dejar escrito un guión para el lunes si no quería acostarme el domingo con ansiedad. Me puse a la máquina. Escribir diálogos era mi consuelo. De pronto, unos seres fantasmales, aún inexistentes, sin nombre y casi sin personalidad, hablaban en mi cabeza, como si mis oídos hubieran sido capaces de almacenar conversaciones escuchadas aquí y allá, en la calle, y ahora volvieran a mí, en el mismo momento en que pulsaba las teclas de mi pequeña Olivetti. Siempre sucedía igual. Primero era el desánimo y luego la euforia, la risa incluso. El consuelo del trabajo.

Años después, organizando la librería de mi nueva casa en Madrid, encontré un folio envejecido y prensado entre las páginas de un libro que debía de estar leyendo por entonces, *¿Quieres hacer el favor de callarte, por favor?*, de Raymond Carver. Había una frase escrita a máquina:

«Sé sincero por una vez: para ti no valgo más que ese canario que he tirado a la basura».

La frase llevaba doce años oculta allí, conservada como una flor seca, intactos su dolor y su patetismo. La tipografía, el bajorrelieve provocado por el golpe fuerte de la letra de plomo contra la hoja, le conferían un aire de objeto de vitrina.

Cuando la leí me recordé en aquella tarde de sábado, ante la máquina, vestida tan sólo con unas bragas y un sujetador morados, consciente de que jamás se debería hacer el amor cuando el amor hace daño.

Me vino a la boca un sabor metálico. Y rompí la hoja.

CAPÍTULO 3

¿TE ACUERDAS DE CUANDO TE PERDISTE?

Mi tía Celia estaba recostada sobre la alta cama de barrotes blancos. Es la misma cama en la que murió mi abuela, antes de la guerra, dejando ocho hijos huérfanos, cuatro, entre ellos mi madre, tan tiernos que la hermana mayor, la tía que ahora me miraba columpiarme en la mecedora, dejaría de serlo para convertirse en madre. Así que, a todos los efectos, era mi abuela, pero con la peculiaridad de no haber parido, lo que la hacía estar siempre un poco a la defensiva, reclamando su posición legítima, y también, aunque ella no fuera consciente del todo (yo lo seré en el futuro), insegura y suplicante del cariño de aquellos a los que crio y entregó su vida entera, hermanos y sobrinos.

Era la misma cama en la que dormía mi abuelo, el viudo grande, alegre, de espíritu comodón, que vestía el traje oscuro y la camisa blanca abotonada hasta el cuello propios de los hombres de pueblo de cierto rango social. La misma cama en la que dormían mis padres cuando veníamos al pueblo. La misma cama en la que yo me colaba de niña para estar con mi padre los domingos por la mañana, mientras mi madre le preparaba el café. La cama en la que yo dormía para hacerle compañía a mi madre, cuando mi padre estaba fuera, porque a ella no le gustaba dormir sola. Todos, mi padre, mi hermana, mi madre, andaban siempre aprovechándose de mi condición de hija pequeña, gordita e inocente para besarme y apretujarme, algo que solían no hacer entre ellos, como si concentraran el contacto físico en una sola persona o que yo, por ser la pequeña, fuera el anticipo de unos tiempos menos ásperos en las expresiones familiares de afecto. Yo consentía. Me dejaba besar, acariciar la barriga, abrazar. Prefería esos momentos de contacto agobiante a esos otros en que la misma condición de hermana menor me condenaba a que nadie me tomara en serio.

Fue esa misma cama donde el médico anciano, don Manuel, auscultaba a mi madre el verano en que volvimos al pueblo para que se recuperara después de la operación. El anciano, que le había cuidado de niña las fiebres que le produjeron un soplo al corazón, imponía sobre el lado izquierdo del pecho la placa redonda del fonendoscopio y cerraba los ojos para escuchar la maravilla del corazón restaurado, ese corazón que, según contaba mi padre muy melodramáticamente, acodado en la barra del bar del Rubio, había pasado unos momentos cruciales fuera del cuerpo para volver a él con unas válvulas de plástico a las que atribuíamos ese latido de juguete roto que emitía el pecho de mi madre cuando estaba disgustada o nerviosa.

El pecho de mi madre sonaba parecido al enorme despertador plateado que llevaba impreso en la esfera el nombre de mi abuelo en letras cursivas: *Amado Santas*, y una fecha, *1900*, que se me antojaba tan lejana en el pasado como el año 2000 en el futuro. El despertador estaba en el comedor, emitiendo su sonido de metal tembloroso, ignorado cuando la casa estaba llena de vida, y atemorizante, al menos para mí, cuando el silencio lo convertía en música de fantasmas. Siempre que volvíamos a Madrid y mi madre, víctima de una hipersensibilidad emocional, estaba angustiada, su corazón sonaba idéntico al reloj de su padre, aunque más tenue. Si la habitación estaba en penumbra y silenciosa, el tictac recordaba tan vívidamente el comedor de su infancia que el tiempo y la distancia desaparecían, haciéndome evocar las horas de la siesta veraniega leyendo Tintines en torno a la mesa; haciéndole evocar a ella, en voz alta, a su padre y a su hermana-madre, a la que quería con el alma pero sobre la que ironizaba de esa forma en que hacemos compatible el amor con el sarcasmo hacia las personas mayores. Evocaba, con voz sofocada sobre el latido inquietante del corazón, un universo idílico, una felicidad perdida que le servía para transmitirnos a mis hermanos y a mí la infelicidad del presente, ese presente en que yo le tendía mi mano de niña de diez años para que se serenase y que el corazón le dejara de sonar a *Amado Santas, 1900.*

Más de una vez presencié la escena del anciano doctor auscultando el corazón operado. Me recuerdo admirada, atenta y suplicante como un perro. Le miraba a él, que escuchaba con los ojos cerrados, y luego a ella, que aquel verano no parecía vivir más que para enseñar su tesoro, convirtiéndonos también a sus hijas en cuidadoras de tan extraordinario prodigio. Sentía yo una especie de orgullo delegado en el hecho de que mi madre se hubiera convertido en un milagro de la ciencia o de la fe, según con quien se hablara, y en ocasiones, en un discurso calcado del de mi padre, describía a los otros niños de la calle esos minutos de tremenda tensión en que el corazón había permanecido en las manos enguantadas del cirujano, dejando a mi madre abierta en canal, «técnicamente muerta», para volver a depositarlo en su pecho como el reloj al que se le ha arreglado la maquinaria con éxito.

Raro era el día en que no se tenía que abrir la blusa varias veces para las visitas, como hacía ante el médico, tumbada en la cama de barrotes blancos, cuidando pudorosamente que no se le vieran los pechos. La cicatriz, aquel ciempiés todavía rojo, hinchado, con las marcas de los puntos de sutura a un lado y a otro a modo de pequeñas patas, le cruzaba el torso del cuello a la cintura. Viva y sinuosa gracias a los movimientos de la respiración, la cicatriz estaba catalogada en mi imaginación como uno de esos parásitos que había tenido que estudiar en el colegio. Tan asumida tenía la idea de que se trataba de un ser autónomo, que a veces cerraba los ojos porque temía, aprensivamente, que el bicho le avanzara por el cuello y apareciera de pronto culebreando por la comisura de la boca.

—Quién fuera médico ahora. Qué poco se podía hacer entonces.

Lo decía el viejo evocando a todos los muertos que habían pasado por sus manos, a mi abuela, de la que todos contaban que, tendida sobre esa cama, que vio nacer y morir a tantos miembros de mi familia, rabiaba de dolor por el cáncer que la devoró, con unos gritos que se oían desde la calle. En el tiempo de mi infancia, anterior aún a todo ese cuidado que hoy se emplea para hablar a los niños, los adultos se explayaban delante de nosotros sobre el dolor de los moribundos con una exactitud impúdica y morbosa; aun así esa naturalidad con que se describía la mordedura de la muerte no hacía que la consideráramos tan cercana como para que pudiera señalar con el dedo a nuestros padres.

La muerte era una circunstancia de otro tiempo, de otro siglo, casi un cuento de fantasmas. Los fantasmas de los familiares poblaban todas las casas y, en particular, en la casa de mi abuelo, eran invocados a diario por mi tía Celia. No sé si era una peculiaridad suya o una especie de costumbre arraigada entre las mujeres solteras. Las madres cuidaban a los vivos; las solteras, a los muertos. Mi tía los llamaba, con un gran sentido de la propiedad, «mis muertos». Los retratos de sus muertos estaban colgados en el sombrío recibidor, muy a tono con el tresillo de madera y enea de la misma época de los retratados. Era ese tipo de fotos de principios del siglo XX, de gran calidad, que nos acercaban con enorme precisión la presencia de seres humanos remotos. Parecían verdaderamente fotos de fantasmas. Yo las miraba una y otra vez a la luz pobre de la bombilla, queriendo descubrir algún detalle nuevo que me uniera a esas mujeres, mi bisabuela, mi abuela, subidas a un coche de caballos, vestidas como heroínas de novela, aunque lo novelesco quedara frustrado por el gesto adusto y desconfiado de la gente de pueblo, para la que ser retratada era algo amenazante y excepcional.

A fuerza de nombrarlos mi tía conseguía que la presencia de sus muertos se sintiera por toda la casa, reinando sobre todo en los que fueron sus cuartos, donde nacieron, hicieron el amor, parieron hijos y murieron con unos gritos de dolor que se escuchaban desde la calle.

Yo los sentía, a los muertos, en la cambra más que en ningún otro sitio, en la buhardilla en la que se apiñaban muebles viejos que finalmente acabarían en manos de esos anticuarios que en los setenta esquilmaron las casas de los pueblos, abusando de la ignorancia de una gente que no daba ningún valor a trastos que consideraban pasados de moda. Había baúles llenos de ropa antigua, baúles con escopetas y fotos, libros apilados por todas partes. Los objetos de los muertos olían a rancio, a alcanfor y a humedad. Mi tía dejaba a los sobrinos, nos dejaba, enredar por allí a condición de que todo quedara al final en el inexistente orden en el que se encontraba. Las niñas sacábamos ropa de los baúles y nos vestíamos con aquellos trajes que casi no nos dejaban andar por el peso tremendo de las telas brocadas y medio podridas. Actuábamos como señoras de época, tal y como habíamos visto en el teatro de la tele, hablando y moviéndonos con afectación y mucha cursilería. Lo que yo de verdad hubiese deseado habría sido entregarme a aquel juego en solitario, aunque casi nunca reunía el valor. Intenté alguna vez aventurarme a subir sola a aquel cuarto, pero como ocurriera que de pronto me viese reflejada en uno de aquellos espejos amarillentos que estaban apoyados en el suelo, me entraba el terror de no ser yo la que aparecía reflejada sino el espíritu de una de aquellas muertas de las que con tanta tranquilidad de ánimo hablaba mi tía, y bajaba corriendo las escaleras, tropezándome con los faldones, jadeando, aterrada, pensando que una mano me agarraría por detrás en el último escalón y querría llevarme al territorio de los muertos. Sólo conseguía sentirme a salvo en el momento en que llegaba al comedor, donde mi tía, sentada en una silla baja al lado de la ventana, me miraba de soslayo y sin dejar de hacer ganchillo, me decía: «Te tengo dicho que no me bajes aquí esos trapos viejos».

Mis hermanos detestaban las fantasías románticas de las niñas y se aburrían pronto. Sus juegos eran menos sofisticados. Mi hermano Pepe, que por entonces leía incansablemente aquellos novelones de soldadesca alemana de Sven Hassel, cogía una de las escopetas de caza que había en los cestos y nos disparaba desde detrás de un baúl, emitiendo el ruido del disparo para que nos dejáramos caer; otras veces nos hacía ponernos contra la pared para fusilarnos o nos pegaba un tiro a bocajarro. A mí me provocaba pavor sentir la boca de la escopeta rozando mi nuca y el sonido de su aliento excitado en mi espalda. «¡Muere, cerda traidora!», decía copiando las frases de la jerga libresca. Las niñas pequeñas nos veíamos con frecuencia desafiando el miedo que nos provocaban los juegos de los chicos mayores, no queríamos ser tomadas por tontas o cobardes y que nos dieran de lado. Así, enfrentada al pavor que me provocaba el contacto frío de la escopeta, yo aguantaba, paralizada, entregada a una especie de claudicación, hasta que oía el ruido mecánico y hueco del gatillo, que me provocaba el placer y la relajación de la prueba superada.

A ningún adulto se le hubiera ocurrido vigilar tales juegos. Los niños vivíamos en un mundo ajeno al de los mayores. De nosotros se esperaba que saliéramos de casa por la mañana y no molestáramos hasta la hora de comer, que no hiciéramos ruido a la hora de la siesta, que supiéramos defendernos, que no volviéramos lo suficientemente pronto como para incordiar antes de que la comida estuviera lista, ni lo suficientemente tarde como para que los mayores se preocuparan. Cuando cualquiera de mis tías te encontraba melancólicamente tumbada en un sillón pasaba la mano por tu frente para ver si estabas enferma y, si no había nada que anunciara una enfermedad, te lanzaban un grito: «¡Venga, arrea con los niños a la calle, que te vas a quedar enana de no moverte!».

Al fin y al cabo, jugar a matar, ese matar figurado, no era más agresivo que torturar insectos, mutilar ranas o tirar piedras a los perros cuando estaban apareándose; eran cosas que no levantaban un comentario más allá del típico «¡Cómo son los chiquillos!». De todas formas, creo recordar que después de que un niño forastero le volara el ojo a uno del pueblo, las escopetas desaparecieron. Sólo a un crío venido de fuera, escuchaba decir a mis tíos, se le ocurriría apuntar con un arma a otro sin saber si estaba o no cargada.

Yo asumía, con culpabilidad, lo tontos que éramos los forasteros; por mucho que nos esforzáramos en demostrar que podíamos integrarnos, había algo indefinible en los niños de pueblo, el habla, la audacia física, la rapidez de reflejos, que a nosotros nos volvía torpes, demasiado inocentones. Amos del territorio, los niños de pueblo aplicaban su pequeña venganza contra los invasores. Pero aun así, a pesar de ser forastera, mi centro del universo era entonces ése, aquel pueblo era la capital del mundo, y la ciudad se me antojaba como una tara en mi biografía que trataba de disimular como fuera.

También había libros en la cambra. Muchos, cientos de ellos, metidos en cajas o apilados en el suelo. No sé de dónde habían salido ni por qué estaban allí. Tal vez ese desván servía como almacén de una biblioteca que nadie se encargaba de montar en aquel pueblo en el que se respiraba una especie de pereza colectiva que imposibilitaba cualquier empresa pública.

Los libros estaban allí. Tenían un sello oficial en su primera página que no recuerdo a qué correspondía; lo que es seguro es que aquél no era su destino. Se apilaban entre los baúles y acumulaban polvo. Había novelas de Galdós, también sus *Episodios Nacionales*, novelas de las

Brontë, de Dickens, de Blasco Ibáñez y Pereda, y había, por fortuna, muchos libros infantiles, toda la colección de Tintín, de Guillermo Brown, de Celia y Cuchifritín. Nosotros, mis hermanos y yo, sacábamos provecho de esos tesoros, y cuando al fin se marchaba el frío rabioso de enero y febrero y era soportable sacar los brazos de la cama nos llevábamos libros al cuarto para leerlos a la luz desabrida de la bombilla. El polvo y la aspereza de las páginas nos hacían toser y provocaban dentera, que yo aliviaba, compulsivamente, mojándome los dedos en saliva.

Mis tíos solteros, Celia y Amado, eran los únicos adultos a los que yo veía coger algún libro de esa peculiar biblioteca abandonada, pero su elección era tan monótona que los gustos literarios se convertían en una especie de prolongación empecinada de su personalidad. El gesto diario de mi tío Amado metiéndose en el bolsillo del mono una novela del Oeste de Lafuente Estefanía antes de montarse en la vespa para hacer su guardia en la Central Eléctrica era más un rasgo de su carácter, introvertido y refractario a la conversación, que un amor por la lectura. En mi tía Celia su afición literaria era la consecuencia de la ensoñación tan habitual a la que se entregaban las mujeres solas, a las que el amor por las novelas se añadía como una característica más de su rareza. La literatura, de la que se desconfiaba por sistema, como casi de cualquier actividad que supusiera un mundo privado y ajeno al de los otros, era vista como la compensación a una vida frustrada. De alguna manera, mi madre confirmó esta tendencia a la lectura como consuelo, porque fue en sus años de enferma, los últimos, cuando pasaba tardes enteras en nuestra habitación, la de las niñas, sentada al lado de la ventana, haciendo como que vigilaba la pereza y el despiste con los que yo me enfrentaba a los deberes pero, en realidad, ausente y ajena, entregada a otras vidas que borraban la suya. A veces se quitaba las gafas, se acariciaba el punto de la nariz en donde se le hincaba la montura plateada, y me miraba, queriendo advertirme de que me observaba, que cumplía con su papel de madre, aunque yo sospechaba que no me estaba viendo del todo, que su mente habitaba junto a esos otros seres cuyo triunfo o desgracia le importaban ya más que las de los suyos.

Mi tía, en cambio, fue devoradora de ficción desde siempre. Nos servía la comida y se quedaba de pie a nuestro lado, digna y vigilante, con los brazos sobre el vientre. «Eso», decía señalando con la punta de un cuchillo ese trozo de grasa de lomo que habíamos apartado y que nos debíamos comer. Masticaba mientras algún trozo de carne que se introducía en la boca en sus viajes de ida y vuelta a la cocina y a cada momento nos metía prisa, porque a las cuatro empezaba la novela de la radio y quería tenerlo todo recogido y que desapareciéramos de su vista. Las niñas la ayudábamos a fregar y luego yo me sentaba junto a ella, que se encorvaba hacia la radio, en una actitud de rendición absoluta. En una de sus manos esgrimía el matamoscas y lo único que podía sacarla de ese estado hipnótico era el vuelo de una posible presa. Fruncía el ceño, se mordía los labios y allí donde se posara la mosca, que podía ser, por ejemplo, en tu propia cara, pegaba un manotazo, acertando siempre. La apartaba luego con un pequeño toque de desprecio para que cayera al suelo. Cuando acababa la novela las barría.

Yo deseaba seguir el argumento novelesco pero me daba vergüenza; había aprendido de mis hermanos y de mi madre a burlarme de esos sentimentalismos rancios y, en cuanto veía que en su cara se dibujaba un gesto de pena por las desgracias de la protagonista o que una lágrima estaba a punto de escapársele, olvidaba mi lealtad hacia ella y llamaba a los chicos para que la observáramos y reírnos juntos de eso que ya juzgábamos como algo patético (los adultos eran los primeros cómplices de nuestra burla): el romanticismo de las mujeres que nunca habían experimentado el amor en carne propia.

Tras la novela, se marchaba a dormir la siesta y de ella bajaba siempre con un libro bajo el brazo, como si hubiera rumiado la lectura durante el sueño y volviera convencida de algo que constituía la gran verdad del mundo. «¡Lee a José Antonio y luego me cuentas!», le decía a Pepe, cuando éste, a los dieciséis años, empezó a decir cosas extrañas en la mesa. «¡Ya no creo en Dios! ¡Ni en Dios ni en el sistema!» Eran afirmaciones que canalizaban el descontento que había marcado su carácter infantil y lo convertían en ideología prematura pero implacable. Aquellas frases provocaban una especie de desasosiego general, ira o desazón, según los casos. A mí me sumían en esa tristeza inconcreta que los pequeños sienten cuando los hermanos mayores empiezan a mostrar señales de un pensamiento independiente.

«¡Lee a José Antonio!» Lo decía, casi lo gritaba, mi tía muy a menudo, como si leyendo aquel volumen de los discursos del político falangista, mi hermano se pudiera curar de una enfermedad aún embrionaria (no sólo no se curó sino que nos fue contagiando a todos). Pero no creo que ella le hubiera dedicado mucho tiempo a esa lectura. Recomendar los discursos del falangista formaba parte de una empecinada fidelidad al hermano de dieciséis años que murió en la guerra, pero en realidad su conexión con la historia de España eran los *Episodios Nacionales* de Galdós, y su apasionamiento político se apagaba enseguida para rendirse ante Clarín, Galdós o Dickens.

No sé si la lectura continua de todas esas novelas había influido en su forma de expresarse, pero cuando años más tarde me entregué yo a *Fortunata y Jacinta*, encontraba personajes, como doña Lupe la de los Pavos, que hablaban igual que ella, y esa habla familiar me provocaba casi más melancolía que la despertada por la propia historia de la desgraciada Fortunata. Mi tía hablaba con una dicción perfecta, propia del Bajo Aragón, y parecía tener, como mucha gente por esos pueblos, un micrófono en el abdomen que hacía que su voz resonara y te alcanzara allí donde estuvieras en aquellas ocasiones en que yo tenía motivos para esconderme. Su manera de expresarse era rotunda, tierna en momentos contados, y tenía la facultad de ser hiriente sin la necesidad de soltar una palabra sucia.

Sus ideas no eran franquistas, aunque ella lo creyera, sino las que se desprendían del universo moral de las novelas del siglo XIX que leía. La aceptación de sus frustraciones, la dignidad con la que, a pesar de la burla (que siempre perseguía a las mujeres solas), se plantaba ante el mundo, eran el eco de otro siglo. Le gustaba el orden establecido, temía los cambios que ya se anunciaban sutilmente (la misma frase del sobrino era un adelanto), y era religiosa, sí, pero detestaba el talante aprovechón de los curas que se presentaban a comer de gorra y en los que creía adivinar una pulsión sexual que se desfogaba con sobrinas, sirvientas o monaguillos. No sé de qué forma llegaba esto a mis oídos en una familia en la que jamás se hablaba abiertamente de sexo, pero supongo que muy pronto aprendí a descifrar las claves de lo que no se decía. Ella era una puritana de una pieza, fiel a un mundo del que se olía la incipiente decadencia, pero, de la misma forma que defendía a Franco por amor a su hermano muerto, anunció que votaría al Partido Comunista, aun detestando a los rojos, si su sobrino se presentaba a las elecciones.

Su contacto con el mundo exterior se basaba en emociones delegadas de sus hermanas casadas o de sus sobrinos, aunque no era difícil intuir que escondía un territorio íntimo que se me antojaba muy misterioso. Cuando nos subíamos al coche en septiembre para volver a la ciudad y a la escuela, ella se despedía levantando la mano desde el umbral de la casa, dibujando una sonrisa en su cara que tenía como misión contener el llanto. A mí se me hacía también un nudo en la garganta, por la pena de no verla en meses, pero también por ella, imaginando sus andares solitarios por las habitaciones que nosotros habíamos llenado durante el verano, dejando cosas por medio, actuando con la habitual desconsideración de los niños, bulliciosos, metomentodos. No se me pasaba por la cabeza imaginar que ella podría disfrutar de su recién estrenada soledad. Tan convencida estaba yo de que su vida sin mí, sin nosotros, carecía de significado, que me olvidaba de su implacable sentido de la independencia, el mismo que le hacía cerrar la puerta sin culpabilidad ni contemplaciones al cura, a los perros vagabundos o a esas visitas a deshora que son la pesadilla de los pueblos. Ese aspecto tozudo e insobornable de su carácter que luego he entendido tanto reconociéndolo en mí se diluía, me quedaba sólo con la imagen de la tía en aquel umbral, en su andar melancólico por la casa en penumbra, acompañada más por los muertos que por los vivos, que siempre acabábamos abandonándola.

Ni se me pasaba por la cabeza algo que ahora imagino y que me hace sonreír: según el coche se perdiera por la calle estrecha, después de tres meses de verano haciendo comidas y camas y lavando calzoncillos y bragas de tantos niños, suspiraría de alivio, liberada entre los muebles sombríos, encontrándose de cara con la mirada solemne de alguna de sus muertas y confesándole, con la seguridad de que hay cosas que los muertos entienden más que los vivos: «Qué ganicas tenía de quedarme sola».

De las novelas de la radio a las del diecinueve sin pisar la calle, y luego a misa, a una realidad matizada por la luz de las velas y los cuchicheos sofocados de esas amigas con las que, después de darnos un bocadillo y echarnos a la calle, se marchaba a jugar a la brisca. En alguna de las cartas que nos mandaba a los distintos destinos en los que vivimos, su caligrafía es un signo inequívoco de un carácter obstinado y despierto; después de los detalles prácticos, la matanza del cerdo, las manzanas, las fechas de las vacaciones, vienen los mensajes para cada uno de nosotros. A mí, por ser la más chica y por tanto la más permeable a los acentos, siempre me comentaba: «Ni me quiero imaginar cómo hablarás cuando te vea». Ella siempre hablaba igual, como si viniera de un ayer que estaba a punto de desaparecer pero que se negaba, en su último capítulo, a dejarse contaminar por la televisión o por las expresiones callejeras que traían los sobrinos a casa. Yo era muy sensible a su forma peculiar de expresarse, tan diferente a la de los adultos con los que tratábamos en la otra vida que manteníamos en la ciudad. No quiero adornarme con una sensibilidad retrospectiva, sólo recuerdo lo que es cierto: poseía desde niña un don especial para captar las diferencias del habla, no sólo de un lugar a otro, sino de una persona a otra. Era el rasgo humano que se me presentaba primero y con más nitidez, el más querido y el que más me importaba. En mi tía podía percibir el don de la palabra y una inteligencia poco cultivada pero tan sólida que nunca podía ocultarse.

Sus palabras escritas eran una transcripción exacta de su forma de hablar. No había literatura, ñoñerías o sentimentalismo en ellas. Leyendo hace poco una de sus cartas me encontré con este párrafo:

> El viaje en autobús fue muy malo. Hacía tanto frío que cuando llegué a Valdemún estaba heladica, malucha, con una fiebre de 38. Me fui acordando de vosotros todo el viaje. Me deprimía sólo de pensar que ya no os veré hasta el verano. Eso si al final venís porque ya tengo asumido que cada vez vais más a lo vuestro. Lo que está claro es que yo a Madrid, después de la muerte de vuestra madre, ya no pienso volver. Qué se me ha perdido a mí allí.

Sentí de pronto el peso de su queja discreta, que anticipaba todas aquellas visitas que debiéramos haberle hecho cuando ya era vieja pero que no le hicimos y, por encima de todo, sentí con enorme dolor mi propia ingratitud.

Pero no puedo pensar en la vida de mi tía como una biografía aislada. Las historias de todos ellos, ella, la familia, los vecinos, estaban tan firmemente entrelazadas entre sí que era casi imposible escuchar el relato de una peripecia individual que se despegara de las vidas del resto. Si alguna vez escuchabas el relato de un alma rebelde que en un momento de inconcebible independencia se había marchado del pueblo a una ciudad o a otro país y a punto había estado de despegarse para siempre del nido, presentías que el relato concluiría en el instante en que la criatura momentáneamente despegada regresaba al abrigo de aquellos entre los que había crecido. La firme naturaleza del mundo en que ellos creían acababa por devolver a esa persona a su cauce. Y los que se perdían sin remedio eran mentados entre cuchicheos y a espaldas de los niños.

A mí esta especie de justicia natural que devolvía a la oveja perdida al rebaño me provocaba una gran tranquilidad de ánimo; al fin y al cabo, su moral, su orden del mundo, tenía mucho que ver con las fábulas y los cuentos tradicionales que se resolvían siempre devolviendo al niño perdido a su casa, aunque fueran los habitantes de esa misma casa los que le habían expulsado. Para bien o para mal, no había manera de perderse eternamente. Yo misma, tan gregaria, tan amante de aquel orden estricto que para mí contenía las leyes del universo, no comprendía la necesidad que podía tener alguien de marcharse del paraíso. Sentía un gran alivio cuando hablaban de alguien que, fracasando en sus intentos de independencia, había vuelto, con las orejas gachas, admitiendo su ridículo. Era una verdad que lo impregnaba todo: dónde se iba a vivir mejor que allí.

Aun así, mi madre gozaba del estatus de quien se ha ido por haberse casado con un forastero. A pesar de la nostalgia que le provocaba estar lejos de sus hermanos, volvía sin volver ya del todo y se situaba (yo lo percibía) en un puesto ligeramente superior, como si fuera consciente de su afortunada posición social. Ya no alzaba la voz de la manera en la que sus hermanas lo hacían cuando se juntaban a hablar en la calle, criticaba la alimentación grasienta, la presencia excesiva de cerdo en las comidas y tenía un recelo hacia la falta de intimidad permanente. Intentaba infundir en sus hijas, por encima de todo, una especie de refinamiento y una cierta distancia con el mundo de su niñez. Supongo que lo conseguía en su hija mayor, en mi hermana, que actuaba miméticamente, con esa especie de feminidad distante y sin fisuras; en cambio yo padecía la tristeza de ser tratada como una forastera, una tara de la que no me libraba por más que imitara el acento de los otros niños y me intentara confundir con ellos.

Mi personalidad estaba menos forjada desde un principio o yo era más flexible a las influencias o más proclive a sentirme seducida por cualquiera. Eso me hacía fluctuar entre ser de capital o de pueblo, chicazo o niña, según con quien anduviera y lo que despertara mi curiosidad, cosa que desconcertaba a mi madre y que me afeaba siempre: «¿Crees que eso es bonito en una chica?». En realidad había algo voluptuoso en mi actitud, como una especie de sumisión evidente al mundo de los chicos, sentía más curiosidad hacia ellos, quería ser aceptada. Mi madre lo presentía y lo rechazaba absolutamente, fiel a esa rectitud puritana en la que se crio y que muchas veces, incluso después de que muriera, me hizo sentir inadaptada.

Veo a mi tía Celia en aquel presente que observo ahora desde una distancia de doce años, la veo como si me fuera posible estar en el cuarto de mis abuelos, balancearme en la mecedora, al lado del armario de luna, y ella no fuera un fantasma del pasado sino un espectro del futuro. El habla sentenciosa de mi tía ha traído consigo el escenario completo: la última luz de sol que entra por las lamas de la vieja persiana de madera y dibuja los contornos de un austero mobiliario de principios de siglo, bello y común al de tantas casas de la clase media rural: el suelo de baldosas floreadas descoloridas por el tiempo y las lejías, y las paredes azul pálido, sin más adorno que el Cristo crucificado encima del cabecero. Todo severo pero tranquilizador, sin un propósito decorativo aunque con esa sabia armonía que las casas fueron perdiendo. Por fortuna, la devastación empezó en las salitas, éstas se fueron abigarrando con sofás de escay y aparadores desproporcionados de formica. Los dormitorios, por tratarse de un espacio íntimo y tener como única finalidad albergar el sueño o el descanso de los enfermos, conservaron mucho más tiempo su dignidad. Este dormitorio, que ahora me trae el recuerdo no invocado, siguió así hasta la noche en que murió mi tía, la última que yo pasé en esa casa, en vela.

Contemplo en la escena a tres personas: mi tía, el niño, yo. Ella, recostada sobre mi hijo de cuatro años, que ha dormido la siesta en esta cama de barrotes blancos sobre la que duermen y se superponen tantas historias; yo mirándolos, balanceándome chulescamente en la mecedora donde tantos otros han velado la agonía de los enfermos. Hemos venido a verla después de un año, coincidiendo, sin pretenderlo, con los días de las fiestas de la Virgen de Agosto. No puedo decirle a nadie, salvo a ella, que me siento ajena a toda esta alegría concentrada en tres días de baile, toros y borrachera. Al niño me lo han disfrazado con una especie de traje sanferminero de pantalones largos y pañuelo al cuello para que se sume a la peña Los Muchachicos. El disfraz le hace parecer, tumbado en la cama y con la seriedad de los niños cuando salen del sueño, un hombre al que el miedo ante la proximidad del toro le hubiera hecho menguar. Lo único que le ha gustado de las fiestas al hombrecillo ha sido el disfraz. En cuanto le han asomado al balcón con los otros críos para que viera a los mozos correr los toros se ha puesto a llorar sin consuelo asustado por el ruido de los petardos, la brutalidad de la muchachada y la enormidad de los animales.

Mi tía se lo ha traído de vuelta a casa por las callecillas adyacentes a la principal en donde se desarrolla el encierro. Le iba arrimando la cara contra su falda, poniéndole la mano sobre el oído para mitigar el ruido de la pólvora y el griterío histérico de la gente. Él es un forastero, como lo era yo, así que tal vez, a sus cuatro años, haya experimentado ya la misma vergüenza que yo sentía por no haber reunido el coraje necesario para quedarse a disfrutar de algo que no entiende y le provoca susto. También, como yo, tiene a la tía soltera, para él una abuela (o bisabuela), que detesta la brutalidad masculina y defenderá su debilidad ante cualquiera que le insista para que vuelva allí donde no quiere. «Tú conmigo, corazón mío, que en este pueblo no hay más que animales.»

Así ha protegido ella siempre de la inevitable burricie masculina a sus pequeños varones, al hermano que perdió en la guerra y que ha marcado su primaria ideología, a sus otros hermanicos, a los sobrinos, uno tras otro, queriéndolos tanto o más que si fueran sus hijos, ofreciéndoles el calor de un regazo que sólo en el desconsuelo infantil encontró un alivio al suyo propio.

Unos y otras buscábamos su calor, con nuestras manos de recién nacidos, de bebés grandes y exigentes, de niños que volvíamos de la calle con cara trágica, sin tener palabras para explicar la tristeza que sentíamos porque aquellos que hasta hacía un momento eran tus amigos ahora te rechazaban, y sólo sabías o podías refugiarte en aquel regazo querido, rico en olores. Consolarte y consolarla de los males de la intemperie. Ella protegía con mimo especial a los varones, como si tuviera por misión proporcionarles esos cuatro o cinco años de un paraíso del que serían arrebatados por los hombres de la familia para que no se amariconaran. Crío que anda entre faldas, malo, malo. Pero yo, que de niña luché tanto por formar parte de ese sistema de tradiciones inflexibles, soy ahora (ese ahora que me trae intacto el recuerdo de una escena en la que estamos mi tía, Gabi y yo) madre de un niño medroso de cuatro años y defiendo mi extranjería y la del niño. Si se amaricona, que se amaricone. Qué coño me importa. Es un niño imaginativo y solitario, acostumbrado a perderse en fantasías entre las cuatro paredes de un piso y aquí, en la abrumadora libertad del pueblo, se asusta.

Sé que ya no puedo ser de aquí, pienso mientras me balanceo en la mecedora, no me acomodo. Mi forma de ser chirría a cada momento. En estos días en casa de la tía he visitado a mis amigas, a las dos que se quedaron aquí. Veo que se han plegado a las normas con el mismo propósito de fidelidad y sacrificio que adoptaron sus padres. Marisol, la más querida, ha engordado después de dos partos, todo en ella desprende un aire de pesadumbre asumida, esa misma claudicación que yo experimentaba cuando mi hermano Pepe ponía la boca de la escopeta de perdigones en mi espalda. Es algo que no mata, que no provoca el dolor físico de una enfermedad, pero desgasta hasta provocar una madurez prematura.

Ayer por la mañana, Marisol y yo llevamos a nuestros niños a la piscina. Era raro vernos a las dos compartiendo una actitud maternal; nosotras, que hasta hace escasamente cinco años hablábamos de tirarnos a los gemelos del boticario, «uno para cada una», practicando ese tipo de procacidad verbal propia de la inexperiencia. Ahora que la tenemos, la experiencia, que podríamos darle sentido a esa expresión, «tirarse a alguien», nos separa una bruma de pudor y reserva.

Marisol secaba el sudor de la carita del bebé que ma-

maba sin muchas ganas, le despertaba de vez en cuando pellizcándole suavemente la mejilla, hasta que dejó que le venciera el sueño por completo y soltara el pezón enorme, oscuro, húmedo. Una gota de leche cayó sobre el párpado sonrosado y casi transparente, y ese impacto, tan ligero como el de una lágrima, pim, le hizo abrir los ojos, como si quisiera despertarse, pero el peso insignificante de la leche se lo impidió y se abandonó aún más sobre el brazo de su madre. Pedro Javier, se llama, uno de esos nombres compuestos imposibles que ya no se estilan, pero que aquí resisten por el respeto a la voluntad de los abuelos. Pedro Javier, así le llaman ya, como si su cuerpo de cuatro kilos y medio pudiera hacerle frente a un nombre tan rotundo. Los otros dos niños, el suyo, el mío, nadaban con los manguitos en el agua helada de esa piscina sin azulejos, oscura, a medio terminar desde que yo tenía diez años, más poza que otra cosa.

Marisol dejó al bebé Pedro Javier en el cochecito, bajo el abrigo de la sombrilla, y la contemplación del juego de los otros chiquillos nos llevó a entregarnos a un silencio atravesado por los recuerdos comunes, por la comparación inevitable entre aquello y esto, entre lo que deseábamos y lo que hemos conseguido.

«Tengo una falta —me dijo Marisol, interrumpiendo las cavilaciones—, mira que se lo dije, le dije, "ten cuidado, tío", pero el muy capullo se corrió dentro. Siempre dice, "yo controlo, yo controlo".» Cambió el tono de voz para imitarle, como si fuera un descerebrado, un gilipollas. En la boca se le quedó reprimido un reproche que no llegó a expresar como un último gesto de lealtad hacia él. No está educada para compartir la infelicidad; ha sido informada por su madre, por tantas otras mujeres, de que, una vez que la insatisfacción se expresa, comienza a pisarse un terreno pantanoso que no conduce a ninguna parte. La infelicidad es algo que ha de llevarse con discreción, dice una máxima no escrita que comparten las mujeres de este universo rural en el que pasé gran parte de mi infancia. Pero ahora que tengo una mirada más distante hacia todas ellas sé que lo que dicen, lo que callan, se acaba manifestando en desidia vital, en tics, en malhumor, en la pérdida temprana de la belleza.

Joder, pienso mientras me balanceo en la mecedora, era tan guapa. Yo la quería tanto como la envidiaba. Sentía hacia ella esa especie de encantamiento, de enamoramiento, que experimentan las niñas hacia otras niñas; imitaba su risa, el ligero seseo al hablar y esa manera de andar con las piernas un poco abiertas de las mujeres de huesos grandes, de natural complexión atlética. Joder, la naturaleza la había elegido a ella para que desafiara el destino al que estaba abocada, para que siguiera dándome envidia hasta la muerte. ¿Qué coño hacemos con los papeles cambiados?

Me ha ocultado lo que siente. También yo le he ocultado lo que soy, por la misma razón por la que disimulaba de adolescente mis dos o tres recursos (los libros leídos, la escritura solitaria y avergonzada, cierta agudeza psicológica) para que nadie se sintiera ofendido y para que no me consideraran estúpida los chicos que me atraían. Ayer, en la piscina, después de escuchar su contenida pesadumbre por un posible nuevo embarazo, me propuse no hacer ningún comentario para que no pareciera que alardeaba de mi independencia, de mi vida solitaria en el pequeño apartamento, de mis horas en la radio o del dinero que gano, de mis vaivenes sentimentales y de su amarga consecuencia que en estos días me altera tanto el ánimo. No quería poner ante sus ojos una vida que, aun haciéndome infeliz, podía hacerme parecer arrogante.

Por la tarde acudí, como tantas veces hice en mi adolescencia, al bar de su familia. Su madre se fue a acostar a los críos y ella estaba en la cocina. Es verano, la población se triplica y los forasteros no saben esperar, vienen al pueblo sin saber dejar atrás su exigente impaciencia. Me puse un delantal, como entonces, y estuve jugando, como entonces, a ser cocinera de bar. Esa otra vida que de niña me parecía posible. «¿Cuántas tortillas te hago?» Ella me sonrió: había pronunciado una frase repetida y antigua, que rememoraba una complicidad que ya no es del todo posible. Batimos huevos e hicimos treinta, cuarenta tortillas. Fue divertido, como entonces, interpretar el personaje de la mujer que podía haber sido, pero ya no hay en mí verdaderos deseos de pertenencia a esta pequeña maqueta del universo, tampoco hay complejo por estar al margen, sino alivio, alivio. La única nostalgia que me duele es la de haber perdido una forma de mirar que embellecía el mundo.

—No te extrañe que dentro de unos días te llame y me plante en Madrid para acabar con esto de una puta vez. Sin que él se entere, claro, porque si se entera, encima, me mata.

Procuré que no nos cruzáramos la mirada, porque estaba segura de que no lo haría, que no acabaría con *eso*, como dijo, que dentro de un año, cuando tuviese a su nuevo hijo en brazos, pagaría lo que fuera por no haber pronunciado esas palabras y hasta podría llegar a detestar a quien las hubiera escuchado, como un acto de amor a ese niño que ya será una presencia insustituible en su vida.

Toda la conversación giró en torno a ella, no exactamente a sus sentimientos, que se han enrocado de no expresarlos, sino a los pequeños actos que conforman el presente. Es algo de lo que he sido consciente estos días, he visitado las casas de mis tías, de tías segundas, de vecinas de mis tías, y he temido en cada conversación que me preguntaran algo verdaderamente comprometido, algo tan simple como, «¿Por qué has venido sin tu marido?». Pero no lo han hecho, nadie, y ahora me doy cuenta de que nunca lo hacen: las novedades de un mundo ajeno no les interesan demasiado y prefieren eludir esas confidencias que pudieran alterar la idea que quieren tener de ti.

—¿Y tú, qué? —pregunta al fin Marisol, como considerando que es inevitable enfrentarse en algún momento a esa pregunta.

—Bah, bien, como siempre.

Cuando se acabaron las cenas y la clientela ya sólo pedía copas para acompañar los juegos de cartas o por pereza de irse a casa, nos fuimos al balcón de la buhardilla. Echamos un vistazo al sueño de sus críos. Pensé en el mío, que estaría durmiendo arrimado a la tía, entregado al sueño contra su voluntad, porque ella le habría contado un cuento tras otro, como hacía conmigo. Imaginé a mi hijo abrazado a ella y ese pensamiento tuvo sobre mí un efecto tranquilizador. Sentimientos paradójicos del amor maternal: el disfrute de dejar a tu hijo en unos brazos que lo han de proteger hasta de ti misma.

Ya en el balcón, enfrentadas a la espesura de una oscuridad sin luna que caía como un manto sobre los tejados que descienden, apoyados unos sobre otros, hasta la vega y el río, Marisol sacó del bolsillo del vaquero una china y empezó a liarse un porro. Estábamos sentadas en el suelo, disfrutando del contacto de las baldosas aún calientes tras un día de sol de agosto. Ella se descalzó y cruzó las piernas, y así, iluminada por la luz pobre del farolillo que colgaba encima de la puerta, quedó camuflado el desgaste que la insatisfacción más que el tiempo había provocado en su cuerpo. El rostro volvió a ser el mismo, idéntico, los gestos los mismos que los de la muchacha temeraria que planeaba vivir en Valencia o en Madrid.

—A Pedro no le gusta que fume canutos cuando él no está, pero yo me harto de esperarle y alguno cae. La semana es muy larga y estoy muy sola... Se cree el bobo que es él quien trae el hachís a esta casa. Qué inocente, en el fondo. Si hay algo que sobra ahora mismo en este pueblo son camellos —dibujaba anillos con el humo y soltaba el resto en un hilo fino, mirando al cielo lenta, sensualmente, como si cada calada tuviera la capacidad de trasladarla un paso atrás, y otro, y otro, hasta devolverle a su cara la luz de la juventud.

Me lo pasó. Yo fumé como si se tratara de un cigarrillo, consciente de que si no lo hacía así, de manera prosaica, estaría imitándola, como tantas veces cuando éramos adolescentes. Ella jugaba con la melena, la melena abundante, ligeramente rizada, y se la recogió con un palo que llevaba en el bolsillo, habilidosamente, repitiendo un gesto tan suyo como la manera de fumar. En el tobillo izquierdo, reconocí aquel pequeño tatuaje, una hoja de maría. Una nube de vello claro le coronaba la frente y las sienes. Volvía a tener la vida intacta, toda por delante.

—Y a ti —me dijo—, ¿no te gustaría tener otro?

—Ahora no puedo pensar en eso.

—¡Pensar, pensar! Si una se lo pensara igual no los tenía nunca. ¿Quién piensa antes de hacer las cosas? —aspiró el porro, ahora diminuto, sujetándolo por el pulgar y el índice, con la maestría de quien se ha fumado muchos—. Si estuviera preñada tendría que dejar de fumar... ¡Ja! Eladio fue concebido una noche histórica.

—¿Cuál?

—La del 23 de febrero. La del 81.

—No puedes tenerlo tan claro.

—Clarísimo. Habíamos ido a Valencia, a la boda de un primo de Pedro. A la salida nos perdimos los dos solos, por la playa, hasta que se hizo de noche. En cuanto oscureció nos buscamos un rincón apropiado y no sé cuánto tiempo pasamos tapados con una manta del coche, follando, pasando frío, fumando porros. Debían de ser las doce o así, cuando a mí me dio el bajón, me entró el agobio..., porque no había llamado a mi madre ni nada. Un desastre, como siempre. Por entonces yo nunca me preocupaba por lo que vendría después. Ahora tampoco. Bueno, a lo mejor es que no tengo esa capacidad. Sabía que mi madre lloraría, mi padre me cruzaría la cara, pero el caso, jajá, es que en cuanto me veía en una situación emocionante olvidaba las consecuencias. Y mira que a mí me han pegado, Antonia. Ahora me dice mi madre que se siente culpable. Yo le digo: «No te atormentes con eso a estas alturas, y no me atormentes a mí con tu culpa». A mí las tortas no me disuadían de hacer una gamberrada detrás de otra. Yo siempre digo que maduré en la sala de partos; fue como si después de aquel dolor insoportable me hubiera nacido la capacidad de sentir cuándo me hacen daño y cuándo lo hago yo. A mí todo me importaba una mierda. Tú lo sabes. Me acuerdo la primera vez que le arreé a Eladio, porque se puso muy terco y no había forma de hacerle entrar en razón, le di en el culo y no se inmutó, le di entonces en la cara, como tantas veces me habían dado a mí mis padres y entonces vi cómo se encogía, igual que hacen los animales, cómo me miraba con cara de susto, como si yo fuera otra y me tuviera miedo. Lo vi tan frágil cuando se echó a llorar sin consuelo, que me di cuenta del daño mezclado con la humillación que le había causado, y me eché también yo a llorar, ¡yo!, que no había soltado una lágrima por una bofetada en mi vida. No creo que los palos me endurecieran, no, es que yo nací dura, y no sabía rendirme, ni tan siquiera para evitar otra bofetada. Sólo ahora puedo entender el miedo que pasaba mi madre cuando me veía salir por la puerta, sabía que haría lo que fuera con tal de pasármelo bien. Entonces no existían los psicólogos, el único método que tenían mis padres era la hostia limpia, pero que conste que tampoco la quiero justificar. Por eso me busca, para que la perdone y la justifique, y no quiero, porque yo creo que la respuesta que yo tenía a las hostias era ser aún más loca.

—Para mí era un lujo y un peligro ser la preferida de una chavala tan desafiante.

—Pues te confieso que a mí no me gustaría que mi Eli tuviera un amigo como yo.

—Ah, pero los niños temerarios siempre son atractivos aunque provoquen inquietud en los demás. Yo te admiraba; también temía que me dieras de lado por no estar a la altura.

—Tú no sólo eras un buen público, también dabas ideas.

—Sí, sí, jajajá, siempre hay que tener cuidado con la mansita que va tres pasos por detrás. Yo creo que tu madre me miraba a veces como dudando si la torta, en realidad, me la merecía yo.

—Bueno, ahora ya pienso en las consecuencias de mis actos. Mi madre se pasa el día relatando mis fechorías, parece que vistas con la distancia del tiempo le hacen gracia. Se las cuenta a Eladio a cada rato. A veces la corto en seco. No te sabría explicar por qué pero lo siento como si fuera una venganza, no entiendo esa insistencia por querer darle al niño esa imagen de mí. Y es también como si echara de menos a aquella otra que daba tanto por culo.

—¿Y tú?

—Yo, ¿qué?

—¿Tú no echas de menos a aquella otra que dices que eras? No creo que uno pueda cambiar tanto.

—Es verdad... A lo mejor la tengo ahí, esperando. Esperando a dar la campanada, jajajá. A veces me da por pensar que, si no fuera por mis hijos, yo seguiría dando por culo, que desaparecería sin avisar, volviendo a las tantas, olvidándome de todo aquello que no tuviera delante de las narices. Mi madre suele decirme: «Lo increíble es que con lo inconsciente que eras hayas servido para ser madre». Y es verdad. Igual una no sirve para estar casada sino para ser madre. Quién sabe, a lo mejor, cuando los niños se vayan... —la sonrisa se le cortó en seco, se levantó, se apoyó en la baranda.

—Y después de la noche en la playa, qué —dije, para sacarla del ensimismamiento.

—De pronto, ya te digo, caí en la cuenta de las horas que eran, y le dije a Pedro, «Tenemos que volver corriendo a Valdemún, que seguro que mis padres han debido de llamar ya a la Guardia Civil». —Se giró hacia mí y, animada con el recuerdo de aquella noche, se encendió un cigarro y volvió a sentarse—. Total, que nos montamos en el coche y entramos a la ciudad para buscar una cabina y llamar por teléfono. Sería la una de la madrugada; entonces ya sí que estaba pensando en la bronca y en la angustia de mis padres. No llegaríamos al pueblo hasta las tres. De pronto, como si nos estuviéramos metiendo en otro planeta, vemos las calles vacías, ni un solo coche, sólo tanques parados a un lado y otro de las aceras. De vez en cuando, un tanque se movía lentamente para situarse en el centro de la calle. Hubo un momento en que creí estar dentro de un sueño. Pedro paró el coche en un semáforo y nos quedamos mirando aquello. Era tal nuestro desconcierto que no recuerdo que dijéramos nada. Estábamos en un estado muy raro: imagínate que llevábamos en el cuerpo la flojera de haber estado follando toda la tarde, de los porros que nos habíamos fumado y la necesidad repentina de avisar a mis padres de que estábamos bien. «Pensarán que hemos tenido un accidente», fue lo último que le dije a Pedro antes de que nos quedáramos paralizados, sin saber qué significaba lo que estábamos viendo. Se nos acercó un soldado y nos dijo: «Pero ¿qué hacéis por aquí?». «Vamos a casa, a Valdemún, pero estábamos buscando una cabina para llamar por teléfono», dijo Pedro. «A casa iréis —dijo el soldado—, pero no por aquí, meteos en la autopista. ¿De dónde salís?» «De la playa», le dije yo, con una sonrisa, como para congraciarme con él. Bajó la cabeza para mirar en el interior del coche y verme. Se me quedó mirando. «Pero ¿es que no sabéis lo que ha pasado?» El tío estaba, no sé, como acojonado él también. «No», dijimos los dos a la vez. «Venga, idos pitando, antes de que uno con más mala hostia que yo os lo explique de mala manera.» Fue un viaje muy extraño, porque no hablábamos, sólo de vez en cuando hacíamos especulaciones. Pedro decía: «Esto es que han matado a Suárez, se veía venir». Queríamos parar en un bar y preguntar, pero todo estaba cerrado. El mundo había muerto. Llegamos a casa a las cuatro de la mañana.

—Y cuando llegasteis, qué.

—Pues nada, ahí estaban mis padres, despiertos, con otros vecinos. Se me echaron a los brazos, me besaron, lloraban. Yo me dejaba abrazar. No decíamos nada. Nos pusimos frente a la tele. Al saber más o menos de qué iba la cosa, Pedro contó que nos habían retenido, que nos habían retenido por la fuerza, y eso les conmovió aún más. Yo me fui a la cama, tan pancha, tan feliz por haberme librado de una buena. Me da vergüenza decirlo, tía, siendo además mis padres de familia de rojos de toda la vida, pero es así. Yo no pensé en España ni un momento, ni en España, ni en el futuro, en nada. Además, ya había salido el Rey en la tele y parecía que la cosa se arreglaba. ¡Ja! A ellos se les ha quedado para siempre la idea de que estuvimos retenidos, y cuando sale la conversación, lo cuentan. He contado tantas mentiras en mi vida que a veces casi no sé distinguir entre la versión que le he hecho creer a mi madre o la verdad. Pero cómo dormí esa noche, Dios mío. Y a los quince días la regla, que no me venía. En fin. Luego vino la boda aprisa y corriendo y, a los seis meses, Eladio. Fue esa noche, ya te digo, la del 23-F. Una noche histórica.

—El día de tu boda me acerqué a tu mesa, me fui a sentar a tu lado y me dijiste, «Ahí no te sientes, esa silla es la de mi marido». —Al decirlo, yo misma me asombré de cómo ese insignificante recuerdo, elegido entre tanta vida común, sonaba años después, cuando la amistad estaba hecha más de pasado que de presente, como la constatación del inicio de un declive.

—¿Eso te dije? Menuda gilipollas.

—Sí, eso mismo pensé yo, menuda gilipollas —dije, regodeándome en cierta falta de piedad.

—¡Mi marido! Está claro, una se vuelve tonta... —dijo, y se quedó pensando.

Ésa es la última vez que la vi siendo íntegramente ella misma. Cinco años más tarde, la carne, comida por un cáncer de hígado, habría desaparecido, sólo quedaría la piel descamada para cubrir su gran envergadura ósea. No vería nunca más ese pelo, el vello rizado y sensual que le enmarcaba la cara. La cabeza pelona quedaría oculta por una peluca de melena recta, oscura, con el brillo artificial de los pelos de las muñecas, que le conferiría un aspecto, según el ángulo desde el que se la mirara, de niña desvalida o de la vieja de *Las tres edades de la vida* de Lucas Cranach. Eladio, Pedro Javier y la pequeña Esther, que nacería siete meses después de esa noche de agosto, disfrutarían con ansiedad inconsciente de lo que la enfermedad fuera dejando de su madre, exigentes en su necesidad de cariño hasta la última semana, aquellos siete días en los que casi no se les iba a permitir entrar en el cuarto para que no vieran esos treinta y cinco kilos de madre que agonizaban sobre la cama. Pero mi amiga sabría ser ella misma hasta la noche en que su madre le pasó la mano por los párpados para cerrárselos. Cada mañana, se despertaría diciéndole a su madre, con un tono de esperanza: «Hoy sí, mamá, hoy al fin creo que me muero».

Yo no llegaría a presenciar el último hachazo del deterioro, sólo su principio, la peluca, la cara de niña aviejada o de vieja aniñada, los repentinos ataques de llanto por los hijos a los que no podría ver crecer ni echar de menos. No sé si creía en Dios, en el pueblo parece ser algo que se da por hecho, o no sé si creía hasta el punto de albergar la esperanza de ver a sus chiquillos en otro mundo; lo que está claro, pensé mientras ascendía entre la gente camino del cementerio, es que la vida no le dio esa segunda oportunidad de rebelión con la que fantaseaba aquella noche apoyada en la baranda: una huida a los cincuenta y cinco años, más o menos, cuando los hijos se hubieran ido, a esa edad en la que ella presentía que tantas mujeres hacen recuento de todos aquellos deseos incumplidos.

Todo el pueblo asistió a su entierro. Es una costumbre de los pueblos hacer recuento de la capacidad de convocatoria de un muerto. Así parecen medirse las que fueran sus virtudes. Siempre se exageran, las virtudes y los asistentes. Pero en su caso fue cierto, estaba todo el pueblo y los que vinimos de fuera. La pena era honda, colectiva y franca. Nada más descorazonador que la muerte de una madre joven a la que todo el mundo vio jugar de niña. Delante de mí vería avanzar a Eladio, al adolescente Eladio, que para entonces tenía ya quince años. Alguien, probablemente su abuela, le debió de hacer el nudo de la corbata negra que, sobre la camisa blanca y bajo el jersey de pico azul marino, le daba el aire de un muchacho que va a recibir un diploma en el instituto.

Eladio o Eli, como su madre lo llamaba, para tratar de aniñar un poco a ese chico excesivamente formal, avanzaba sin bajar la cabeza, dejándose observar, y aceptando que las lágrimas le cayeran de vez en cuando por las mejillas. Alguien debió de decidir, su abuelo o él mismo, humedecerle el pelo y peinarlo con raya y hacia atrás, el pelo rebelde de su madre y los mismos ojos, aunque en los del chico no hubiera rastro de ninguna ansiedad enfermiza por atrapar esa otra vida que siempre nos estamos perdiendo, como había habido en los de su madre. Sentí una honda admiración por él, por su gravedad y la dignidad de su dolor; era una emoción que me afectaba de una manera física y casi no me dejaba respirar, arrinconando el dolor que pudiera sentir por la muerte de mi amiga.

Yo tenía la misma edad que Eladio cuando emprendí el camino hacia lo alto de la colina para enterrar a mi madre. Dieciséis años. Pero, a mitad de trayecto, decidí no subir. Un orgullo mal aprendido o mal enseñado me impedía ser el objeto de la compasión de ese río de gente que caminaba en un silencio que sólo se rompía con algún llanto o alguna frase hecha sobre la muerte. Mi pena me avergonzaba. Le dije a mi tía Celia: «Tía, que yo no subo». Y ella se encogió de hombros, como si esta vez le faltaran los ánimos para discutir conmigo. Me eché a un lado, para no andar en sentido contrario a la procesión, y, subida al escalón de una casa, vi pasar a todos aquellos que le iban a dar el último adiós a mi madre evitando las miradas de los que me conocían y podían preguntarme: «¿Qué haces que no estás detrás del ataúd?».

Recuerdo haber vagabundeado por el pueblo solitario y grave, como cuando hay un entierro que congrega a mucha gente. Recuerdo haber tenido una sensación de extrañeza hacia mí misma, como si pudiera desdoblarme y liberarme del peso de lo que vendría luego, cuando empezáramos a vivir una vida sin madre. Llamé a la puerta de un primo lejano, un chaval con patillas largas que los fines de semana pinchaba discos en la cabina de la discoteca, moderno y rural, esa mezcla que siempre ha ejercido sobre mí una atracción inmediata. Pasé, como tantas veces, a su cuarto, y rebuscando entre sus discos, elegí *How Deep Is Your Love*, de los Bee Gees, la pinché y empecé a cantar. Él se me quedó mirando, estudiándome.

—Así que no has querido subir al cementerio.

—No, yo pienso que el dolor se puede sentir en cualquier parte —le dije—. No se siente más dolor por cumplir con un rito.

—No sabes lo que dices. Sólo una vez en la vida entierran a tu madre.

—¿Y tú? ¿Por qué no has ido tú?

—Tengo cosas que hacer, y no era mi madre.

—¿Me estás echando la bronca? —mi voz quería ser desafiante pero no lo conseguía, me sentía muy humillada. Hubiera jurado que él estaría de mi parte.

—No es una tarde para cantar, ¿no? —dijo.

—¿Y cuánto tiempo crees que tengo que dejar pasar hasta que se pueda cantar? ¿Tú lo sabes? ¿Cuánto, hay una regla escrita, como con el luto?

—No es una regla, puedes hacer lo que quieras, pero no está bien.

—Y a mí me parece mentira que tú digas eso.

—A mí me parece mentira que estés aquí.

No le miré. Agaché la cabeza para que no pudiera ver cuánto me había ofendido. Me mordí el labio inferior para que no me temblara la mandíbula y me fui. Llegué caminando hasta la plaza y me senté en el banco de piedra gris. La plaza estaba, como siempre a esas horas de la tarde, llena de críos jugando. Los niños no subían al cementerio a no ser que la muerta fuera su madre. Ahí había estado yo muchas tardes de mi vida, engolfada en el juego. Fue entonces cuando me vino el llanto, agitándome el pecho, provocándome sollozos entrecortados. No era todavía el llanto por la pérdida de mi madre, era rabia. La rabia de quien no logra encajar en situaciones convencionales, de quien desearía ser abrazado pero no sabe ya abandonarse a los cuidados de nadie, incluso parece rehuirlos.

En mi mente aún sonaba aquel gemido. El gemido ahogado que me llegaba desde su cama hasta el baño donde yo bailaba frente al espejo con el bikini que me acababa de comprar. En un primer momento había interpretado ese llanto entrecortado como el sonido de una máquina renqueante a la que le faltara fuerza para ponerse en marcha. Me miraba al espejo subida en el váter y cantaba alguna canción boba que sonaba en la radio del baño. Mi voz enmascaraba aquel sonido intermitente que creía que se colaba por la ventana que daba al patio. De pronto, un cambio en el ritmo de ese ruido me hizo callarme y escuchar. La sospecha de que se trataba de una voz humana me provocó un golpe de tensión, como si alguien me agarrara la nuca y quisiera tirarme al suelo. Abrí la puerta. Ahora sí lo entendí todo, ahora distinguí que se trataba de un llanto de auxilio, tan esforzado que adquiría una calidad metálica, raro hasta el punto de casi no parecer humano sino animal.

Fui hasta la habitación y la vi. La boca y los ojos muy abiertos. Tendió una mano hacia mí. Me acerqué.

«Esto no es como otras veces. Sé que esto es la muerte. No es como otras veces, escucha, hija, ahora lo sé, lo sé, y tengo miedo a morir.»

«No digas tonterías, mamá, que me asustas», debí de decir, algo que a mí también me sirviera de consuelo, porque por el tacto febril de su mano delicada, por la ferocidad de sus palabras, y el olor raro que emergía de su cuerpo, un olor espeso a descomposición que yo nunca había olido antes, presentí que estaba de verdad asistiendo al paso aterrorizado con que el moribundo entra en la muerte.

Salí de la habitación corriendo, tiritando, inapropiada con ese bikini con el que hasta hacía un momento me miraba en el espejo, lejana para siempre de una adolescencia que se me había terminado apenas hacía cinco minutos. Perdí una de las chanclas al tropezarme de camino al teléfono y así, helada, llevándome la mano al pie, que empezó a dolerme cuando mi madre ya estaba muerta, llamé a la vecina. «¿Por qué me toca a mí esto? —mur-

muraba, asomada al cuarto, viéndola ya irse—. ¿Por qué se tiene que morir ahora, estando yo sola?» Era un reproche al destino, pero también a mi padre ausente, y a ella, también a ella.

Yo, que he mantenido intactas conversaciones enteras durante años, he perdido las palabras que ella balbuceaba en la ambulancia. Sólo recuerdo que pedía un tranquilizante para soportar el trance y que su mirada estaba llena de reproche, como si estuviera en mi mano socorrerla y me negara a hacerlo, como si se tratara, por mi parte, de una desobediencia cruel. Mis dieciséis años no debieron soportar lo angustioso de la escena, la culpabilidad por no haber sabido dar consuelo a quien con tanta imperiosidad me lo pedía, porque sólo es ahora, ahora, tantos años después, cuando empiezo a recomponer las piezas perdidas de aquella escena. El calor pegajoso del verano playero, su voz pidiendo algo que acabara con el insoportable sufrimiento, su mano amarilla arañando mi brazo y los ojos duros, llenos de extrañeza por mi pasividad. Aún me tortura reconocer que lo que yo deseaba era no estar allí. «No pude despedirme», solemos decir cuando alguien se nos va tan rápido que no espera a que lleguemos de ese largo viaje que hacemos angustiados, anhelando asistir al último aliento. Pero en aquel momento yo hubiera preferido no verla morir. Mi memoria censuró las últimas palabras de mi madre, las mías también, aquel reproche que hice desde el quicio de su puerta: «¿Por qué me toca a mí esto?». Mi patada en el suelo con el pie descalzo. Tuvo que llegar alguien a mi vida que me diera el sosiego necesario para soportar la evocación de aquellos días.

Eladio, al contrario que yo, resistió, sereno, sólido, el día del entierro de su madre, representó a la perfección el forzoso papel de niño adulto al que estaba condenado. No lo hizo por ese convencionalismo al que yo achacaba cualquier ritual en el que no sabía cómo comportarme, sino por una relación armónica con su mundo. Disfruté (aunque no parece la palabra más adecuada, lo es) en todo el camino hasta lo alto de la colina de su entereza y de la vista espectacular de la vega. Manzanos, almendros, chopos bordeando el pequeño río de color chocolate. Ésa fue la primera vez que entré en el cementerio. Fue el encuentro aplazado con alguien que me llevaba esperando mucho tiempo, diez años. Mientras cuatro hombres hicieron descender el ataúd de la joven madre yo abandoné el grupo, caminé hacia la izquierda. «Sí, a la izquierda —dijo mi tía Celia señalándome el sitio exacto antes de volver a sus rezos—, allí, donde las flores blancas.» Flores frescas con las que ella adornaba, fiel a sus muertos, el rincón de su familia, sin faltar a sus citas: el día de los muertos, el día de cada muerto. Vi su nombre grabado sobre el mármol, Julia Santas. «Mamá», dije al fin.

—Marisol —le estoy diciendo a mi tía— parece que está agobiada con los dos críos.

—Pues descuida, que la próxima vez que vengas —me dice— la verás con otro chiquillo. Él es un tontucio, pero más tonta fue ella, que se dejó engatusar por él. Tan independiente, tan brava como era y mira dónde ha terminado, a la sombra de su madre, dándole trabajo con los chiquillos.

Hace unos años ese comentario me hubiera parecido una consecuencia directa de su amargura, pero ahora empiezo a entenderlo como algo más complejo, el signo de un feminismo primitivo, defensivo, puritano, que considera que la ruina de una mujer empieza inevitablemente cuando se enamora de un hombre.

—Míralo —dice mi tía Celia pasando la mano por la frente del niño para retirarle los rizos que el sudor ha pegado a la piel—, arrimadico a mí ha dormido toda la noche. Para mí que a este muchacho le da susto la oscuridad tan grande que hay en este cuarto.

—¡No, miedo no! —dice el niño malhumorado, como si el enfado pudiera acabar en llanto.

—Di que no, di que no, que era broma, galán mío.

Tantas veces he dormido con ella. Siempre la tomé por vieja y sólo tendría cincuenta y tantos años cuando nos contaba cuentos. Aunque tal vez es cierto que fuera vieja desde muy joven. Con mi tía dormíamos, en invierno, tres o cuatro niños, apiñados contra su cuerpo para entrar en calor y escuchar el cuento que nos contaba antes de dormir. Garbancito. «Garbancitooooo, ¿dónde estáaaaas?» Alargaba las vocales finales y su voz parecía salir del mismo país en el que sucedía la historia. Su voz, aguda y prematuramente temblorosa por mimetizarse desde muy joven con el coro de viejas que cantaban en la iglesia, se quedaba flotando en la oscuridad espesa, mientras los sobrinos, de cinco o seis años, embutidos en los pijamas que habíamos llevado debajo de la ropa durante todo el día, la escuchábamos con los ojos abiertos, expectantes ante un final que ya nos sabíamos porque era el mismo de muchas noches.

Su cuerpo olía a ella, a su carne, de esa forma en que antes las personas olían más a sí mismas por no estar sometidas a duchas diarias y a desodorantes. Su esencia humana se percibía más allá del olor que le dejaban los pucheros o las labores, la aspereza de la lana o el delicado ganchillo, y aun más allá de su colonia, Joya, de la que se ponía unas gotas en el cuello y sobre la solapa de la blusa cuando iba a la iglesia por las tardes. Es el mismo olor que siento esta tarde mientras me balanceo en la mecedora de mis bisabuelos.

—La vas a romper —me dice, como si yo no hubiera dejado de tener cuatro años, como si tuviera la misma edad que Gabi, que está a su lado, recién despertado, remoto y serio, con el pelo pegado a las sienes, a punto, como casi siempre a estas horas, de encontrar un motivo por el que echarse a llorar o enfadarse. Pero ella le recuesta sobre su vientre y le da airecillo suavemente con el abanico, le sopla en el nacimiento del pelo. Él se deja hacer.

Quisiera verle crecer ahí, pienso, en los brazos de ella, sin intervención mía, sólo como espectadora de esos cuidados que yo disfruté de niña y que ahora han pasado, como herencia lógica y natural, a mi hijo. Ella está vestida con su ropa de paseo y espera a que el crío se espabile para llevárselo, bien arreglado, con la camisa de rayas, el pantalón azul marino y los rizos peinados hacia atrás con colonia, a casa de la Juani, de la Maruja, a la farmacia, a recoger la Virgen de las Hijas de María, a comprarle un merengue, a presumir de él, a repetir el mismo paseo que tantas veces hizo con nosotros.

Quisiera, pienso, dejarlo en sus manos. Dejarlo en sus manos no significaría abandonarlo, sino entregárselo a alguien mejor que yo, dejarlo unos meses, una temporada, como mi madre hizo con nosotros cuando se sentía débil o estaba a punto de parir otro hijo. Pero no sé pedírselo, he olvidado la manera en que se piden las cosas, las nimias, unas magdalenas, un vaso de leche con Cola Cao, una mano para la frente cuando se tiene fiebre, y las fundamentales, el consuelo, la protección. No sabría cómo explicarle en quién me he convertido. Ella me ve como yo era de niña, o tal vez esta tarde intuye que soy como una de aquellas personas que aun corriendo el peligro de escaparse por un tiempo de esa historia común en la que todos están entrelazados volverá a casa antes del anochecer.

Ella habla, me habla, como si ésta fuera una de las tantas veces en que yo he ido al pueblo a visitarla. Y yo me veo a mí misma representando el papel de la sobrina de siempre. El diálogo en apariencia es igual. Ella despliega su catálogo de reproches y yo los esquivo.

«No has ido a ver a la Pepita, con lo buena amiga que ella fue de tu madre.» Su mundo. Pepita, la peluquera, que tantas veces me lavó el pelo de niña en aquella peluquería diminuta que tenía un olor delicioso y mareante a líquidos de tinte y permanentes donde las señoras, después de un mes sin lavarse la cabeza, entraban en éxtasis cuando los dedos de Pepita, fuertes y negros como percebes, apresaban sus cráneos y los sacudían con aspereza. «Tampoco has bajado por casa de la tía Pura —me dice—, con lo que me pregunta por vosotros, sois unos desagradecidos.» En ese «sois» incluye a todos los sobrinos; ese plural lleva implícito el reproche universal de las tías solteras, que han dado tanto amor como las madres pero están condenadas a recibir menos. «Pero antes que nada —me advierte—, pásate por casa de la tía Asunción, que ya te tiene preparadas unas magdalenas para que te lleves.»

«No me agobies, no puedo ir a ver a todo el mundo», le digo yo, y muevo la mecedora levantando los pies del suelo, como si verdaderamente tuviera diez años y quisiera llegar a ese límite en que podía vencerme para atrás. A Gabi se le escapa una risa involuntaria porque aún quiere disfrutar un poco más de su malhumor y de las caricias que tratan de aliviarlo. «Ay, tu madre —le dice la tía al niño—, está loca perdida. ¡Eso, rómpete la cabeza, idiota, pero ni se te ocurra romperme la mecedora!» El niño esconde la cabeza en el regazo de ella para que no veamos que se está riendo del espectáculo de su madre reducida a una niña chica por la regañina de la tía que insulta con la misma absurda vehemencia que el capitán Haddock.

—Iré a por las magdalenas —le digo—, pero que conste que no he venido para pasarme el día de visita.

—Pues ¿para qué has venido?

—Para romperte la mecedora —le contesto.

El niño se vuelve a esconder en las faldas y la risa se le escapa incontenible.

—Ay, tu madre —le dice la tía al niño—, esa torta que no le dieron de chica qué bien le hubiera venido, se le habría pasado ese pavazo que tiene. Tú, con cuatro añicos, tienes ya más conocimiento que ella.

Ah, cuántas veces he escuchado esas frases. Todo es cariño, todo falsa severidad. Ella depende tanto del amor de aquellos que no le pertenecen del todo, que sólo los niños como Gabi o las personas maduras como ella están a la altura de su entrega, pero yo no soy ahora ni una cosa ni la otra. Vivo enferma de una juventud extrema.

Como no sé nada sobre la fugacidad de la vida, como soy una ignorante que sólo tiene oídos para escucharse a sí misma, no puedo imaginar que esa mujer va a morir en menos de diez años, cinco después de Marisol. El pequeño cementerio del pueblo irá reuniendo a todas aquellas personas que atesoraban los recuerdos de mi infancia. Su muerte marcará el momento definitivo de mi orfandad, porque aunque yo me he tenido por huérfana desde los dieciséis años, antes aun, desde que recién cumplidos los nueve mi madre enfermó, no he sido consciente de que ella también ha sido mi madre, no he hecho recuento de las veces en que me acunó en su pecho de soltera, me limpió el culo, me arregló para salir a la calle, me recogió del colegio, me hizo la comida, me limpió los mocos, me curó la fiebre, me regañó una y otra vez, me llamó estúpida, embustera, amenazó con contarle a mi madre, con contarle a mi padre, con dejarme en la calle si volvía a llegar de madrugada: «¿Quién te has creído tú que eres? A mí no me tomas tú el pelo, gamberra».

No, no sé calibrar la calidad de su cariño, estoy incapacitada para valorar lo que se me entrega de manera tan incondicional, y más ahora, que ando perdida en una maraña vital que no sé explicarle. Ella habla, me habla, y yo pienso en todo aquello que no puedo contarle.

Tía, no sé en qué situación estoy, él se va y vuelve y ya no controlo sus idas y venidas. No tengo dignidad, la he perdido. En sus ausencias, hay otro hombre por medio, o dos, pero los hago desaparecer en el momento en que él decide volver. Yo no decido nada. Esto es tan humillante que ya no se lo puedo contar a nadie. Menos a ti, que jamás te has acostado con un hombre. Yo iba destinada para otra cosa, creo, yo tenía firmeza y dulzura. Dime que te acuerdas. Dime que yo era la del carácter alegre, la ni fea ni guapa, la de la sonrisa inmediata, la más tierna, la que se sentaba a la puerta nada más llegar a mi casa querida del pueblo para anunciarle a todo el que pasaba, «¡Ya estoy aquí, ya he llegado!». No es sólo que ande perdida, lo que me ocurre tiene más difícil solución: me he perdido a mí misma, no sé quién soy. Tienes que recordar, tía, aquella tarde en que me quedé mirando las bandadas de pájaros que sobrevolaban la plaza, era ese momento en que el sol desaparece y el cielo brilla con su azul más intenso. Las campanas de la misa de ocho sonaron. Dejé a los otros niños y me senté sola en el banco de piedra. Tu amiga Maruja cruzaba la plaza y al verme, se acercó: «¿Qué haces que no juegas, bonica?». Y yo le dije: «Me he sentado aquí porque quiero recordar este momento». La mujer te buscó en misa y te lo contó entre susurros: «¿Qué te parece tu chiquilla? Ahí estaba, paradica, tan sola y tan seria que me pareció que le pasaba algo. Voy y le pregunto, "Chica, ¿qué pasa, tienes alguna pena, no te dejan jugar?", y va y me dice que es que quería acordarse de ese momento». La frase fue repetida y recordada hasta el extremo de que conseguisteis que me avergonzara de ella y temiera el momento en que decidierais contarla otra vez con ese tono entre cariñoso y burlesco en que se narran las ocurrencias de los niños. Aunque me hicisteis saber entonces que el exceso de sensibilidad se premia con el ridículo, siento que en esa frase, tía, está contenida la persona que yo era, tan tempranamente atenta al mundo, tan capaz de apreciar la belleza que a menudo se nos hace invisible por estar delante de nuestros ojos un día tras otro. Yo estaba hecha para disfrutar en casa de esos juegos solitarios de niña fantasiosa, pero también para andar por la calle con los niños hasta que salías a buscarme. Yo estaba hecha para disfrutar de la vida. Iba de tu mano de una casa a otra. Dime que te acuerdas de cómo era yo, de cuando les pedía a tus amigas que me dejaran ver sus cuartos y trastear en ellos porque sabías que me gustaba imaginar cómo sería la intimidad en otras casas. Dime que te acuerdas de cuando me llevabas de pareja a los juegos de cartas.

Sí, me llevaba con ella. Hacíamos pareja frente a sus amigas solteras o viudas, todas ellas tenían la piel de una palidez transparente, como si la falta de exposición a los hombres o al amor les hubiera comido el color. Componían una especie de sinfonía de perfumes antiguos. La juventud iba abandonándolas poco a poco y, a fuerza de no ser miradas por nadie, se entregaban a esos gestos introspectivos de la gente que habla sola por la calle. Tenían algo significativo en una decadencia física no provocada por la agresión de los partos ni por los años de infelicidad matrimonial. Su derrota había sido alimentada por las horas a la luz de las velas en la iglesia, la penumbra de sus casas y el carácter retraído u hosco al que casi se las obligaba por no tener un hombre que les diera una posición social. A los sobrinos varones los idolatraban y procuraban retenerlos entre sus faldas el mayor tiempo posible antes de entregarlos a la obligatoria brutalidad masculina, y a las niñas nos admitían en su extraña secta, a pesar de tenernos menos consideración.

En aquellas reuniones de cartas, yo era la virgen niña entre las vírgenes. Por un lado me aterraba la idea de convertirme en una de ellas, pero por otro no podía evitar la fascinación que me producían esas mujeres que, llegada la madurez, después de haber sufrido tantas burlas por su condición de solteras, comenzaban a hacer su santa voluntad. «Yo cierro la puerta de mi casa con llave —decía mi tía—, y no abro a nadie.» Ese «nadie» eran los pedigüeños, el cura, las vecinas metijonas o los propios sobrinos. Ella, ellas, habían adquirido la habilidad de brillar por su ausencia en los momentos en que los muchachos o los hombres hacían gala de su grosería. En las fiestas del pueblo, salvo en la parte de celebración religiosa en la cual eran protagonistas, no se las veía por ninguna parte. Yo no podía imaginar una vida o una edad en la que se tuviera que renunciar al baile y a la emoción colectiva, esa edad en la que ya sólo se pudiera ser espectadora, como eran ellas. Yo me veía siempre en un presente interminable, con el resto de la chiquillería, en primera fila para ver llegar a los músicos en las fiestas de la Virgen de Agosto, observando con emoción cómo descargaban el equipo y montaban el escenario. Creía que estaba destinada a disfrutar eternamente del estallido de la primera canción en la plaza solitaria, a entrar con el resto de la chiquillería en ese estado de hipnosis que nos hubiera hecho seguir a los músicos como los niños en el cuento del flautista de Hamelín hasta el borde del abismo. Así me veía yo para siempre. Oculta por ser diminuta entre el gentío bailón y apretujado, mareada y alerta en esa expresión colectiva de sexualidad contenida. Me dejaba tocar por algún chaval y un beso en los labios se mantenía fresco en mi memoria durante meses, provocándome siempre la misma excitación aunque la cara de mi pareja de baile se hubiera borrado por completo. No, no me imaginaba un mundo en el que hubiera de renunciar a esa parte de la vida en la que las mujeres, según las propias mujeres, teníamos todas las de perder y estábamos condenadas a ser a la vez víctimas y culpables.

«Tienes la suerte de los tontos», me decía cuando me tocaban cartas buenas, «triunfos», como las llamaban. Luego me reñía con aspereza por no estar del todo atenta al juego y hacerla perder a causa de mi despiste. Volvíamos a casa después de la partida: ella delante, con la llave enorme en la mano, el torso siempre adelantado al trasero, como si quisiera llegar antes de lo que le permitían sus piernas, guiándome por callejuelas para no tener que saludar a ésta y a la otra, enfurruñada: «No te vuelvo a llevar, así mismo te lo digo, no te lo tomas en serio». Yo detrás, a mis ocho, a mis nueve, a mis diez años, «Sí que me lo tomo en serio. Me lo tomaré en serio a partir de ahora, te lo juro». «No jures en vano, embustera, o se juega en serio o no se juega. Para eso te quedas con los chiquillos en la calle.» Y yo trataba de congraciarme con ella, alarmada ante la idea de no volver a ser querida, con la seguridad por otra parte de que lo sería siempre, hiciera lo que hiciera.

Dime que sabes quién fui, pienso mientras la oigo charlar con el crío, cuéntamelo por si puedo recuperarme, dime que te acuerdas, porque yo me veo en ese pasado como si contemplara la vida de otra persona. ¿Cuándo perdí el paso? No, no te puedo abrir mi corazón porque lo único que sabrías decirme es que tengo un hijo y debo comportarme. Quédatelo como te quedaste con nosotros tantas veces. Hay tardes en que no puedo bañarlo. Lleno la bañera y le dejo solo, voy de un lado a otro del piso, espero las llamadas, la suya, y hay veces en que pasamos tanto tiempo arreglando lo nuestro por teléfono que el agua del niño se queda fría.

—¿Te acuerdas de cuando te perdiste? —me pregunta como si hubiera adivinado el camino de mis cavilaciones—. Se perdió, tu madre se perdió cuando era tan chiquitica como eres tú ahora.

El niño se me queda mirando, intentando imaginar a su madre de niña.

—Cómo podría olvidarlo —le digo—, me aterrorizasteis con eso toda mi infancia.

La tarde en que me perdí, tantas veces relatada. Es un recuerdo reconstruido por las palabras de otros, porque yo sólo tendría cinco años. Todo comienza con mi padre conduciendo, ya cansado, su brazo, fuera de la ventanilla, jugueteaba con el aire en los últimos kilómetros que nos acercaban al pueblo. Era un día de julio, el coche avanzaba por las curvas pronunciadísimas de las montañas cercanas al pueblo. El sol había desaparecido tras una de ellas y era la hora en la que la luz parece modelar el paisaje con el trazo de un dibujante primoroso: abajo, la huerta, el río chocolate, los chopos; en la ladera, la tierra roja de las películas del Oeste y los manzanos. Mi padre nos señalaba un barranco: «Por aquí se cayó el coche de las primas. Dos se murieron. Mirad, ahí». Mirábamos. Yo siempre me quedaba con la sensación de que esas primas a las que no había conocido seguían ahí, en el puro esqueleto. Cuando aún no había disipado esa idea de la cabeza mi padre anunciaba: «¡Chicos, aquí lo tenéis, Valdemún!». Era entonces cuando nos incorporábamos los cinco para ver el pueblo terroso, camuflado el color ocre de sus casas con el mismo color de la colina, como si fuera un accidente más de la naturaleza. El pueblo marrón rodeado de colinas cubiertas de arbolillos frutales, pobladas de caminos que nosotros conocíamos muy bien por tantas tardes en las que íbamos a las fuentes a merendar. Todo se hacía de pronto presente después de las palabras de mi padre, como si tras pronunciar la palabra «Valdemún» se descorriera un telón y sólo entonces pudiéramos ver lo que ya aparecía ante nuestros ojos. Nuestra excitación iba aumentando a medida que él otorgaba existencia al mundo y el coche subía por la calle empinadísima hasta llegar a la casa de mi abuelo. Un coro de mujeres anunciaban nuestra llegada, se asomaban por los balcones, o se quedaban paradas en una esquina de la calle. Yo no sé por dónde aparecían, pero siempre eran las mismas, gritando: «¡Celia, Celia, sal, que ya tienes aquí a los madrileños!». Los gritos de mi tía se oían cada vez más fuertes, surgiendo del interior de la casa, como si hubiera contenido a presión la impaciencia de la espera. Salía ella y salíamos nosotros del coche y empezábamos a besar a mujeres, primas viejas, tías, vecinas, mujeres de pulcritud beata o esas otras que olían a sudor antiguo, magro de cerdo y carbón de estufa, caras de una piel fina intocada por el sol, mentones con pelillos duros y verrugas grandes y marrones. No había manera de escapar de aquello. Yo me iba limpiando sin disimulo cada vez que lograba desprenderme del abrazo de una. «Qué feo está eso de limpiarse cuando te dan un beso», decía mi madre.

Los chicos eran los primeros en zafarse de tanto besuqueo y salían corriendo hacia la casa de los primos. Aquel día me escapé detrás de ellos, con la desesperación de los hermanos pequeños, más lenta que nadie, pidiéndoles que me esperaran. Mi madre les gritó: «¡Cogedla la mano!», pero ellos, excitados ante la idea de dejarme atrás en la primera esquina, apretaron aún más su marcha. No volví ni me chivé, seguí caminando, seguí. Hubo un momento en que tuve que elegir entre dos callejones. Dudé pero elegí una con el convencimiento optimista de los niños de que el camino elegido es el correcto. Y entonces empezó el laberinto, cada calle desembocaba en otra aún más empinada. Yo subía, subía esperando que en algún momento aparecería el cartel del horno de pan de mis tíos, que sentiría el olor de la felicidad que inundaba el aire, la mezcla de pan, regañadas, magdalenas y tortas. Pero el espacio entre las casas se fue estrechando al tiempo que oscurecía. De pronto, desemboqué en una plaza diminuta y apareció la vega allá abajo, la vega cruzada por el río que yo nunca había visto desde tan alto.

Fue como llegar a un pueblo distinto. Dos o tres bombillas se encendieron dando esa primera luz pobre que se funde con el púrpura del atardecer. Había una fuente de piedra, allí me apoyé y me quedé muy quieta. Me gustaría acordarme de lo que pensaba, de lo que piensa un niño en esas circunstancias, pero se me ha borrado y no quiero inventarlo. Lo que ocurrió, aquello que sí recuerdo con precisión, aunque no tuviera más que cinco años, es que un hombre, para mí un viejo, se acercó hasta la fuente. Me preguntó mi nombre. Lo dije, y en ese momento mi barbilla empezó a temblar. «¿Qué haces aquí?», dijo. «No lo sé.» «¿Te has perdido?» Y yo moví la cabeza afirmativamente. «¿De quién eres?», preguntó el hombre. Le dije el nombre de mi padre, Miguel. Luego el apellido. Viendo que aquel nombre no le decía nada, le hablé de mi abuelo. Se llama Amado, está bastante gordo y es el hombre más importante de aquel pueblo.

El hombre me hizo un gesto tosco para tomarme de la mano, pero yo me la llevé a la espalda, no quise dársela, en cambio empecé a seguirle bajando por una calle empinada. «No se va por aquí», dije. «Se va por donde yo diga», dijo.

Le seguía muy cerca, justo detrás de él, casi pisándole los talones. Pienso que en el acto de no darle la mano habría un fondo de desconfianza, el miedo acumulado por tantas figuras de hombres terribles que poblaban los cuentos; y en la determinación a arrimarme a sus pisadas, la necesidad de los niños de confiar en el adulto que tienen al lado. Una entrega no ciega pero inevitable. Sí, había desconfianza y resignación.

Las calles se fueron ensanchando y llegamos a una que parecía la mía, la calle por la que el coche de mi padre subía cada verano, cada Navidad, la cuesta ahora iluminada pobremente, casi a oscuras, que desembocaba en la casa de los gritos de bienvenida de mi tía Celia y los besos húmedos de las vecinas. El hombre gritó desde la cortina de cuentas, pronunció los nombres de mi tía, de mi abuelo.

Aquel pobre paisano, al que no recuerdo haber visto más, se ha quedado en mi memoria injustamente dibujado como una mezcla de ogro y salvador; fruto, tan extraña mezcla, de las muchas veces que intentaron aleccionarme para que no me volviera a «escapar», decían. Yo acepté la idea de que me había escapado, acepté que mis hermanos se unieran a esa especie de bondadosa recriminación y disfrutaran añadiendo los mil tipos de peligros de los que por muy poco me había librado.

«El hombre del saco —decía mi abuelo—, el hombre del saco que se lleva a los niños cuando se hace de noche y ya no se sabe de ellos nunca más; ellos gritan desde el fondo del saco, pero sus gritos de auxilio no llegan a los oídos de la gente y nadie ha vuelto a ver nunca más a una criatura que él se llevara.» En mi recuerdo el hombre que me llevó a casa aparece con un saco colgado del hombro. Quién sabe, tal vez fuera el hombre del saco y me perdonó la vida. Lo que sí sé es que no contemplé otra posibilidad que la de seguirle, que me hubiera llevado adonde hubiera querido. Yo no hubiera gritado, ni me hubiera rebelado, habría aceptado mi destino, frágil y valiente, esa eterna dualidad de los niños que les hace más proclives a ser sacrificados.

—No sé si pasé más miedo por perderme o por todos los peligros de los que me advertisteis cuando volví —le digo a mi tía.

—El miedo es necesario, a los niños les sirve para que anden con cuidado. Qué sería de ellos si se dejaran llevar por su capricho y no pensaran en las consecuencias.

El niño, vestido de falso corredor de encierros, baja de la cama y viene a mi lado. Se acerca a mí como si aún pudiera protegerme de un peligro antiguo. Me pone la mano sobre el hombro.

—No temas, galán, que mira cómo se las apañó tu madre para encontrar el camino de vuelta a casa.

La mano de Gabi se desliza por mi pecho, que en estos momentos me duele por una tensión que surge de un interior profundo y parece brotar en el pezón como si me lo fuera a desgarrar. Acaricia su contorno, de arriba abajo. Se diría que lo estuviera estudiando o midiendo. Mi tía lo observa. Se levanta, se mira en el espejo para anudarse el pañuelo y me dice, en apariencia, distraídamente:

—Te veo más pecho, a pesar de lo flaca que estás.

Yo deseo que no se aprecie el rubor que me ha inundado el rostro. Tengo la sospecha de pronto de que los dos, que estudian mis gestos y mis palabras con la atención anhelante de los que temen no ser amados tanto como ellos aman, lo saben todo acerca de mi secreto.

CAPÍTULO 4

EL CHICO

Seguro que había oído su nombre muchas mañanas. Ese nombre, Javier Comesaña, se habría colado innumerables veces por la puerta ligeramente abierta de su estudio y habría llegado hasta mis oídos cuando me encaminaba hacia el mío. «A los mandos, como cada madrugada —decía el gurú de los fenómenos paranormales—, manejando con destreza el timón de esta nave que nos lleva por unos terrenos poco transitados por la ciencia ortodoxa, el inefable Comesaña.» Su nombre quedaba aplastado por ese recurrente blablablá con el que los locutores perezosos consumen los últimos cinco minutos de programa; en este caso, la charlatanería se adornaba con la particular jerga de los que creen descubrirle al oyente insomne esos secretos que nunca están a la vista de los que no quieren ver. Era un clásico.

Marcos y yo nos mirábamos de reojo de camino a nuestro estudio, sin perder tiempo comentando aquella rutinaria estupidez verbal que nos asaltaba a diario, cansados ya de haberlo hecho muchas veces —porque a la hora en la que *Voces del más allá* acababa, nosotros empezábamos lo nuestro—. Teníamos la disciplina tácita de reservar los comentarios sarcásticos para la hora del desayuno. Ahora íbamos cargados de papeles, concentrados en lo inminente, como si fuéramos los encargados de abrir puertas y ventanas y expulsar del local a todos esos inocentes que escuchaban voces de fantasmas, que frecuentaban casas encantadas, miraban al cielo seguros de que algún día aparecería una nave espacial y esperaban ser los elegidos para vivir la experiencia de la abducción.

Pero esa mañana le dije a Marcos, «Espera, espera un momento». Retrocedí unos pasos y asomé la cabeza por el control de sonido. Dios mío, cómo no había reparado antes. Javier Comesaña. Allí estaba. A los mandos, efectivamente. Sentado en el control, el piloto en su nave. Le sonreí y me dijo, «Vaya, al fin te decides a entrar», como si llevara esperándome desde el primer día en que empecé a presentar mi programa, hacía ya un año, y presintiera que alguna mañana caería en la cuenta y entraría a saludarle.

—¡Jabato! Cómo iba a saber que eras tú.

—Pues yo sí que sabía que eras tú quien corría por el pasillo, Chico.

El mote me hirió a la manera tonta en la que hieren los motes que nos pusieron de niños. Ya pueden perder su capacidad de describirnos en el presente, sin embargo tienen la cualidad de hurgar en las siempre tiernas pequeñas cicatrices de la infancia. Le sonreí ocultando cualquier rastro de enojo, porque sabía que cualquier muestra de enfado provocaría la repetición de aquella bobada. Es el precio que se paga con los amigos del pasado, son poseedores del catálogo de los defectos de fábrica y no van a aceptar que ni el tiempo, ni el dinero, ni tan siquiera los lógicos cambios que propician la experiencia y la educación, borren lo que fuimos. Lo gordos, lo bajos, lo maniáticos, vulnerables y risibles que fuimos.

Chico. Así me llamó mi padre un 6 de enero cuando entró al cuarto donde mis hermanos y yo veíamos una y otra vez dos escasos minutos de aquella película de Charlot, *El chico*, en el CinExín que me habían traído los Reyes. «Chico —dijo mi padre, apoyado en la puerta—, eres como el Chico, clavadita», y me señaló con la mano que sostenía el cigarro. Y como nada que dijera mi padre caía en el olvido o se pasaba por alto, aquél fue un triste bautismo para mí y una celebración para mis hermanos. Mi padre les acababa de conceder la potestad de llamarme así desde ese momento, y lo que para un adulto no era más que la constatación de un parecido —que reconozco ahora cada vez que veo imágenes de aquel niño actor, Jackie Coogan, con sus ojos melancólicos y su flequillo recto—, para mí fue un suplicio que me acompañó muchos años, cuando aún habitaba felizmente en mis maneras de niña chicazo y, más tarde, cuando no lograba encajar dentro de las fronteras agobiantes de lo femenino.

Chico: todos mis complejos infantiles quedaron resumidos en ese nombre. Qué raras son las palabras, qué distintas en su sentido según quién las pronuncie: aquel mote consigue hoy reconciliarme con toda aquella vulnerabilidad infantil cuando lo utiliza mi marido. Dos sílabas, que en sus labios transforman en bueno todo aquello de lo que yo venía huyendo, y que me escuecen, sin embargo, como pellizco de monja, si vienen de alguien que me conoció entonces.

Pero los recuerdos no me colocaban en desventaja: yo también tenía en mi memoria el historial de taras infantiles de Jabato. No era su mote lo que podía molestarle, no.

Él había exhibido siempre con orgullo ese apelativo de superhéroe pobretón y castizo; era una tarjeta de presentación más que una carga. Se lo asignaba sin problemas en el colegio, nombrándose a sí mismo en tercera persona, con una soltura de héroe de tebeo, como si el nombre respondiera a una leyenda, lo que provocaba un efecto cómico porque las leyendas que perseguían a Jabato no eran en absoluto memorables.

Lo estudiaba ahora, en esos cinco minutos escasos que me quedaban para salir corriendo y saludar a mi audiencia madrugadora. Me esforzaba en verlo como si no hubiera conocido todo ese anecdotario risible que le había definido de niño. El naranja de su pelo infantil, que tantas bromas añadía a las otras bromas, se había suavizado convirtiéndose en un ocre que le enmarcaba la cara y le confería una expresión cálida, de franco optimismo. No, no estaba mal, tenía un aspecto sano, compacto, agradable. Sin ser alto, uno sesenta y ocho tal vez, tenía ese pecho levantado con el que algunos hombres bajos parecen querer añadirse algunos centímetros más y eso le daba un aire muy masculino. Fumaba Celtas. Seguía fumando Celtas, con esa fidelidad que las personas temerosas de no poseer convicciones superiores conceden a las cosas sin importancia. Los vaqueros se habían convertido en chinos, las camisetas en camisas holgadas. Seguía los cambios de la moda de una manera discreta. Siempre más joven de barrio que progre ortodoxo.

Jabato. En la radio, Javier Comesaña. Un nombre casi irreconocible para mí. Había estado escuchándolo durante trescientos días sin relacionarlo con el bruto de Jabato, el payaso de Jabato, Jabato el monohuevo, Jabato panocha. Ah, si no lo hubiera conocido de niño. Qué mala suerte. Todo el encanto de un hombre se puede perder por haberlo conocido de niño. De no haber formado parte de mi infancia habría sido capaz de analizar de manera inocente su presencia en un primer vistazo, igual que solía hacer en aquellos años, entregada como estaba a la búsqueda de un hombre que me gustara. Habría sopesado la posibilidad de una aventura pasajera y me habría dicho, «No está mal, por qué no, tiene ángel».

El pasado no se borra. En mi sonrisa estaba contenida toda la ironía del recuerdo: la falta de piedad con la que los chavales hablaban de ese padre con dos familias que era el padre de Jabato. La suya, lo sabíamos, era la segunda en el escalafón. Jabato era hijo de una mujer apocada de pelo prematuramente blanco que parecía incapaz de encarnar el papel que le había correspondido, el de amante. El padre pasaba unas veces por viajante; otras, decían, participaba en timos abocados al desastre. Más que chulo, era chuleta; más que infiel, un mentiroso que iba lidiando torpemente con la señora oficial y con aquella otra que, poco a poco, asumió física y moralmente un papel maternal para aquel impostor. De hecho, nosotros creímos, al principio, que Blanca no era la madre de Jabato, sino la abuela, que Jabato era un huérfano al que, de vez en cuando, entre negocio y negocio y sin previo aviso, visitaba su padre. Pero aun cuando la estrecha relación con él nos deshizo el malentendido, bautizamos cruelmente a su madre como la abuelita Blanca y nunca dejamos de considerarlo del todo un chico abandonado.

Mi padre sostenía, bajando la voz, que las ausencias del padre coincidían con estancias en la cárcel, y nos hacía sentir una pena enorme por el pobre Jabato, traerlo a casa, invitarlo a comer como si pasara hambre. A veces parecía que nos lo imponía con su compasión y nos contagiaba esa rara piedad que mi padre practicaba hacia los desgraciados, una mezcla a partes iguales de compasión y arrogancia, por su incapacidad de considerar un igual a quien le producía pena: el hijo de la amante vieja de un hombre absurdo y bajito, también de pecho levantado, por chulería unas veces, por ahogo vital, imagino, otras.

Sí, la leyenda precedía al nombre, pero no de la manera en la que Jabato hubiera querido, sino más bien de la contraria. Era el chico que, se decía, tenía un solo huevo. El de aspecto desastroso, con la cara humedecida por el sudor del entusiasmo exagerado, el que andaba por la vida con una sonrisa de agradecimiento, como si aún fuera peor lo que pudiera haberle ocurrido.

No era fácil mirar a alguien en el presente borrando todos los prejuicios acumulados. A pesar de que los años lo habían convertido en un hombre y habían transformado la inocencia de sus ojos en ironía y el cutis del niño pelirrojo que fue en una piel recia de la que brotaba la sombra de un vello anaranjado, me resultaba imposible, más allá de la turbación de los cambios físicos, no acabar presintiendo su antigua condición de inferior, de inferior de mis hermanos en ese escalafón escolar tácito que los niños respetan como los perros de una jauría.

—Me alegro de verte —le dije, y era cierto.

El último recuerdo o el más nítido que conservaba de él no era el rigurosamente infantil de las meriendas en casa de mis padres sino el de aquellas tardes, ya en torno a los quince, en una sala de una iglesia del barrio en la que Martín Ramos, el mismo charlatán que era hoy su jefe en la radio, impartía cursos de psicofonías, aparecidos, fenómenos paranormales y avistamientos de ovnis, lo cual no dejaba de ser lógico en una parroquia en la que los curas eran tan rojos que, prácticamente, ya no creían ni en Dios.

Nos habíamos perdido la pista desde que dejamos el colegio para ir al instituto y me sorprendió verle allí, con aires de técnico profesional a sus diecisiete años. Manejaba con soltura dos casetes que hacían las veces de equipo de sonido, tratando de conferirle, con una mezcla de música pseudo-oriental y voces indescifrables, un fondo dramático al discurso de Martín, que estaba allí para convencernos de algo de lo que ya estábamos convencidos por el mero hecho de asistir a sus charlas, de que los muertos nos hablaban, nos hablan.

A Martín Ramos lo escuchaba yo con candor religioso cada jueves en Radio Juventud y siempre anduvo a vueltas con lo mismo, como experto en fenómenos inexplicables. Arrimaba mi cama con ruedas a la de mi hermana, poníamos la radio entre las dos y nos acercábamos al aparato, del que surgía, a un volumen casi imperceptible para no molestar a mi padre, su voz nasal y mansa en la oscuridad. El efecto que provocaba en cada una de las dos era bien distinto: a ella le relajaba, a mí me llenaba la cabeza de amenazas. Los programas sobre el exorcismo me hicieron creer que yo padecía algunos síntomas de endemoniamiento, los de contacto con los muertos me llevaron a organizar sesiones de güija con compañeras de clase y los dedicados a los fantasmas llenaron el pasillo de casa de muertos que paseaban a mis espaldas. Este último miedo no puedo achacárselo sólo a Martín Ramos porque en esas presencias ya me había hecho creer de niña mi tía Celia. Un año más tarde de aquellos programas de radio, cuando mi madre murió y yo ya había superado mis devaneos con los fenómenos inexplicables, era habitual que sintiera sus pasos lentos de enferma cruzando el pasillo a mis espaldas.

La presencia fantasmal de mi madre duró seis años, el

tiempo comprendido entre su muerte y el nacimiento de Gabriel. Pensé entonces que al fin mamá había sentido piedad de mí. Desapareció el sueño recurrente que me atormentó durante tanto tiempo. Podía darse sólo una vez al mes, dos como mucho, pero siempre volvía con la misma intensidad, escalofriante e idéntico, y me dejaba atemorizada durante el resto de la noche. En aquel sueño yo la visitaba en un piso vacío que se encontraba, sin ninguna duda, en el barrio frente al cual estaba la casa familiar, es decir, la que había sido suya. Ella, sentada frente a la ventana, contemplaba los bloques de pisos donde había estado su casa y donde ahora vivíamos mi hermana y yo. Desde aquel punto disfrutaba de una amplia perspectiva y podía vigilar nuestras vidas desde el terreno silencioso de la muerte. El sueño, con pequeñas variaciones, parecía calcado del sueño anterior: yo trataba siempre de explicarle aquellos cambios que su muerte, en parte, había desencadenado, y ella asentía, distraída, como si mis noticias sobraran. Nadie puede contarle a los del más allá lo que hacen los del más acá. Lo saben todo. «Papá se ha casado», le decía. «Con una rubia», afirmaba. «Es una rubia, sí, pero teñida», le decía yo suavizando la maldad de mi padre. «Lo sabía, lo supe desde que me imaginé a mí misma muerta.» El nacimiento del niño borró esa presencia, la borró de los sueños y de los pasillos.

A pesar de ganarse la vida gracias a la fabulación acerca de seres inexistentes, Martín Ramos ostentaba un poder cierto, real, material, sobre las personas que le escuchaban cada noche en la radio. Su voz susurrante y muy bien modulada sobre la psicodelia musical nos hacía creer en su palabra con una fe que sentíamos fundamentada en razones científicas. En su programa se anunció el curso en la parroquia de mi barrio, ¡de mi barrio!, y corrí a apuntarme, enamorada de él antes de conocerlo en persona.

Ramos no decepcionaba, al menos al público ignorante (como yo) o demasiado tierno (como yo) al que solía atraer: tenía el físico del perfecto gurú. Había algo blando en su complexión y en sus gestos, una blandura que yo interpretaba entonces como el lenguaje corporal de un hombre ponderado, tranquilo, el nuevo hombre de maneras femeninas, como decía aquel columnista vivaz que mi padre leía en voz alta. «¡El hombre femenino! —repetía mi padre—, eso, que yo sepa, se ha llamado siempre de otra manera.»

En las sesiones de la iglesia nos hacía colocar las sillas en círculo. «Esto —decía—, no es una charla, es una puesta en común. Aquí no hay maestro ni discípulos, hay una corriente que fluye entre todos nosotros y que sólo va a propiciar algo interesante si somos capaces de abandonar los prejuicios y el cinismo a los que nos sometemos a diario y estamos dispuestos a creer. Cuanto más positiva sea nuestra actitud, más seremos capaces de entender aquello que sólo se ve si se tiene una buena disposición.» Sus fieles, en gran mayoría amas de casa, salvo dos o tres adolescentes, jamás nos hubiéramos atrevido a interrumpirle. Creíamos ciegamente en nuestra posición subordinada.

Era un milagro que aquella voz, que en la oscuridad de nuestro cuarto parecía surgir de otra dimensión, surgiera de la boca de aquel hombre de barba pulcramente recortada, nada en la onda de las barbas salvajes que se estaban dejando mis hermanos y que adornaban las caras de casi todos sus amigos. Sus palabras se deslizaban sobre la música que el ayudante, Jabato, iba poniendo y cambiando en su cometido de disc-jockey precario, alternando con delicadeza y gracia los dos casetes. Música con trinos de pájaros salvajes, música bajo la que se escuchaba, en un segundo plano, alguna voz que pronunciaba una frase indescifrable, y que generaba un ambiente de expectativa, de alientos contenidos.

La fe en Martín Ramos terminó la noche en que nos citó para un avistamiento. El acontecimiento iba a tener lugar en un campo cercano a Patones de Arriba, un pueblo de la provincia de Madrid. Lo dije en casa porque tenía que pagar el billete del autocar y un dinero extra por la experiencia. Nunca se me había pasado por la cabeza que mi padre se apuntaría, aunque su afición a los fenómenos inexplicables era tan antigua como mis recuerdos.

—¿Creéis que Dios sería tan poco práctico como para haber creado habitantes en un solo planeta? Mañana la Tierra se va a tomar por culo por el impacto de un meteorito y qué. ¿No es muy arrogante pensar que en el espacio infinito no existirá la posibilidad de otros tipos de vida? Con ojos, sin ojos, seres voladores o reptiles inteligentes. ¡Algo, algo, ahí tiene que haber algo! —y nos señalaba el cielo.

Las reflexiones visionarias de mi padre, siempre pronunciadas con gran vehemencia fuera su audiencia mucha o poca, infantil o adulta, me dejaban apesadumbrada y pesimista ya a mis seis años. La peculiaridad de la fe que mi padre parecía profesar por los misterios paranormales es que se fiaba tan poco de los gurús como de los curas. No le valían los intermediarios. Pensaba que todos escondían turbios intereses sexuales. «Escúchame lo que te digo, Julia, nunca me he quedado a solas con un cura en una habitación y nunca me quedaré, aunque sea un obispo. Un día se me sentó al lado un cura en un autocar y me cambié de sitio inmediatamente.» Por supuesto yo no entendía el alcance de lo que insinuaba. Ahora, cuando recuerdo esas palabras tantas veces repetidas por un hombre de la envergadura física de mi padre, les encuentro aún un efecto cómico.

Mi padre vino al avistamiento. Era el único hombre, salvo nuestro pastor y su técnico de sonido. Yo, que ya empezaba a sentir las grietas que se iban produciendo en mi inquebrantable admiración infantil por él, soporté su incontrolada sociabilidad con una sonrisa tensa, tratando de concentrarme en la oscuridad sólida que había más allá de la ventanilla del autobús. Le sentía hablar con las mujeres del asiento de al lado, ofrecer su petaca de coñac a unas y a otras o cambiarse de asiento para fumarse un cigarrillo con Jabato, que iba en primera fila.

Es a esa edad, creo, cuando empecé a sentirme incómoda ante su incontenible necesidad de llamar la atención. Nuestros papeles estuvieron invertidos de aquella noche en adelante: mientras la hija se mantenía contenida, el padre se mostraba hiperactivo, insolente, revoltoso, haciéndome quedar en mal lugar delante de toda esa gente con la que yo había compartido tantas emociones de orden trascendental. Pero la comunión de almas terminó para mí aquella noche de esa manera abrupta en que se dan por zanjadas las lealtades juveniles. Tuve suerte de que mi recién iniciado interés por la ufología se frustrara ahí, en ese avistamiento en el que un grupo de mujeres fantasiosas, dos de ellas (mi amiga y yo) de quince años, miraban al cielo, esperando y temiendo un objeto extraño que se fuera acercando hasta posarse sigilosamente sobre la Tierra y nos hiciera vivir un acontecimiento que nos diferenciaría del resto de los seres humanos de por vida. Lo había leído, se lo había escuchado a él en la radio, era así. Vivías aquello y ya no había retorno: eras un elegido.

Pero no se vio nada. Y no es sólo que nada se viera, sino que mi padre no nos dio tregua. No paró de hablar, señalar, interrumpir al maestro, ofrecer la tortilla de patata con pimientos que le había preparado mi madre y exponer, con una convicción que delante de aquellos fieles me parecía sonrojante, las razones por las que aquella noche no era la noche adecuada para un avistamiento: «El número de probabilidades de que aparezca en Patones esta noche un objeto volador no identificado es insignificante. Que hay seres en otros planetas, desde luego, jamás lo he dudado, que lo diga mi hija, pero que se vayan a presentar aquí por capricho nuestro, eso lo calificaría yo de milagroso. Personalmente, no creo en los milagros. Yo sólo creo en la estadística».

Martín Ramos le miraba con una sonrisa que quería aparentar imperturbabilidad, pero en la que se apreciaba un fondo de gran irritación. Se veía incapaz de controlar a aquel hombre de simpatía exasperante, que estaba allí, como en un bar, para impedir que otro hombre focalizara la atención de todas aquellas mujeres. La paradoja es que el rencor que sentí hacia mi padre aquella noche no era sólo por su comportamiento sino por hacerme ver y juzgar con sus ojos al hombre al que hasta ese momento yo había concedido total credibilidad. Me daba coraje saberme a merced de ese sarcasmo tan suyo, que desautorizaba, a veces con razón, otras sin ella, a cualquiera que compitiera con él por cautivar al público. Mi furia era contra mí por no tener un criterio sólido propio.

Jabato observaba la situación y compartía mi misma ansiedad, pero mientras yo miraba a un punto indefinido, deseando que la experiencia acabara pronto, él movía la cabeza de manera involuntaria a un lado y a otro, hacia su jefe y hacia ese hombre, mi padre, que de alguna manera había sido como un padrino hacía unos años.

Pero la época dorada de Jabato en mi familia fue mucho antes, en el verano de la pizarra. A dos de mis hermanos les catearon las Matemáticas y mi padre compró una pizarra de tamaño escolar, la puso en el hall de entrada y decidió darnos a todos, fuera cual fuera nuestro nivel, ecuaciones de primer y segundo grado, logaritmos, raíces cuadradas, ¡todo! Para un genio del cálculo como él resultaba humillante que sus hijos, los chicos, fueran no ya torpes sino desapasionados con las ciencias numéricas. Mi torpeza la toleraba, por mi condición de niña, aunque en una ocasión me lanzó una tiza a la cabeza por dormirme. Daba la clase en pijama. Llegaba a casa con su traje impecable y la corbata ya colgada del hombro. Cruzaba el pasillo a grandes zancadas sonoras con sus zapatos de tafilete y se liberaba de toda una mañana de tensiones numéricas tirándose unos pedos tremendos, como truenos, y si oía que se nos escapaba alguna risa, nos mandaba callar desde el cuarto, gritando: «¡Chicos, un respeto!», frase que luego se convirtió en la manera en que nosotros, a sus espaldas, anunciábamos una descarga ventosa. El primer día en que Jabato escuchó este recital gaseoso de mi padre soltó una carcajada enorme y se quedó helado cuando vio que los demás nos callábamos. Las zancadas de mi padre se dirigieron al salón. Miró a Jabato, que estaba como solía cuando se ponía nervioso, de color naranja, y dijo: «Y éste, ¿quién es?». «Jabato —le dijo Pepe—, que su madre no tiene dinero para pagar las clases de recuperación y él nos ha dicho que si le dejas venir, viene.» Mi padre le dio esa especie de tortazo en la cabeza con el que saludaba a los chicos, un amago de abrazo brusco entre de bienvenida y de advertencia.

Jabato se quedó. Su madre era cocinera en un bar, así que la mitad de los días el chaval acompañaba a mis hermanos hasta el portal y allí empezaba a remolonear sin ánimo de irse a comer solo a su casa. Mis hermanos llamaban a mi madre por el telefonillo para hacerle la pregunta casi diaria: «¿Se puede quedar a comer Jabato?».

Mi padre le diagnosticó, casi de inmediato, una incapacidad total para las matemáticas, una torpeza que jamás achacaba a su tosquedad pedagógica. El pobre chaval se atropellaba cada vez que mi padre se dirigía a él. Se levantaba como si estuviera en la escuela y no daba pie con bola. Luego, ya en la comida, mi padre le hablaba del futuro.

—Y tú, ¿qué piensas hacer en la vida?

—Yo..., pues lo que todo el mundo.

—No, todo el mundo no hace lo mismo; unos estudian una carrera y otros aprenden un oficio. Pepe, ¿tú sabes lo que vas a hacer?

—Sí, papá, yo Derecho —respondía mi hermano, falso, mecánico.

—Bien, ¿y tú, Nicolás?

—Yo, Matemáticas Puras —decía Nico, sin molestarse en levantar la mirada y dejar de comer.

—La niña será mi secretaria, ¿verdad, hija?

Me hubiera gustado decir que no, que ya había pasado ese tiempo en que yo quería vivir para servirle. Pero no me atrevía a traicionarle, él vivía feliz manteniéndome en la infancia. En realidad, el único que era temerariamente sincero con él era Jabato, que no estaba entrenado en el arte de la mentira fácil, que era la que nosotros practicábamos con naturalidad. Mi padre, como buen narcisista, no prestaba demasiada atención al tono y a la intención con que le contestábamos. Le bastaba que las respuestas fueran las acertadas. Era uno de esos seres autoritarios tan centrados en sí mismos que estimulan en los súbditos una habilidad extraordinaria para burlar las normas. Pero Jabato, de natural franco, iba de frente. Y eso, ante los ojos de mi padre, le hizo visible, de una visibilidad exasperante pero jamás anodina.

—No sé, pues estudiaré una carrera, entonces.

—¿Qué carrera?

—Lo quiero pensar con tiempo.

—¡Ahora ya nadie quiere ser fontanero ni electricista! ¿Qué quiere esta gente joven? —preguntaba mi padre a ese público silencioso que procuraba esquivarle la mirada por no significarse. Y volvía a Jabato—: ¿Tú sabes lo que gana un fontanero?

—Es que yo no quiero ser fontanero.

—¿Y electricista?

—Tampoco. Yo quiero estudiar una carrera, como ellos.

—Y en tu madre, ¿no piensas en tu madre?

La mía, mi madre, intentaba tímidamente introducir otro tema de conversación y le decía luego, cuando ya nos habíamos ido al colegio, que era mejor no apabullar al muchacho. Pero cuando a mi padre se le llevaba la contraria convertía la más mínima tontería en una cuestión de honor. En aquellos años, dos o tres, su voluntad de que Jabato fuera fontanero, o electricista, monopolizó muchas, o al menos así yo lo recuerdo, muchas de las comidas a las que Jabato se quedaba. En nosotros se producía una mezcla de tensión y alivio. Tensión por ver a mi padre tan empecinado en conseguir que aquel mocoso le diera la razón y a Jabato tan tozudo en no concedérsela, y el alivio mezquino porque centrándose en él nos liberaba a nosotros de su ira, sobre todo de la que le provocaba mi hermano Pepe, que acababa de descubrir su vocación política y cada día venía con inquietantes noticias: «No existe Dios», «La propiedad privada pervierte las relaciones humanas», «Los hijos no pertenecen a la familia sino a la comunidad».

—¡Pues que te pague la vidorra que te pegas la comunidad, la de vecinos, la que sea! —gritaba airado mi padre, inquieto por aquello que jamás hubiera esperado escuchar de un hijo suyo de dieciocho años—. ¿Y a ti quién coño te ha dicho que Dios no existe? ¿Eso quién lo puede saber? Las mismas probabilidades hay de que exista como de que no.

—No existe —decía mi hermano, con una temeridad hasta entonces no mostrada—, la prueba de que no existe es que nadie ha podido probar que existe.

—Muy bien, poniéndonos en lo peor: no existe. Entonces, la religión es una convención. ¿Qué de malo tienen las convenciones? Las convenciones son la esencia de la civilización, muchacho. Apunta eso.

La vida, al menos en esto, desveló incógnitas que no eran tan imprevisibles conociendo la materia de la que cada uno estábamos hechos. Mi hermano Pepe, como hijo de un hombre avasallador y autoritario, fue víctima de un espíritu diletante y poco práctico, no acabó Derecho y perdió muchos años en vaguedades ideológicas; Jabato aprendió un oficio, no por la falta de inteligencia que mi padre le suponía sino porque así lo eligió, como él mismo había expresado tozudamente. No fue electricista ni fontanero, fue técnico de sonido.

Había habido un vacío en nuestra relación de más de una década, de los quince años en los cursos de ufología hasta mis veintiséis de ahora, en los que habíamos sabido vagamente el uno del otro. En nuestro barrio era difícil perderse del todo. Pero no habíamos vuelto a vernos como ahora, a las seis y media de la mañana en un estudio de la radio, frente a frente, sopesando lo que habría ocurrido más allá de los cambios físicos.

—Te has separado.

—Bueno, ahí estoy... en ello. ¿Quién te lo dijo?

—Todo se sabe. También sabía que estabas aquí, que te vería alguna mañana.

—Podías haberte acercado al estudio.

—Cuando acabo con esto estoy loco por irme a casa.

Martín le hizo un gesto de despedida desde el otro lado de la pecera y él le correspondió. Está claro que mi viejo maestro espiritual no me reconoció. Estaba igual, terso, delicado, manso. Con menos pelo, pero igualmente peinado hacia atrás, una melena rala recogida en una coleta.

—¡Cuánto tiempo!, ¿eh? —me dijo Jabato, y los dos sonreímos, nuestra memoria se situó al instante en aquella noche en que la ausencia de ovnis o la presencia de mi padre me hicieron perder la fe.

—Ha pasado toda la vida... Tengo que irme.

—A tu padre lo he visto de vez en cuando, hemos tomado alguna cerveza en el barrio... Se casó.

—Sí, se casó.

—¿Y qué tal con tu madrastra?

—¡Ja! Ya no tengo edad para tener madrastra... Bien.

—A ti te vi un día con el niño.

—Gabriel.

—¿Y el niño, qué tal con el padre?

—Bien también.

Nos besamos. Nos quisimos dar un abrazo pero no supimos cómo hacerlo y el intento se frustró en una serie de movimientos torpes. Salí del estudio. Estaba considerando volverme para pedirle el teléfono cuando su voz sonó a mis espaldas.

—Si me dejas tu número, igual un día voy y te llamo.

Cuatro meses desde aquel reencuentro en la radio. Cuatro meses brujuleando por los bares de Malasaña y dejándonos caer cada viernes a última hora de la noche en los billares de Ventura de la Vega, Huertas, y de mi barrio, cuando ya sólo quedaban algunos macarras con ganas de lío. Como suele ocurrir, nos lo habíamos contado todo menos lo esencial: las idas y venidas de Alberto, la muerte de su madre, las melancolías del niño, el casamiento de mi padre, mis aspiraciones literarias, sus noviazgos frustrados, sus aspiraciones como realizador, algún deseo sexual antes no expresado y los torturantes complejos infantiles. Yo había comprobado que él tenía dos huevos y él que yo no tenía bigote, como decían mis hermanos. Todo eso y algo más, pero no nos habíamos confesado qué hacíamos ahí, el uno con el otro. Qué esperábamos de todo aquello.

Y así habíamos llegado a la noche de aquel viernes, que era fresca pero prometedora ya de un verano inminente. Habíamos salido a airearnos a la puerta del bar. Él estaba sentado en la acera, apurando el último gin-tonic, yo hacía equilibrios en un macetero de hormigón con un cigarro en la mano.

—Te vas a caer.

—Te vas a caer —repetí riéndome—. Lo mismo me decía mi madre. Te vas a caer.

—Y te caías.

—Y me caía, así que no lo repitas.

—Lo mismo le dirás tú ahora a tu hijo.

—Para nada. Yo le digo, «Súbete, anda, súbete». Y él no se sube ni al tobogán. Es muy prudente. Tan patoso como yo pero de una prudencia que a veces me saca de quicio.

—A ver si es que va a ser más listo.

—¿Más listo que yo? Eso seguro.

—Vi a tu padre ayer. Me enseñó una foto de tu madrastra.

—Que no es mi madrastra, coño, que es su mujer.

—Te molesta que diga que es tu madrastra.

—No, no te equivoques, anormal, no me molesta. Me molestan tus ganas de molestarme.

—Me dijo que un día me la presentaría.

—¿Ah, sí?

—¡Sí! Le dije que podíamos quedar cuando quisiera. Contigo.

—Ah, mira, los cuatro. Vaya, lo pasaremos bomba.

—Le dije que nos estábamos viendo.

—Que nos estábamos viendo dónde, ¿en la radio?

—No, no, fuera de la radio. Le dije que andábamos saliendo.

—Ah, ¿y qué dijo?

—Que se alegraba mucho.

—¿Mi padre dijo que se alegraba?

—Sí, dijo que a una mujer separada con un niño le cuesta más echarse un novio.

Pegué un salto y caí en el suelo. Di un traspiés y el tobillo se me torció ligeramente, pero disimulé el dolor. No pude disimular la rabia.

—Te lo dije —murmuró, como yo esperaba.

—Mira, yo a mi padre no le suelo contar nada de mis líos, ¿entiendes? Él no me pregunta tampoco. Es así como nosotros funcionamos.

—¿No te ha preguntado? ¿Tu padre no te pregunta si sigues casada o te has separado?

—No, en mi casa no somos dados a ese tipo de confianzas.

—¿Qué quieres decir con «ese tipo de confianzas»? ¡Ja! Eso en una familia es lo básico.

—¿Y tú cómo puedes saber qué es lo básico?

—¿Por qué no lo voy a saber yo?

—Porque no tienes la costumbre de una familia... Tú... Sólo has tenido a tu madre.

—Tengo ahora dos hermanas.

—Venga, no me jodas, no son exactamente tus hermanas.

—¿Por qué no?

—Porque las conociste el día en que murió tu padre, hace cuatro años.

—Pero las veo con frecuencia, ellas quisieron tener una relación conmigo.

—Pero no las puedes llamar hermanas.

—¿Porque no somos hijos de la misma madre?

—No, porque los hermanos no se inventan a los veintitantos años. Hay que tener una historia común.

—¡Una historia común! ¿Son más hermanos tus hermanos, los de la historia común, a los que no ves nunca?

—Con los hermanos puedes no verte y eso no cambia nada. No contar lo que te pasa y que tampoco signifique nada. Cada familia tiene sus reglas.

—¿Ah, no? Tal vez yo no sepa lo que es una relación familiar, pero te diré cuál es el resultado de esas particulares reglas de tu familia —elevó como un globo la palabra «reglas», la lanzó al aire con sarcasmo—: el resultado es que estás más sola que un perro.

—Mira, tío, no me tengas pena. Si de verdad quisiera

pedirles ayuda, se la pediría —se me quebró la voz—, pero no quiero. ¿Qué coño haces tú metiéndote donde no te importa? ¿Qué tienes tú que ir a contarle a mi padre de que nos vemos? ¿Por qué tiene que salir esto precisamente esta noche? Eres un bestia. ¿Quieres ponerme a prueba? Me he separado del mismo hombre tres veces en el último año. No quiero decir nada, ni puedo contar nada...

Me levanté y eché a andar hacia casa, tan deprisa que sentí que me tambaleaba. Noté su respiración en mi espalda y su mano luego agarrándome con fuerza el hombro, tomándome con las dos manos la cara, dándome un beso.

—¡Espera! Espera... Que no le dije nada. Sólo quería saber cómo reaccionarías. No le dije nada. De verdad. Era sólo una broma y... se me fue de las manos.

Como si fuera en un crudo presente que se resiste a fosilizarse en pasado, me veo saliendo de casa a las ocho de la mañana del día siguiente. Sin desayunar, como había prescrito el médico. Caminamos hacia la parada de los taxis en silencio, conscientes de que cualquier intento de conversación sería un esfuerzo vano. Pasaban algunas parejas de críos, todavía somnolientos, que iban hacia la escuela, siguiendo el mismo camino que yo recorría a los doce años.

Cruzamos la calle y pensé que uno de esos coches que pararían ante el semáforo podía ser el del padre de Gabi de camino a la guardería. No miré, pero imaginé al niño en cualquiera de esas dos actitudes tan suyas y tan contrapuestas: tumbado en el asiento de atrás, entregándose melancólicamente a la contemplación del paisaje visto del revés, o de pie, también detrás, entre los dos asientos, con la mano izquierda abrazando el cuello de su padre, hablando con ese entusiasmo a deshora que a veces tienen los niños. Tal vez ella viajara también en ese coche. Si fuera así, Gabi, generoso en sus afectos, pasaría su pequeño brazo derecho por el cuello de ella y le acariciaría el nacimiento del cabello. Pensar en eso me nublaba la vista.

El taxi tomó la calle por la que todas las tardes caminábamos de vuelta a casa. Recordé la pregunta que me hizo el niño hacía tan sólo unos días. Su mano, pequeña y mullida, dentro de la mía.

—Mami, ¿ella es tonta?

—Yo no te puedo decir que sí o que no, Gabi, tú tienes que pensar lo que quieras.

Ahí quedó mi respuesta, tramposa, dura. Le concedía demasiada libertad para enjuiciar, y él no sabía hacerlo aún sin mi respuesta, necesitaba que yo le sirviera de guía, que no le dejara solo. Con esa prudencia y sutileza con la que los niños tantean los sentimientos de su madre para no herirla me estaba pidiendo que le permitiera quererla, entre otras cosas porque, imagino, ya la quería.

—¿Y es mala?

—Yo no te lo puedo decir, ¿qué piensas tú?

—No, dilo tú. Dilo.

Cambié de conversación. Me negué, mezquinamente, a allanarle el terreno.

Llegamos a la clínica media hora antes de la cita. Me pidieron mi nombre en la entrada. Lo dije tan bajo que tuve que repetirlo dos o tres veces. Nos dijeron que esperáramos en la sala. Al entrar le dimos los buenos días a una pareja que también esperaba. Levantaron los dos los ojos a un tiempo de la revista que estaban hojeando. Reconocí al hombre. Era un chaval que trabajaba para una casa de discos, un promocionador que visitaba los programas de vez en cuando para dar cuenta de sus novedades. Nos conocíamos desde hace años, nos caíamos bien y hubo algún coqueteo, un café, charlas en los pasillos, pero es evidente que los dos fuimos perezosos para llegar a más. Era algo pelirrojo, también. Corto de estatura, también. Su estructura ósea, compacta y atractiva, agrandaba su presencia, como le ocurría a Jabato. Las coincidencias entre los dos me hicieron pensar que mi destino era estar en ese sitio esa mañana, de una manera o de otra, con uno o con otro.

Nos presentamos, nos besamos con una honda sensación de ridículo, nos sentamos. Lamentaba mucho habérmelo encontrado. No sabía cómo nos saludaríamos cuando volviéramos a vernos cualquier día de ésos en el trabajo. Por alguna razón presentía que ya no volveríamos a charlar con el mismo desenfado ni a intentar ninguna aproximación sentimental. Así sería.

—Vaya sitio en el que hemos ido a coincidir... —dijo.

—Sí —le dije—, también es mala suerte.

—¿A qué hora es vuestra intervención? —preguntó.

—No —le corregí—, si yo vengo sola...

La frase cayó en medio de los cuatro como una pequeña bomba.

—Quiero decir —rectifiqué—, que él sólo ha venido a acompañarme.

El sentido estaba implícito: «No ha venido conmigo porque sea mi novio», pero la aclaración hubiera sonado demasiado mezquina, innecesaria. Jabato rompió el silencio carraspeando, se levantó, se sacó un paquete de tabaco del bolsillo y me hizo un gesto señalando la puerta. Se fue sin decir nada. Se fue y ya no volvió más. Mi amigo y su novia se marcharon tras la enfermera que la llamó a ella por su nombre de pila. Él la dejó pasar a ella primero, luego se volvió, se acercó hasta mí, que me encontraba de pie en el centro de la sala, me pasó la mano por el pelo y me dio un beso. Antes de desaparecer volvió la cabeza para mirarme, a la manera en que se despide uno de las personas a las que deja en una soledad sin consuelo. Pero aun en una situación tan propicia a la vulnerabilidad, algo en mí se rebelaba contra quien pudiera sentir un atisbo de compasión. Sólo yo deseaba rumiar mi pena. En secreto. Sola ahora, como un perro, anticipándome al dolor que iba a sentir porque había decidido someterme al aborto sin anestesia.

Pensé en el programa, presentado aquella mañana por Marcos, y me entregué a una suerte de recapitulación: hacía ya un año que me levantaba de madrugada, que trabajaba de madrugada y que tenía la sensación continua de estar dormida mientras estaba despierta y de estar medio despierta mientras dormía. Eso me provocaba a menudo un estado de extrañamiento, como si los sentidos no llegaran a interpretar de manera adecuada la información que recibían. Ahora estaba, por ejemplo, en esa sala de espera como en una nave espacial, vivía el presente como si estuviera en el pasado, despierta pero sintiéndome dentro de una burbuja. Sólo lograba percibir con nitidez la ausencia de Jabato. Él me torturaba, lo sabía, sabía que mientras él rumiaba su rencor en la calle yo estaba sola, extraña en la espera, vulnerable aunque me costara admitirlo. Pero le había despreciado y eso es algo que no se debe hacer con quien arrastra el peso de haber sido humillado de niño.

Nadie más que Jabato y Marcos estaban en el secreto. Ni mi hermana, que iría a recoger a Gabi de la guardería, ni ningún otro amigo, ni mis hermanos, nadie. Yo era como esa adolescente que se enfrenta a un aborto en solitario, tan torpe que no ha sabido ni granjearse la compañía de una amiga cómplice. Sólo contaba con un hombre que en esos momentos fumaba en la calle, incapaz de superar su despecho de la misma manera en que yo había sido incapaz de reconocerle como mi pareja. Había elegido el peor momento para marcar mi terreno y él había elegido el peor momento para sentirse humillado. Éramos asombrosamente fieles a nuestras peores inclinaciones. Previsibles.

Comimos en un italiano de la calle Ortega y Gasset donde solíamos ir Alberto y yo de novios, cuando comer fuera de mi barrio aún me parecía tocar el cielo del mundo. Me apliqué a la tarea de olvidar y bebí varios vasos de vino, a pesar de los antibióticos que debía tomar durante una semana. Jabato me ofrecía el pan, me servía la ensalada, me animaba a que comiera, con la misma insistencia cariñosa y vigilante de una madre que entiende que sólo comiendo se puede sobrevivir a cualquier catástrofe, a la pena espiritual y al dolor físico. Tratábamos en suma de superar el bache y se podría haber dicho que éramos una pareja que ha vuelto del ginecólogo de recibir la mejor de las noticias. Pero nuestra capacidad de contención duró hasta el postre.

—¿Te duele?

—Casi nada.

—¿Ha sido muy desagradable?

—Ha sido desagradable, claro, pero lo bueno que tiene el dolor físico es que una vez que desaparece no se puede recordar. Se recuerda que ha dolido pero no se siente de nuevo el dolor, así que ya está.

—Podía haber entrado contigo al médico... Pero cuando volví a la sala de espera ya te tenían en el quirófano.

—Bah, da igual. Fueron sólo dos o tres preguntas.

—¿Cuáles?

—La que me esperaba, que por qué había tomado la decisión y todo eso —sabía que no me dejaría escaparme con las respuestas a medias, así que opté por acabar cuanto antes—. Que por qué me había quedado embarazada.

—Y le dijiste...

—Le dije que no estoy pasando una buena época, que no tengo la cabeza en mi sitio.

—Ya...

—Y entonces me dijo que el hecho de haberme quedado embarazada y abortar podía agravar mi estado de ánimo. La subida y bajada de hormonas... Que aun estando inmersa en una depresión hay que ser consciente de las consecuencias de nuestros actos.

—¿Le contestaste algo?

—Pude haberle dicho que precisamente porque dicen que sufro una depresión no mido como debiera las consecuencias de mis actos, que si estuviera en mis cabales no me pasarían cosas así, pero me contuve.

—Lo dices como si estuvieras loca.

—Y creo que lo estoy. No creo que esto que yo tengo, porque algo tengo, se llame depresión. ¿Estoy deprimida? ¿Tú crees que estaba deprimida el otro día cuando cantábamos mientras jugábamos al billar? ¿Estoy deprimida cada mañana, cuando me levanto a las tres y media, me ducho, me pinto y bajo al taxi para marcharme a la radio? ¿Estoy deprimida cuando espero a Gabi en la puerta y le llevo un huevo Kinder los viernes y le digo que cierre los ojos y se lo encuentra en el bolsillo de la chupa? ¿Estoy deprimida cuando, aun estando agotada por el horario, me quedo por las terrazas del parque con los padres de otros niños tomando cañas? ¿Está deprimido alguien que presenta un programa de humor, que se pasa la vida inventando diálogos chispeantes para que la gente se ría? ¿Es compatible eso con la depresión? Alguien que esté deprimido no puede con todo ese esfuerzo. No tiene energía para ser amable ni para ser simpático, ni para follar, ni para estar impaciente porque todo cambie de una puta vez, que cambie, que algo cambie. No, no se llama depresión. Depresión fue el nombre que le dio un médico del seguro porque no tendría ni tiempo ni ganas de entrar en detalles y yo tampoco tengo tiempo ni ganas ni dinero para someterme a una terapia de años. No es depresión. Tengo la sensación de estar a merced de una ventisca, de un tipo de inconsciencia que va y viene, que no es permanente y que cuando aparece lo que busca o lo que busco con furia es hacerme daño, cuanto más mejor. Pero no le dije nada de esto al médico, claro, no era el momento de discutir eso con alguien que trataba de justificar en un informe que yo abortaba por razones psicológicas. ¿Qué más da cuál fuera la razón? Él estaba haciendo su trabajo, y yo quería acabar cuanto antes.

Su mano se deslizó por la mesa y buscó la mía. Cualquiera hubiera pensado que era una manera de dar por concluida la recapitulación de la experiencia, pero yo sabía que no. Lo conocía, me conocía. Por muy extemporáneo que pareciera en ese momento no íbamos a renunciar a hacernos daño.

—Dime, ¿en calidad de qué iba yo esta mañana acompañándote?

—Tampoco es el momento ahora para eso.

—No quisiste presentarme como tu pareja.

—Ay, no sé si somos pareja. Es algo de lo que nunca hemos hablado. Salimos, nos divertimos, nos acostamos. Si te hubiera presentado como «mi novio» hubiera sido la primera vez en referirme a ti de esa manera y nos habría sonado extraño a los dos.

—¿No será que no sabías si el hijo era mío?

—¿Hijo, qué hijo? ¿De qué coño estás hablando?

—Feto, ¿prefieres que diga feto?

—Vete a la mierda. ¿Qué pruebas querías aparte de lo que yo te dije? Te dije que sinceramente creía que era tuyo.

—Creer no significa estar segura.

—¿Y qué debería haber hecho? ¿Probártelo de alguna manera? Yo estaré loca, te lo acabo de decir, no soy dueña de mis actos, pero escúchame, tú eres un acomplejado.

—Un acomplejado.

—Sí, y por alguna razón que no acabo de entender yo aumento tus complejos. No deseo hacerlo, pero te despierto tus antiguos complejos.

—¿De qué me estás hablando?

—No sé cuál es la naturaleza de esos complejos, pero los tienes y lo sabes muy bien.

—Dímelo, ¿en qué los notas? ¿Complejo de inferioridad? ¿De hijo de chulo de barrio?

—Eso lo estás diciendo tú, no lo pongas en mi boca. No te has atrevido en todo este tiempo a decirme que querías ser mi pareja, ¿a qué viene esto ahora, hoy, precisamente, cuando deberías estar tratándome con un poco más de respeto?

—Te trato con respeto, eres tú la que no me has respetado. Te daba vergüenza presentarme como tu pareja.

—¿Te sale el orgullo herido en una sala de espera de un centro abortista? Míratelo, porque lo tuyo es serio. Guárdate el orgullo para otras ocasiones. Me voy.

Su mano me agarró el brazo con fuerza, como si no le importara hacerme daño en su desesperado deseo de retenerme.

—Suéltame, ¿quién te has creído tú que eres?

Cuando aquella tarde llegué a buscar a Gabi encontré a mi hermana en el banco del parque, vigilando los juegos de los niños. Me dijo: «Estás muy pálida». Y yo le dije: «¿Y qué color quieres que tenga?, me levanto muy temprano». Miré al frente, a Gabi, que, como siempre que yo le dejaba a dormir en casa de alguien, hacía como que no advertía mi presencia. Su pequeña venganza.

Años más tarde dejé de interpretar cualquier pregunta personal de mi familia como una censura sobre mi vida, pero en aquella época aún entendía cualquier comentario como una agresión, a la manera en la que reaccionan los adolescentes. Mi hermana me confesó que por aquel entonces soñaba con frecuencia conmigo o, para ser más exactos, que yo solía protagonizar sus pesadillas. Mi delgadez extrema y los peligros de la época la llevaron a pensar que era drogadicta. Cuando me lo dijo, me sentí avergonzada retrospectivamente. Ella, entregada a su marido y a sus hijos, era tan ajena al mundo con el que yo me enfrentaba a diario, el de la precariedad emocional y la maternidad atribulada, que sólo podía imaginar lo peor. Siempre hubo dos mundos, el de los que se acuestan temprano y el de los que se acuestan tarde. Yo vivía, exhausta, en mi condición de madre joven, manteniendo un imposible equilibrio entre los dos.

Pero podía haberlo sido, drogadicta, sí, y ella estar en lo cierto. Si indago en mi pasado, si trato de hallar las razones por las que las cosas fueron así y no acabaron fatal,

tal vez encuentre que, a pesar de haber padecido la sensación de que el suelo se movía bajo mis pies y sólo podía tratar de hacer equilibrios para no caerme, había en mí una cepa de autoprotección muy resistente que me salvó de mí misma.

Unos meses antes de reencontrarme con Jabato había salido durante un mes con otro amigo del barrio, Jorge. Jorge era cinco años mayor que yo y había abandonado la militancia política en el Partido (Comunista) por la heroína. Era un heroinómano distinguido. No se pinchó jamás, esnifaba y tenía como camello a un antiguo compañero de colegio, también otro querido amigo nuestro, que moriría poco tiempo más tarde. Jorge vivía con su novia, una profesional que se ganaba la vida como correctora de estilo en una editorial. Ella era quien, fundamentalmente, llevaba el dinero a casa. Se pulían el sueldo por las noches. El amigo llamaba al telefonillo, Jorge bajaba y allí mismo en el portal hacían el intercambio. Se jactaba de no dejarlo subir a casa en los últimos tiempos por estar el amigo sucio, deteriorado, por venir del infierno. Yo apreciaba en su comentario un indisimulado desprecio de clase: el del que recibía la heroína en casa hacia el que la buscaba en los poblados. Los dos habían partido de la misma clase media acomodada, pero la droga les había separado en su particular escala social: a uno le llegaba la heroína hasta la puerta; el otro se manchaba de barro, ponía su vida en peligro y se la pinchaba en vena y a la intemperie. Uno, Jorge, se recuperó; el otro murió, para alivio de sus desesperados padres y, por una bendita casualidad, en su propia cama.

Cuando yo anduve con él estaba aún en uno de sus intentos infructuosos de desenganche. Como casi cualquier yonqui que está en proceso de desintoxicación, no hablaba más que de la droga que estaba intentando abandonar. Se diría que tuviera que rendirle un homenaje constante. Evocaba a su novia, que ahora estaba en una granja, idealizaba los atardeceres que pasaban en la cama, adormecidos pero con un espejismo permanente de lucidez. Creo que él me veía vulgar. No era nada personal, sino la tendencia natural del adicto a despreciar las emociones de una vida corriente como era para él la mía. Pero no fue esa arrogancia, difícilmente disimulada por su continuo sarcasmo, lo que me echó para atrás en nuestra relación; porque yo, aun aburriéndome, conservaba la inercia juvenil a admirar aquello que sabía que no estaba a mi alcance: la fe en una ideología, la fe, cualquier fe absoluta, aunque estuviera absurdamente puesta en una diosa como la heroína.

No fue el desprecio, el habitual desprecio de los adictos hacia los que no lo son, ni el sarcasmo que desplegaba hacia mis cosas, hacia mis libros, lo que me llevó a reaccionar y alejarme de él. «¡Ja, la literatura! La literatura es un engaño, nada puede penetrar en el corazón de la manera en que lo hace la música», decía, y yo lo sentía como la impostura de alguien que quiere olvidar que fue brillante en los estudios, que tal vez lo seguía siendo y seguramente habría leído ya el libro que yo tenía sobre la mesa; tampoco me apartó de él ese empeño suyo en demostrarme que su desintoxicación sólo le conduciría a la vulgaridad en la que los demás nos consumíamos. No fue la incomodidad que me produjo el que una noche desplegara el polvo blanco sobre la mesa de la cocina y comenzara a golpearlo con una tarjeta. «Aquí no, preferiría que aquí no sacaras eso», le dije. «No es heroína, es coca.» Aquella excusa estúpida me dejó sin palabras.

Siendo, digo, cada una de esas razones más que suficiente para considerar un disparate nuestra relación, lo que me llevó a dejar de frecuentarle fue algo más simple: una tarde, yendo yo camino de la guardería, lo encontré sentado en una terraza. Me dijo, «Quédate». Le dije, «No, que llego tarde». Sin entender muy bien por qué, me siguió. Me siguió y esperó tras la verja, mirando la salida de los niños torvamente, como uno de esos novios sombríos que no quieren mostrar interés alguno por un hijo que no es suyo. Gabi salió de la mano de su maestra. Apreté su cara fresca y húmeda contra la mía. Sus manos me agarraron la cara para darme un beso en los labios, haciéndome aspirar de pronto la intensa riqueza del olor preescolar.

Le tomé de la mano y echamos a andar por el parque hacia casa. Jorge nos seguía a un metro de distancia. Yo trataba de que algún tipo de comunicación surgiera entre ellos. Le hablaba a Gabi de aquel tiempo en que ese amigo iba con los tíos y conmigo a la escuela. El niño se detuvo y, como si quisiera reconocerle la familiaridad que yo le otorgaba, le tendió la mano. Se volvió y le tendió la mano. El tipo la miró un momento, me miró luego a mí y soltó una risa estúpida que contenía su total desprecio por el mundo. Se metió las manos en los bolsillos y emprendió de nuevo el paso. El niño se quedó desconcertado. Probablemente era la primera vez que un adulto le negaba la mano.

Nos despedimos a los pocos minutos. No volví a contestar a sus llamadas ni le vi de nuevo hasta algunos años más tarde, en la sección infantil de unos grandes almacenes. Él llevaba entonces un crío pequeño de la mano. Estaba mucho más gordo, casi calvo, tenía buen color y parecía un padre corriente, sin signos de haber vivido un pasado turbio. Ante mi presencia debió de sentir una antigua vergüenza y su despreciable desprecio volvió a enfriarle el corazón por un momento porque apartó a su hijo ligeramente. El niño se resistió y le abrazó las piernas, acostumbrado sin duda como estaba a no ser rechazado.

Cuánto nos ampara de la mediocridad sentimental tener la obligación de proteger a un ser más vulnerable, a un hijo.

Gabi se me quedó dormido en el sofá, con mis muslos como almohada. Yo le acariciaba el pelo, sentía el peso de su cuerpo abandonado por completo al sueño tranquilo velado por la madre. Sonó el teléfono y me lancé a responder para que no se despertara. Era mi hermana.

—No busques más, anda —me dijo—, que lo tengo yo.

—¿El qué?

—El bolso, lo tengo yo.

—El bolso... —miré a un lado y a otro del salón.

—Ni sabías que lo habías perdido.

—No, no me había dado cuenta.

—¿Y cómo entras a tu casa?

—Las llaves las llevo en el bolsillo.

—No sabes la suerte que tienes. Te lo dejaste en la acera, en el suelo. Lo vigilaron durante un rato los comerciantes de la avenida, por si volvía la dueña, pero como nadie daba señales de vida, lo recogieron, buscaron en la agenda y dieron conmigo.

—Vaya...

—¿Cómo puedes volver a casa sin darte cuenta de que no llevas el bolso?

—Yo qué sé... —De pronto, volvió el momento concreto: el lento ascenso por la avenida. Gabi despistado, cansado, irritante. Sus cordones desatados y yo agachándome, y dejando, imagino, el bolso en el suelo.

—Tienes una bolsa de la farmacia.

—Ya, ya lo sé —dije secamente.

—¿Te pasa algo?

—No, no, son antibióticos. Tengo una pequeña infección.

—¿Una infección?

—Sí, vaginal... —le dije por si leía el prospecto—, pero nada importante.

—¿Seguro?

—Sí, claro, seguro.

—¿No te harán falta esta noche?

—No, no, ya me paso mañana a recogerlos.

Cargué con Gabi hasta mi cama. Cinco años ya, unos veinte kilos. Aunque a mitad de la noche siempre se colaba en mi habitación, hoy era yo quien no quería dormir sola. Supe que era consciente de dónde le tumbaba porque se le dibujó una sonrisa de entrega, de felicidad. No estaba del todo dormido. Me acosté con él. La persiana dibujaba rayas en las paredes de la habitación. Aquel dibujo de luces y sombras siempre me calmaba el ánimo, me ayudaba a hacer el amor, se prestaba a las confidencias o me consolaba el sentimiento de soledad. Esa noche, la dulzura de los grises y los ocres despertó en mí la conciencia del tremendo cansancio acumulado durante el día. Comencé a sentir dolor en las piernas. La consecuencia de haber tenido los músculos en tensión en aquella postura innoble en la que se tienen hijos y en la que se pierden. Una quemazón me invadió el bajo vientre con la misma intensidad con que duelen las menstruaciones a los quince años. Parecía que todo en mí hubiera empezado a despertar, incluso el recuerdo de aquel aparato que entró en mi cuerpo y aspiró violentamente lo que allí se gestaba desde hacía dos meses. No había optado por la anestesia general y no fue por una cuestión económica. Siendo yo tan temerosa del dolor físico no encuentro la razón por la que preferí someterme a la intervención con plena lucidez. Tal vez fuera una manera de infligirme un castigo. Hay razones que la memoria pierde.

Mientras dejaba que el cuerpo hablara por sí mismo, me fui quedando dormida. El cansancio venció finalmente al creciente dolor.

Una llamada al telefonillo me sacó del primer sueño, el más profundo. Aturdida, asustada también, fui hasta la puerta y me quedé de pie, apoyada en la pared, sin hacer nada. Me temblaban las piernas de inquietud y debilidad. Sonó otra vez.

—Soy yo... —dijo.

—Ya sé que eres tú. ¿Qué quieres?

—Ábreme.

Su voz sonaba pastosa. A bares, a muchas copas, a lengua gruesa, a la mezcla del trastorno etílico y sentimental.

No dije nada, me llevé la mano al corazón para desacelerarlo. El timbre volvió a sonar, una, dos veces, con ese ruido agudo y vibrante que de noche parecía estar plagado de no se sabe qué malos presagios. Puse mi oído en el auricular y lo escuché, lo escuché respirar o casi sollozar.

—Ábreme o despertaré a todo el mundo.

Le abrí. Apareció en el descansillo tratando de alisarse el pelo revuelto. Llevaba abierta y sudada la camisa que se había puesto aquella mañana para acompañarme al que podía haber sido nuestro extraño primer paso hacia un compromiso formal.

—Déjame cuidarte.

—Baja la voz y quédate ahí, si quieres —le señalé el sofá.

Yendo por el pasillo hacia el cuarto sentí que me seguía. Me volví.

—He dicho que te quedes en el sofá. El niño está en mi cama.

—He venido a dormir contigo.

Le empujé con un golpe seco en el pecho que le hizo perder el equilibrio y vencerse contra la puerta. Le sentí caer al suelo, quejarse. No me volví. Fui corriendo a la cama, me tendí y me recosté en la misma posición fetal del niño, apretándolo contra mi vientre. Cerré los ojos. Un coágulo de sangre se abrió paso en mi vagina hasta provocarme una desagradable sensación de humedad pero también de claudicación, de abandono.

Le oí entrar, respirar con la intensidad propia de los borrachos. Se sentó en el borde de la cama y empezó a acariciarme suavemente la cara, «Chico, Chico». Me volví, le miré. Su rostro estaba iluminado por la luz que entraba entre las lamas de la persiana. Parecía sereno al fin, sacado abruptamente de la confusión del alcohol. Se le había empezado a inflamar un párpado. Por la mañana el ojo estaría amoratado.

Así nos quedaríamos mucho rato, despiertos y derrotados. Él sentado a nuestro lado, murmurando, «Chico, Chico»; yo abrazada a lo único que tenía y dolorida por lo que había perdido.

CAPÍTULO 5

VÍSPERA DE REYES

Mi padre siempre dijo que yo atraía el dinero, que no era en absoluto casual que mi nacimiento se hubiera producido tres días después de que a él le tocara la Lotería del Niño. Casi al mismo tiempo que yo salía del hospital, contaba mi padre, él acudía al concesionario para recoger su primer coche y daba la entrada en la inmobiliaria para el primer piso. Yo lo escuchaba y me sentía dentro de esa lista de propiedades: casa, coche y niña. Yo en tercer lugar.

Le gustaba recalcar que, dado que yo era la niña de la Lotería, había querido celebrar mi llegada al mundo con un bautizo por todo lo alto: un coro, un cura vestido con casulla de gala, flores blancas y monaguillos. Mucha pompa para un pobre auditorio: mi padre, un administrativo de la empresa que se prestó a hacer de padrino, mi tía, que fue la madrina, y el obligado grupo de beatas que se apunta a un bombardeo. Ni mi madre, que se recuperaba en casa, asistió; ni mis hermanos, que se habían quedado con ella; ni la familia, que vivía lejos. Nadie. A mi padre le gustaba la escena y se recreaba en ella. Mi bautizo era un ejemplo que ilustraba su convencimiento de que mi don empezó a mostrarse desde el inicio: una entrada al mundo solitaria pero majestuosa.

Por su parte, mi madre tenía una idea de mi presencia más centrada en lo sentimental que no por ello alteraba menos mi impresionable mente infantil. Con esa naturalidad con que las madres de antes juzgaban a sus hijos ante terceros, le contaba a menudo a alguna amiga: «Mi marido hubiera tenido ocho, nueve hijos, a él qué más le daba, en cambio, yo, cuando vi que estaba embarazada de ésta, me harté de llorar. Después de cuatro hijos, qué disgusto». Me daban ganas de consolarla por haberla castigado con mi presencia. Por fortuna, me sentía aliviada porque siempre acababa por añadir: «Y ahora, mírala, aquí la tenéis: mi alegría».

Así que el dinero era el elemento que había bendecido mi entrada al mundo, según mi padre, y mi carácter alegre lo que permitía mi permanencia en él, según mi madre. Las dos cosas me fascinaban y me provocaban cierto estado de alerta, era como si para merecerse la vida hubiera que andar a diario sobre la cuerda floja de tus virtudes. Mis padres, dados a la franqueza irreflexiva de los padres de la época, nos describían sin sombra de duda con dos o tres rasgos a cada uno, como si hubiéramos nacido con una etiqueta en el dedo gordo del pie que advirtiera del defecto que nos amargaría la vida y el don que habría de salvarnos. Si Ángela había sido traída al mundo para ser una niña concienzuda, paciente y formal, Pepe estaba condenado a la infelicidad como correspondía a un carácter idealista, Nico era un niño de acción y sería siempre querido sin esforzarse y Andrés haría lo posible para vivir sin dar palo al agua, yo debía ser fiel a mis dos virtudes, la sonrisa y la capacidad casi milagrosa de atraer el dinero, tal vez no demasiado dinero, pero sí el suficiente para no tener que preocuparme por él.

Los niños suelen responder con una obediencia insensata a la descripción que de ellos hacen sus padres y nosotros lo hicimos también. Fuimos obedientes y descontentos, pues ni mi hermana Ángela se ha sentido a gusto dentro de esa piel tan fina de señorita formal, ni los otros lo fueron con su incapacidad para la felicidad, su pereza enfermiza o su hiperactividad. Nos hemos comportado en la vida como si hubiéramos de ser fieles al personaje que ellos nos asignaron y yo, desde muy niña, he vivido prisionera de mi simpatía, anhelando la suerte de los otros, queriendo ser la que atrajera el cariño sin esfuerzo, la concienzuda o la idealista, es decir, aquello que debido en parte a su estrecha descripción nunca estará a mi alcance.

La sensación de que sólo el lado alegre de tu carácter atraería el cariño de los demás o de que tu mayor cualidad consistía en una misteriosa habilidad para que el dinero acudiera a tus manos se convertía, o así lo he vivido muchas veces en mi prolongadísima inmadurez, en la prueba de que no estaba hecha para ser amada como cualquier persona sino como simple compañera de diversión.

«Yo nací con un pan debajo del brazo», decía con naturalidad en la escuela. Luego explicaba el sentido de la frase, la lotería, el bautizo de reina solitaria... Me dibujaba a mí misma como una niña bendecida por la suerte, y provocaba una admiración entre mis compañeras de clase que se disipaba rápido, en cuanto advertían que ya no había habido más loterías, que mis padres tenían el mismo nivel que cualquiera y que de vez en cuando yo pedía el dinero que me faltaba para comprarme un donuts.

«Nació con un pan debajo del brazo», le decía mi padre ahora a un compañero de trabajo en una marisquería próxima a su oficina en la que nos había invitado a comer a Gabi, a mí y a un subordinado suyo que, a pesar de la verborrea de su jefe, parecía sentirse cómodo, más cómodo que yo, con la complicidad y paciencia que se precisan para sobrevivir en los trabajos.

Estábamos en vísperas de Nochebuena y los restaurantes estallaban de comidas de hermandad laboral. Al lado nuestro, unas quince personas bebían, reían, casi gritaban, se hacían chistes subidos de tono que exaltaban los ánimos y sembraban esperanzas de posibles encuentros sexuales que, de producirse, serían rápidos, en el coche y con voluntad de ser olvidados un instante después de que se produjeran. Desde mi asiento podía observar cómo una mujer de unos cuarenta años se había quitado el zapato. El zapato sin pie reposaba al lado del pie calzado, formando una extraña pareja. La pierna ausente descansaba, sin duda, en la bragueta del comensal de enfrente.

—No es cosa de ahora, Melchor, no es cosa de ahora. Es algo con lo que ha nacido. ¿Cuántos años tienes ahora, hija?

—Veintisiete.

—Veintisiete, eso, eso. Del 63, exactamente, el año de la Lotería del Niño. A sus veintisiete años ha cambiado de trabajo lo menos diez veces, ¿cuántas veces has cambiado de trabajo?

—No sé, papá, no las he contado.

—¿Cuántas veces has cambiado tú, Melchor?

—Ninguna, ni quiero —dijo Melchor.

—Eso, tú a ascender escaloncito a escaloncito, como la mayoría. Pues bien, ella no ha parado, está hecha de otra pasta, deja un trabajo y ya la están llamando para otro.

—No los dejo, papá, no he dejado ninguno. Me han echado.

—Eso no es echar, echar es otra cosa. Tú no sabes lo que es que te echen. ¡Echar, echar! Echar es cuando en tu empresa te pegan una patada en el culo porque sí, porque no te quieren ver más el pelo. ¿Es así o no es así, Melchor?

—Es así.

—A ésta, lo que le ha pasado es que los trabajos se le acaban. No son trabajos como los nuestros, Melchor, sus trabajos son trabajos que nacen con su fecha de caducidad. Pero qué coño importa, hija mía, si eso supone que te llaman de otro sitio y te pagan más. Cada profesión tiene sus leyes de mercado. En tu oficio, hija mía, quedarse quieto en un sitio es ser una seta laboral, una persona sin ambición, sin sangre en las venas.

—Bueno, papá, eso no es así, también hay gente en mi trabajo que es fija y que vale mucho.

—Y tú pudiste serlo, pero no quisiste. Esa vida del fijo es para el que quiera ser un puñetero funcionario hasta la jubilación. Tú querías otra cosa, ¿querías o no querías otra cosa?

Siempre sucedía lo mismo: mi padre defendía sus opiniones con tal apasionamiento que para rebatirlas me hubiera visto en la incómoda situación de desvelar demasiadas cosas sobre mí misma, o ajustar las cuentas con él, o mostrarme demasiado herida, o desmontar una a una todas sus teorías sobre mí. En realidad, no llegabas a saber nunca si era un pillo consciente de su truco o no era un truco sino la actitud legítima de alguien que no quiere verse enredado en discusiones incómodas en las que se revelarán secretos que no quiere escuchar y prefiere manejarse en la alegre superficie de la vida. La astucia de alguien que no quiere verse afectado por lo que verdaderamente te estaba encogiendo el corazón. Descrito de esta manera parecería un comportamiento contra natura, pero con el tiempo he podido observar que no es infrecuente que los padres discriminen, descarten y elijan la información que quieren escuchar de sus hijos.

Debiera haberle dicho (de haberme atrevido a no respetar sus reglas dialécticas) que en absoluto me hubiera importado llevar una vida adocenada de funcionaria en la radio. Si renuncié a la plaza que me mantuvo destinada un año en una pequeña ciudad del sur, no fue porque yo fuera uno de esos espíritus libres que detestan verse atados a un trabajo fijo. No se trató de un acto de rebeldía. Fue la sospecha de que algo estaba sucediendo a mis espaldas lo que me hizo, irreflexivamente, abandonarlo todo de un día para otro y volver a Madrid. En realidad, las razones laborales nunca me importaron tanto, y aquí vuelvo al principio, al corsé que mis padres me aplicaron de niña, a la estrecha descripción dentro de la cual me he visto durante muchos años condenada a vivir: estaba tan íntimamente convencida, tal y como me habían educado, de que nunca me faltaría el trabajo y la pericia para ganar dinero, que no llegaba a sentirme del todo afectada por su pérdida y podía despreciar un puesto fijo con más facilidad que otros. Con menos mérito.

Las razones de haber abandonado mi plaza eran otras, pero al no corresponderse con lo que se esperaba de mí yo misma las ocultaba.

O puede que él lo supiera todo, como todos los padres lo saben todo. Sabía que me avergonzaba de ser yo y que encubría mi vergüenza cumpliendo sus expectativas. De qué me iba a quejar ahora, cuando lo veía inflarse con orgullo delegado por mi espíritu resuelto si era yo la que hacía apenas una semana le había llamado para contarle a cuánto ascendía mi nuevo sueldo. Esa noticia había dominado toda nuestra conversación, los diez minutos, y habíamos dejado fuera a conciencia, él, yo, los dos, aparcado y latente, todo aquello que pudiera perturbar su paz de espíritu. Para qué hacer confesiones a quien no quiere que le mientas pero tampoco que le cuentes la verdad.

Gabi comía en silencio los langostinos que yo le iba pelando, como si tuviera la determinación de acabar con todos los que había en la fuente del centro de la mesa, incluso con los del restaurante. Hundía torpemente el langostino en la mayonesa y se lo llevaba a la boca provocando un desastre por el camino. No mostraba ninguna inquietud ante la vehemencia de su abuelo, que iba subiendo la voz a medida que los de la mesa de al lado elevaban el volumen de sus risas y el tono de sus bromas. Otro niño, yo misma cuando era chica, hubiera temido que aquel hombre que gesticulaba como si dirigiera una orquesta buscara bronca con su colega o con el camarero que se retrasaba cinco inaceptables minutos en traerle la segunda botella de Albariño, pero no, el niño lo admitía. Su desmesura no le provocaba ni miedo ni inquietud. Eran muchos los bares a los que le había llevado a pasar la tarde. Muchos los bares en que mientras el abuelo pontificaba en la barra el niño pintaba en las servilletas, jugaba con algunos dinosaurios que llevaba en la mochila, comía de puro aburrimiento las almendras que acompañaban los whiskeys o se quedaba dormido con la cabeza apoyada en una mesa. Era mucho el humo que había tragado, muchas las discusiones oídas de fondo, en el bullicio adormecedor de los pubs a la caída de la tarde, pero, al contrario de la ansiedad que este carácter en exceso expansivo me solía producir a mí (tal vez alertada siempre por mi madre), el nieto lo toleraba no por resignación sino por puro cariño, un cariño ecuánime, que se mostraba abiertamente, sin reparos físicos, cuando se le sentaba encima o cuando le tomaba la barbilla con las dos manos para que abandonara su delirio verbal un momento y le hiciera caso: «Quiero irme, abuelo, quiero irme ya, no te enrolles». A veces, para mi asombro, conseguía que aquel hombre indómito pagara la cuenta y le trajera a casa a una hora razonable. Ese hombre, refractario a cualquier principio pedagógico sensato, se lo llevaba en la víspera de su cumpleaños a la sección de juguetería de un hipermercado y le decía: «Puedes coger lo que quieras por dos mil pesetas». El niño, tras ir desesperadamente como un perro jadeante de un juguete a otro, acababa llorando, desconsolado, vencido, hundida su cabeza entre los brazos que apoyaba en las estanterías, incapaz de elegir y descartar. «Pero ¿qué le pasa?», decía mi padre señalándomelo, riéndose con esa risa que a veces produce el llanto de los niños porque su dolor no nos parece tan hondo como el dolor adulto. «Anda que vaya perra tan tonta que se ha cogido, ya querrían otros niños tener la misma oportunidad que él.»

—Mira mi nieto, qué maravilla —dijo mi padre dándole un codazo a Melchor—. ¿Cuántos langostinos se ha comido ya? Lo menos lleva catorce.

—No comas más, anda —le dije yo a Gabi, y él me gruñó y miró a su abuelo buscando complicidad.

—Déjalo, que se harte de fósforo, que es muy bueno para el intelecto. Hay que ganar mucho dinero para dar de comer a este niño. ¿Sabes, Melchor, cuál fue una de las primeras cosas que mi nieto aprendió en la calle? A levantar la mano para parar un taxi. ¿Es verdad o no es verdad? No pongas esa cara, hija mía, que yo no miento. Pues eso.

Bebió un gran sorbo de whisky, el último que había en el vaso y por el ímpetu con el que volcó la copa los hielos le cayeron sobre la cara. Se limpió con la servilleta y me miró de reojo, levantando la ceja, como siempre en que te advertía sordamente que no estaba dispuesto a que le estropearas el momento.

—Hay personas que van por sus pasos, comienzan desde abajo en la vida y poco a poco logran una posición, ¿no? Es la historia de tu vida, Melchor. La de la mía, no, porque la mía ha sido más difícil y, en cambio, he llegado más alto. A mí no me pagaron mis padres una carrera como a ti, Melchor, y aquí me tienes, en el puesto que estoy. A mí los títulos me la traen floja, porque yo sé lo que sé y lo que saben otros y, te digo una cosa, hay muchos, los enfermos de titulitis, que abundan en este país, muchos que se tienen que joder y reconocerme el mérito. Pues eso, ¡claro! ¡Ja! —dicho lo cual, levantó la mano, le señaló el vaso vacío al camarero y se encendió un cigarro. Lo fue alternando con otro que tenía reposando en el cenicero y le pasó la mano por la cabeza al nieto—. Eso sí, no te quedan más huevos que saber el doble que el que ha estudiado. Ahí está la clave. La clave de mi generación, Melchor, es ésa: a un lado los hijos de papá y a otro los que no le debemos nada a nadie. Así entiendo yo las dos Españas.

El camarero se acercó con la botella de whisky, la posó sobre el borde de la copa, comenzó a verter el líquido y, cuando fue a retirarla, mi padre, con un solo dedo, suavemente pero con firmeza, le obligó a mantenerla en el borde del vaso.

—Vamos a servirnos, si a usted le parece, un poquillo más. Sobre todo porque no quiero andar molestándolo, que están ustedes hoy a tope.

El camarero obedeció sin hacer ningún comentario. Conocía de sobra a aquel cliente que tenía por costumbre vender como un favor cualquier exigencia.

—Y aquí tienes a mi hija. Tampoco ha acabado la carrera. Aún está a tiempo, es muy joven. Yo no tengo nada en contra de las carreras. La de Derecho, la de abogado, esas carreras están justificadas. O para hacer números. Para hacer números, Melchor, si eras un desgraciao, como yo era, había que tragarse muchas tardes de academia nocturna, pero ¡coño, escribir! ¡Escribir para la televisión! ¿Eso cómo se estudia? Tampoco es ciencia infusa. Aunque habrá que tener alguna gracia, digo yo. Chispa. Hay que tener chispa. Créeme, Melchor, si te digo que yo no sé ni para quién escribe ni lo que escribe. No lo dice. ¿Ves? No lo dice. No lo quiere decir. Pues que no lo diga. No importa. Le digo, «Pero ¿para quién escribes tú?». Y me dice, «Para la gente que sale en la tele en general». Vale, en general. Desde que ella escribe guiones para la tele, yo me la pongo y pienso, pues aunque no lo parezca, esto lo ha escrito alguien. A lo mejor ella. Antes de estar mi hija en la tele yo creía que improvisaban, porque dicen tantas mamarrachadas que no te imaginas un cerebro detrás echando humo. Mírala, ella se calla. Se calla porque le da vergüenza. Yo le digo, «¿Vergüenza de qué?». ¿De qué? Con el sueldo que gana de qué la vergüenza. Melchor —bajó la voz y se le acercó, como quien anda buscando una confidencia—. ¿Tú cuánto estás ganando ahora? Brutas.

—Unas doscientas.

—Unas doscientas, vale. Unas doscientas y llevas trabajando si no me equivoco desde que entraste conmigo, quince años. Como mucho, cuando te jubiles estarás en un quince por ciento más. Muy bien, ¿te digo lo que gana ahora mismo mi hija?

—No, no se lo digas... —le advertí.

—Díselo tú. Pero, vamos a ver, si es algo de lo que la gente buena siempre se va a alegrar. Melchor, ¿tú no te alegras de que alguien que tiene veinte años menos que tú esté ganando lo que tú no vas a ganar en la vida? Si acaso te dará un poco de envidia.

—Envidia sana —dijo Melchor que doblaba la servilleta sin mirarnos a los ojos, en un gesto que parecía encubrir cierto embarazo o una incomodidad muy bien adiestrada para que no se apreciara.

—¿Le vas a decir cuánto ganas? Díselo —me miró desafiante a los ojos—. Bueno, se lo digo yo. Trescientas veinte mil pesetas.

—¿Somos ricos, mami? —me preguntó Gabi, que harto de langostinos jugaba ahora con las cabezas, haciéndolas chocar unas contra otras, como solía hacer con sus monstruos.

—Papá, no digas eso delante del niño. Luego va y lo suelta en la guardería.

—Yo no lo suelto —dijo el niño—. No lo suelto.

De pronto, en la mesa de al lado arreciaron los aplausos, los gritos, los silbidos. Estaban desempaquetando los regalos del amigo invisible y unas bragas tanga salieron volando y aterrizaron en el centro de nuestra mesa. Mi padre tomó las bragas con el índice y el pulgar y se las devolvió. Les dirigió una mirada, un gesto simpático de desaprobación: «Por favor, por el niño», y el alboroto se calmó momentáneamente.

—Trescientas veinte mil pesetas, Melchor. Y le da vergüenza.

—Pues no tendría por qué darle, al contrario.

—Porque le gustaba más su trabajo en la radio. A mí también, lo reconozco, lo veía más lucido. Pero entonces es cuando pienso, de acuerdo, pero ¿y la compensación económica? Anda que tú y yo hemos podido pensar en si nos gustaba o no nuestro trabajo. Cuanto más dinero ganamos más nos gusta trabajar, ¿no es así, Melchor?

—Así mismo.

En realidad, el primer sueldo de este nuevo trabajo había llegado a mis bolsillos tan sólo unos días antes, cuando ya andaba desesperada por los pasillos reclamando mi contrato y mi dinero tras dos meses escribiendo. En aquel desbarajuste monumental de la recién nacida televisión privada era tan fácil ganar una cantidad desproporcionada como que se olvidaran de ti y nadie se ocupara de tu situación legal. Del recato y la falta de brillo de los despachos en la radio pública a la ostentación de los nuevos ejecutivos de la televisión privada.

Las puertas de estos despachos estaban abiertas, los jefes comían sándwiches a deshora por los pasillos, gesticulando mientras hablaban por los primeros teléfonos móviles; un estilo cocainómano, de simpatía imprudente, de ocurrencias incontenibles, trufaba sus conversaciones, sus gestos, la forma de tratarte, como si nunca estuvieras para ellos a la altura de los tiempos. Perseguí por los platós a varios directivos, sin saber nunca exactamente quién era mi jefe directo, para preguntarles qué había de lo mío, de mi contrato, de mi dinero, pero no conseguía más que interrumpir reuniones, ser inoportuna.

Y ésa era mi precaria situación cuando nos convocó el jefe supremo una mañana. Por sorpresa, como le gustaba hacer. Con esa regla tácita que emanaba de todas las órdenes: los empleados deben regirse por el capricho de sus superiores. La arbitrariedad no estaba mal vista, se cultivaba.

Aquélla fue una reunión de unas veinte personas entre cámaras, realizadores, guionistas, productores. Puede que durara unas tres horas. De vez en cuando yo le pasaba una nota a Marcos. «¿Entiendes algo de lo que hablan? ¿Qué hacemos aquí?» Me devolvía otra: «Ni puta idea». La cólera del director nos hacía salir de pronto del adormecimiento. Colérico, daba puñetazos sobre la mesa y gritaba que él no les pagaba a unas tías el viaje desde Milán para que luego no les enfocaran el culo. «¡Están aquí por el culo!», gritaba. El realizador, un hombre de unos cuarenta años, vestido con chaleco y pantalones chinos del Coronel Tapioca, con el aspecto de quien va a dirigir una película de gran presupuesto en el desierto, balbuceaba: «¿Quieres culos? Los tendrás».

Era un poco indigno observar cómo personas que no habrían aceptado trabajar media hora más en un medio público aquí se rendían por un sueldo con el que no habrían soñado en su vida. «Acojonante», me decía Marcos en una nota. Yo me sentía, nos sentíamos (los tres guionistas que firmábamos con pseudónimo para que nuestro nombre no apareciera en los títulos de crédito), como en una clase de Física y Química, con la misma sensación de no entender nada, ni la bronca ni la excusa, y menos aún las correcciones que a nuestro trabajo hacía el propio director: borrando frases, mofándose de otras y provocando las risas de esos compañeros aliviados de que la atención se hubiera desviado hacia otro flanco.

La reunión se acababa y, como si quisiera concluir aquello con un gesto de generosidad, el del rico que le permite a un pobre dar las gracias por tenerlo sentado a su mesa, el director nos preguntó si teníamos alguna duda. «Éste es vuestro momento, aprovechadlo», dijo, y tamborileó los dedos sobre la mesa, mostrando una impaciencia anticipada. Yo, viéndome, como me ha ocurrido en otras incómodas ocasiones, desde fuera, desdoblándome, abrí la boca sin ser consciente casi de abrirla. Carraspeé, porque la voz me había salido rota, y le dije con la voz de esa otra que hablaba por mí: «Mis compañeros y yo llevamos dos meses y medio sin cobrar y sin haber firmado el contrato. El próximo viernes es Nochebuena, imagino que todo el mundo tiene dinero para celebrarla pero yo no tengo un duro. Y tengo un hijo. Quisiera saber, si no es mucha molestia, ¿qué es lo que tengo que hacer? ¿A quién se lo tengo que pedir? ¿Estamos trabajando aquí o es que nos están gastando una broma? No puedo seguir así, no tengo un duro en el banco». Se hizo el silencio. El director miró fijamente a uno de nuestros jefes directos. «Gran discurso, emotivo», leí en una nota que me pasó Marcos.

Por primera vez fui consciente de que era la única mujer en la reunión. De todos los culos que había allí sentados el único femenino era el mío. El director se levantó y salió un momento a hablar con la secretaria. Algunos de los empleados, el realizador vestido de director de películas de alto presupuesto y algún que otro productor miraban a lugares indeterminados, con el gesto torcido, sin pronunciar palabra, como si nuestra reclamación pudiera joderles la vida.

El director entró con una chequera. Nos preguntó qué cantidad aproximada había acordado que cobraríamos al mes. «Trescientas veinte mil», dijo Marcos. En silencio, contemplamos la escritura y firma de los tres cheques. Se los dio a la secretaria que esperaba de pie a su lado para que nos los acercara. Luego miró a uno de nuestros jefes, el mismo que tantas veces me había evitado por los pasillos: «No quiero que una situación así se vuelva a repetir». Cuando salía del despacho, se dirigió a mí y me dijo: «¿Cuántos años tiene tu hijo?». «Cuatro —le dije—, cuatro y medio.» «Pues éste no es el mejor mundo para una madre que está criando un niño.»

Más tarde, en casa, se me ocurrieron muchas respuestas, pero en aquel momento el agradecimiento o el alivio vencieron al brote de rabia que sentí en la cara. En algo llevaba razón, en aquel mundo era más difícil para una mujer trabajar con el culo pegado a la silla que con el culo frente a una cámara.

Qué risa. Qué risa en el ascensor bajando ya a la calle. Qué risa los tres, repitiendo la escena. Qué risa en el banco, al que me acompañaron porque yo quería sacarlo todo de golpe, llevármelo repartido entre el bolso, el abrigo, los vaqueros. Qué risa. La risa del dinero inesperado, de salir de la penuria repentinamente y entrar en un bar y pedir una ronda de cañas y otra y otra; de decirles que me esperaran y largarme a la tienda de enfrente de aquellos sótanos comerciales en los que transcurría nuestra vida y volver con una cazadora de cuero a la que le había echado el ojo hacía días. Qué risa luego, en el taxi, acercando yo a Marcos a su casa, porque qué importaba, tenía dinero para hacer varias veces el recorrido del autobús circular. «Qué risa, Marcos —le decía—, yo, como los flamencos, ¡jamón y taxis!» Y él, antes de bajarse, de dejarme perdida de su mano, que era la única que me guió verdaderamente aquellos años, me advertía: «Ahora te vas a casa, ¿no? Ten cuidado con lo que llevas encima. No es para ir por la calle dando vueltas». «A casa, sí, me voy a casa.» Y le dejé como siempre, con ese gesto de preocupación, de amistad protectora que a poca gente he permitido en la vida, salvo a él, que me cuidó con un cariño prudente e inmediato, según me vio entrar aquel día en la radio, contenta por volver a Madrid, a mi antigua emisora, pero desubicada al comprobar que mi vida, la que había dejado antes de marcharme, se había desmoronado.

Nunca ingresé aquel sueldo en el banco. Me dio pereza o quería tenerlo allí, sentir por una vez la materia ardiente del dinero. Deseaba algo tan simple como acudir cada mañana al sobre que situé entre dos libros en la estantería más alta y meterme unos billetes en el bolsillo.

La víspera de Reyes tomé una buena cantidad. Quería aparecer en casa de mi hermana repartiendo regalos, borrar la desconfianza que sabía que les provocaba mi situación —aunque no preguntaran, aunque no se atrevieran a indagar—, con ese tipo de regalos que sólo puedes permitirte comprar cuando las cosas te van bien.

Salí de casa a las cinco de la tarde. Ya era casi noche cerrada. El barrio vibraba de luces navideñas, rumores de villancicos que se escapaban de las tiendas y un gentío cargado de paquetes cruzando la calle. Me monté en un taxi y le pedí al taxista que me llevara todo lo cerca que pudiera de la Puerta del Sol. «Qué cosas tiene usted —me dijo—, esta tarde, imposible.» Me dejó en la calle Barquillo y desde allí fui callejeando, presintiendo cada vez más cerca la multitud que se apiñaba en la calle de Alcalá y la Gran Vía para ver la Cabalgata. En algún momento pensé que tal vez Gabi estuviera entre la chiquillería. Su padre se lo habría subido a hombros y él estaría arrobado, asustado, nervioso, esperando presenciar el paso de Sus Majestades. Tan común mi hijo entre todos los niños, tan igual a los otros, como único era ahora mismo en mi pensamiento. Borré esa imagen a propósito, espanté su recuerdo como si fuera una mosca, y me palpé el dinero. Inspiré el aire frío de la tarde. Me dije, vive tu fortuna, disfrútala, hay que borrar la dolorosa simbología que tienen las fechas. Víspera de Reyes. Qué coño te importa.

Bordeando la Puerta del Sol logré llegar a la gran juguetería de la calle Mayor. Caminar con un destino me levantaba el ánimo, tener un objetivo aliviaba la melancolía inevitable de la fecha, no deambular sino ir en busca de una dirección, no andar como una mujer solitaria, sino como alguien con una tarea que cumplir. Con ese espíritu entré en la juguetería. Procuré obviar la presencia más invasiva de todas, la de la música, la de los villancicos interpretados por voces infantiles de cualidad fantasmal que son capaces de rematar el corazón de quien no lo tiene aún completamente destrozado.

Me sumergí entre los estantes de los muñecos y escuché a una clienta que les decía a las vendedoras: «Deben de tener ustedes el equipo de música estropeado porque este villancico ha sonado ya tres veces». «Ah, no se preocupe —dijo la dependienta—, nosotros ya no los oímos.» «Pero yo sí», dijo la mujer. «Lo siento mucho, yo no puedo hacer nada ahora, vaya al encargado.» La mujer pasó a mi lado, determinada en su decisión de protestar ante quien fuera, pero se quedó a medio camino. «Qué importa —dijo como pensando en voz alta—, si en realidad, me voy ya.» Y nos sonreímos con una consoladora complicidad, con esa alegría que te da encontrar a otro ser humano que se siente también abrumado en el hormiguero navideño.

Los dependientes iban de un lado a otro cargados de cajas de construcciones, barcos piratas, Barbies, ponis, puzzles. Realmente no se les podía pedir nada, salvo desear que sobrevivieran a nuestra invasión. Me quedé extasiada mirando los estantes de peluches. Nunca he podido conformarme del todo a que los muñecos desaparecieran de mi vida. Si nunca me sentí sola en mi infancia creo que fue gracias a mis muñecos. Hablaba con ellos, a veces como madre, otras como su maestra, los sentaba a todos en el suelo frente a mí, ante el encerado de mi escuela imaginaria. Esto provocaba la burla de mis hermanos. Abandoné a mis muñecos muy tarde, y no porque hubiera dejado de «creer» en ellos sino por vergüenza.

Ahora estaba allí, sumergida en el olor intenso del plástico de las muñecas, esa especie de perfume que es de la felicidad de las horas de juego. Las muñecas dentro de sus cajas abajo, los peluches arriba. Animales de todo tipo. Osos, osos para dormir, gusanos de luz para aplacar el miedo de los niños a la oscuridad, perros para suplir al perro que no van a tener, gatos de apariencia dócil que permiten el abrazo descontrolado de los niños. En un rincón, bajo un cartel escrito a mano que rezaba: «Los animales del Arca de Noé», se agrupaban animalillos muy cómicos, adorables, que tenían como aliciente emitir el sonido propio de su especie si se les apretaba el vientre. Cogí un elefante, un mono, un cerdo, un tigre, un león... Fui cargada hasta la caja con siete u ocho animales, calibrando cuál sería el más adecuado para cada sobrino. Me reservé el cerdo de peluche rosa para Gabi. Años más tarde me diría, desvelándome una vez más las insospechadas sensaciones que experimentan los niños, que a pesar de que el cerdo fue sin duda su compañero más querido durante muchos años, aquel día de Reyes tuvo vergüenza de ser, entre todos sus primos, el elegido por Sus Majestades para llevarse a casa un cerdito rosa.

Ya en la caja, la dependienta tomó uno de los animales. Miró la etiqueta y luego me miró a mí. «¿Cuántos se lleva?», preguntó. Abrí los brazos y los dejé caer a todos sobre el mostrador. Fue entonces cuando, tras una seña que le hizo la cajera a otro compañero, los villancicos dejaron de sonar para dar paso a una música celebratoria, como de gala de televisión, ese tipo de música que avisa al público de que tienen que arreciar los aplausos. Así fue. Los dependientes, unos seis, paralizaron cualquier actividad a la que estuvieran entregados en ese momento y, colocándose detrás del mostrador, aplaudieron. Yo miré a un lado y a otro sin entender qué es lo que estaba sucediendo, imaginando que a mis espaldas ocurría algo que los demás ya habían visto.

—El Juguete de la Semana. Ha elegido usted el Juguete de la Semana —dijo la dependienta.

—Anda ya —dije, y busqué en algún lugar de la tienda el indicio de la broma.

Enferma como estaba de televisión me creí víctima del programa *Inocente, inocente*. Me sentía ridícula, miraba a un lado y a otro sin entender la escena: los empleados sonriéndome (sin poder ocultar su agotamiento); los compradores felicitándome (algunos estaban al tanto del Juguete de la Semana: «Lo anuncian por la radio», me dijo el señor que esperaba su turno detrás de mí) y la música entusiasta inflada de trompetas y batería, que celebraba la aparición del premiado. No sabía muy bien qué hacer, tal vez debía decir unas palabras o hacerme una foto con aquellos dependientes uniformados y con el Juguete de la Semana. Todo fue tan sencillo como pagar uno sólo de los animalitos y llevarme los otros gratis. Habitualmente los clientes elegían sólo un Juguete de la Semana, pero yo, tratando de ser equitativa con los sobrinos y que no compitieran como el año anterior, había optado por comprarles a todos un animal, es decir, había elegido ¡siete juguetes de la semana!

Di torpemente las gracias, varias veces, abrumada por mi tremenda suerte, por haberme ahorrado tanto dinero y porque siempre me ha dado vergüenza ganar concursos.

Salí a la calle con una gran bolsa al hombro, los animalillos apiñados en ella, con sus sonidos interiores esperando a que los niños les apretaran el vientre y barritaran, aullaran, roncaran, maullaran... Un desfile de familiones, con la lentitud exasperante de las multitudes, despejaba poco a poco la Puerta del Sol, se retiraba el gentío a casa con los niños en brazos, exhaustos, aturdidos por la emoción, vencidos por el cansancio. Un sinfín de bufandas tapando las pequeñas bocas que habían estado varias horas abiertas, absortas en aquel espectáculo premonitorio de lo que tendrían en sus manos el día siguiente o gritando el nombre del Rey favorito. Las madres y los padres se repartían el peso, una llevaba al crío en brazos y el otro la escalera.

Ese espectáculo familiar podría haberme ofendido en otro momento de más pesadumbre, pero aquella noche sentía una especie de ligereza, de liberación: el de la mujer que camina al centro de la ciudad no deambulando como las personas solitarias sino en busca de su objetivo, de los regalos que van a ser la prueba a ojos de su familia de una estabilidad conquistada.

Esa mujer tenía dinero en los bolsillos, un capital para ella, había salido de casa a gastarse lo que fuera necesario, sin límite, y una vez más había sido tocada por la vara de la fortuna. En esos momentos de exaltación anímica que se producían tan de improviso como los de peligroso decaimiento, la mujer joven, la chica aún, sentía que respondía a las expectativas que sus padres pusieron en ella, se encontraba a gusto dentro de su horma: optimista y afortunada. Se paró en la esquina de la calle Mayor con la Puerta del Sol y tuvo que apoyarse en la pared de la confitería de La Mallorquina para degustar esa especie de mareo de felicidad. Le entraron ganas de reírse. Se llevó la mano a la cara para tapar la carcajada que incontroladamente le venía a la boca. Aún tenía los ojos cerrados cuando escuchó una voz que parecía dirigirse a ella.

—A eso se le llama tener suerte —dijo la mujer que había protestado por el interminable villancico en la juguetería.

La miré. Me alegré de tener a alguien a quien mirar, de tener con quien compartir mi suerte, de mi gran suerte.

—Sí, voy a volverme a casa con los bolsillos llenos de dinero.

—¿Te puedes creer que no me había acordado de que hoy era la Cabalgata? Me metí en la juguetería por aburrimiento. Era tal la multitud que no sabía por dónde salir... He comprado un puzzle. Para mi madre. Está mal de la memoria, le vendrá bien.

Estaba allí parada, a mi lado, sin razón ya para la espera en una calle que, milagrosamente, parecía despertar a su vida habitual con determinación, abriendo el paso al tráfico, a los viejos, a las putas, a los hombres turbios de cazadora de ante que subían hacia la calle Ballesta, a la gente joven que comenzaba su noche en ese momento. Rondaba los cuarenta. Tenía el pelo muy corto que le despejaba por completo una cara ancha, de enormes ojos que de tan abiertos parecían estar anhelando algo que yo no lograba comprender.

—¿Tomamos una caña? —dijo.

—¿Una caña? —titubeé—, es que me están esperando.

—Ah, bueno, nada... No importa. Me dio la impresión de que andabas por aquí, sin plan, como yo. No sé si te parezco rara.

—No, no, no. En absoluto. Es que me esperan, en serio.

Me colgué la bolsa del hombro y le dije:

—Bueno, pues ya nos encontraremos alguna vez por aquí.

Es posible que si hubiera sido una persona con un aspecto más dudoso no me hubiera atrevido a negarle mi compañía. Inercias de la época. A esta mujer de apariencia formal, tranquilizadora, cuya única rareza o peculiaridad estaba en tener una mirada demasiado intensa, podía descartarla sin sentir que la estaba rebajando.

—Me gusta tu voz —me dijo después de haber andado varios pasos, como si antes no se hubiera atrevido.

—¿Mi voz?

—Sí, te oía todas las mañanas. Eras tú, ¿verdad?

—Sí, era yo.

—Qué pena no escucharte ya. Me alegraba esa voz. Por eso me atreví a decirte que si... Perdona.

—No, no importa. Al contrario, gracias.

Eché a andar pensando en que la vida, la mía o la de cualquiera, sería menos solitaria si aceptáramos sin reservas sentarnos a charlar con una desconocida obviando la condición tácita de poseer un pasado común. También resultaba evocador no llegar a consumar esa conversación, marcharse a casa tras haber acumulado una colección de pequeñas pero significativas alegrías.

Salí a la calle Alcalá con la intención de tomar un taxi. Si no hubiera sido por la bolsa de los muñecos habría echado a andar para el barrio con las manos en los bolsillos, como tantas veces, desafiando las horas y los tramos solitarios.

Una pareja bajaba la calle paseando tranquilamente. Llevaban de la mano a un niño. Mi miopía y la confusión entre el gentío y las luces urbanas me llevaron a observarlos sin distinguirlos de los demás, como si fuera una más de las parejas con niño que había visto esa tarde. Ellos hablaban animadamente y tampoco repararon en mí. El crío saltaba, como todos los críos, colgándose de las manos de sus padres. Sólo al tenernos muy cerca nos reconocimos. Puede que nos hubiéramos reconocido antes de no ser porque aún nos sentíamos ajenos a nuestros nuevos papeles. El niño soltó de inmediato las manos al reconocerme y vino hacia mí. Se quedó delante, a un palmo, parado.

—Mami.

—¿Qué tal? —dijo Alberto. En su mirada se apreciaba su voluntad de disculpa por usurparme ese tramo de la calle, el paseo, la víspera de Reyes, por haberme usurpado la cabalgata que provoca la infelicidad de las mujeres y los hombres solitarios que no tienen la mano de un niño a la que aferrarse, por haberle cedido la mano de mi hijo a otra mujer.

—Pues bien. De compras.

—¿Qué llevas en esa bolsa? —dijo el niño.

—Cosas de la casa, nada que te pueda gustar.

Los cuatro estábamos paralizados. Yo, ante ellos, desarmando con mi sola presencia eso que había sido una familia hasta encontrarse conmigo. Gabi, inmóvil entre ellos y yo. Marga evitaba cruzar su mirada con la mía y la fijaba en el niño, que era sin duda el único que podía mantener una actitud digna en ese momento.

Ella sabía, yo sabía, que este encuentro hundiría a nuestro hombre en el arrepentimiento, que me llamaría al día siguiente y enmascararía su culpa con una declaración de amor, que yo posiblemente aceptaría su vuelta y que ese nuevo intento aumentaría el rencor de ella, el fracaso de él y mi abatimiento. Y en medio del inevitable derrumbe colocaríamos al niño, al gran diplomático, al experto en no herir los sentimientos de nadie, en no decir el nombre de ella en mi presencia, en ser bondadoso con ella en mi ausencia y leal con él a pesar de saber que si volvía sería para quedarse en casa sólo unos días. Todos nos mostrábamos confusos menos él, el hombrecillo, el niño musical, que ya se sabía con la responsabilidad de manejar esa situación. Esa pericia, el recuerdo de su pericia, me duele más que ninguna otra angustia pasada.

Nos despedimos sin saber cómo hacerlo. Alberto dio un paso adelante, puede que con la intención de darme un beso, pero comprendió que yo no iba a besarle y ya no avanzó más. El niño tomó mi cara entre sus manos, como solía, y me besó en los labios. Volvió al lado de su padre y los tres se fueron caminando, el niño en el centro, pero ahora sin cogerse las manos para no ofenderme, para demostrar que aún no estaba claro que ese lazo que tenían en común no fuera a romperse. El niño se volvió. Yo sabía que se volvería. Lo esperaba, y me dijo:

—Pero si quieres te puedes venir a comer una hamburguesa.

Le dije que no con la cabeza y le lancé un beso con la mano.

Como no pasaban taxis libres me acerqué a la parada de autobuses de la plaza de Cibeles. Entré en la cabina de teléfonos y marqué el número de mi hermana. Respondió una de mis sobrinas y le dije que llamara a su madre, que era urgente.

—¿Pasa algo? —dijo mi hermana.

—Nada —dije—, nada.

Me llevé la mano al pecho y respiré hondo. Tapé el auricular para que no se oyera un gemido que se me había escapado, incontrolado.

—No te lo vas a creer, no te lo vas a creer —le dije.

—¿Estás bien?

—Escucha, fui a la juguetería de la calle Mayor, donde vimos hace un mes aquellos peluches tan graciosos. Vaya, que decido coger uno para cada uno: siete en total. He pensado, así acabo antes y no se pelean como el año pasado. Pero resulta, es increíble, resulta que me ha tocado el premio al Juguete de la Semana.

—¿Un premio?

—Bueno, ha sido más que un premio, porque he ido a escoger siete juguetes premiados. Sólo he tenido que pagar uno.

—¿En serio? —la oía reírse—, esas cosas sólo te pasan a ti.

—Sonó una música de pronto, una música como... como triunfal. Me aplaudieron los dependientes. Al principio pensé que alguien había querido gastarme una broma. Te juro que si no fuera porque tengo la bolsa de los peluches en la mano pensaría que todo ha sido un sueño.

CAPÍTULO 6

UNA PEQUEÑA DERROTA

Estaba de espaldas, al lado de la máquina de café, en una mano el cigarro, en la otra el vasito de plástico. Escuchaba, no me cabe ninguna duda, mis pasos solitarios sobre el suelo de mármol, pero no quería volverse; pensé, no quiere volverse y aceptar que está deseando verme, que queremos vernos después de cuatro meses. Prefería mantener su absurda postura de cara a la pared, hacer como que toda su atención estaba centrada en quitarse una brizna del cigarro sin filtro de los labios. Actuaba de esa manera fraudulenta en que a veces tratamos de ser nosotros mismos cuando nos sentimos observados. Aún no nos habíamos saludado y ya estábamos siendo empecinadamente lo que éramos, marcando el territorio, a la defensiva, como si el cariño o la camaradería que sin duda sentíamos el uno por el otro nos naciera con una tara que nos enrocara aún más en nuestros aspectos más vulgares y maniáticos. Pero me alegraba de verlo, me alegraba.

Mis pasos ya a un metro de él y él sin volverse. Bueno,

qué más da, pensé, debo tomarlo como un juego. Hagamos que es un juego.

Le abracé por la espalda. Y se volvió sin sorpresa alguna, como concediéndome la razón: había sentido el ruido de mis tacones por el largo y silencioso pasillo.

Me sonrió abiertamente, como si fuera posible repetir la jugada desde el principio, después del primer intento malogrado de hacía un año: aquel reencuentro con un antiguo compañero de colegio cuyo recuerdo quedaba tan enmarcado en el mundo escolar que sólo podía recordársele por el mote, Jabato.

Pero yo estaba allí para tratar de modificar nuestro frustrado primer intento. Había que dejar que el presente se impusiera: ya no le cuadraba aquel apodo ni su antigua condición de pequeño desgraciado, de digno de lástima. Ahora era un profesional que acumulaba horas de trabajo y que provocaba respeto por su meticulosidad, por ser un realizador primoroso y sensible, conocedor concienzudo de la música pop, al que acababan de nombrar jefe de técnicos en la radio de la que a mí me habían echado hacía dos meses. Ahora él programaba música para los oídos más exquisitos y yo escribía guiones al peso para estrellas de la tele. En cuanto al pasado, por qué no mirarlo con otros ojos, por qué no agrandar los estrechos caminos de la memoria y hacer flexible no ya el recuerdo sino nuestra opinión sobre el recuerdo. Jabato podía ser evocado como el amigo al que mi padre trataba casi como si fuera un hijo, reprendía cariñosamente, con una irritación que perdía su aspereza y adquiría un tono de comedia con el paso del tiempo. Fue, al fin y al cabo, ese amigo peculiar que toda familia desea para reforzar aún más su autocomplacencia, su carácter gregario.

Era Jabato, renacido ya como Javier Comesaña, un

hombre compacto, sereno en apariencia, seguro de sí mismo también en apariencia. ¿Por qué no aceptar aquello que parecía a primera vista?

Nos sentamos en el sofá de uno de aquellos corredores pobremente iluminados de dimensiones franquistas y, mientras hablábamos de trivialidades, nos estudiamos con discreción, tratando de adivinar qué le había pasado al otro en ese tiempo en el que, tácitamente, habíamos acordado no vernos. Le había echado mucho de menos. Las partidas de billar en los bares en torno a la plaza de Santa Ana. Las copas y las canciones propias de cada antro que nos hacían bailar con el palo mientras reíamos una mala jugada del otro o intentábamos hacerle perder la concentración. Nos unía el juego, el disfrute de algunas canciones y la efervescencia etílica. Nos había unido el sexo también, pero más por necesidad que por haber sido una experiencia reveladora. Pero había otras cosas, imágenes que con su ausencia habían cobrado una importancia inesperada, provocando una segunda lectura de la relación. Había escenas como la de aquella noche, por ejemplo, en que nos habíamos quedado dormidos tras haber jugado, bebido y hecho el amor y el teléfono nos había sacado del sueño más allá de las tres de la madrugada. Eran los padres de unos amigos de Gabi en cuya casa lo había dejado esa noche a dormir. El niño había tenido una pesadilla y lloraba sin consuelo, me llamaba.

Fuimos a buscarle. Le pedí que me esperara abajo. No quería que aquella pareja viera cuál era la razón por la que les había pedido que me cuidaran al crío esa noche. En cuanto me vio, el niño miedoso se me echó a los brazos, agitado aún, sofocado. «Pero ¿qué te pasa, carita de mono, qué te pasa? Si estabas tan contento esta tarde cuando te dejé. Ay.»

Cuando bajamos a la calle, Jabato tiró el cigarro y se subió a Gabi a hombros. El crío, agotado de la llantina, apoyó la cabeza en la suya. Me rezagué un poco para verlos. La noche era tan clara que parecía teatralmente iluminada, una brisa benévola movía con dulzura las ramas de los álamos y dejaba en el aire ese aroma húmedo que tanto se parece al del semen. No nos dirigimos la palabra en todo el camino. Ni luego, al llegar a casa, cuando con la naturalidad de quien lo hubiera hecho cada noche Jabato tumbó al crío en la cama, le quitó los zapatos y le tapó con la colcha. Le acompañé a la puerta, le dije, «Lo siento», o le di las gracias. Él me acarició la cara, me dio un beso de cariño, de aceptación. Es posible que ésa fuera la noche en la que más cerca estuvimos el uno del otro.

—No lo paso mal —le dije— y encima me pagan el doble que aquí.

—Y eso te gusta.

—A mí y a ti y a todo el mundo —un ligero brote de suspicacia surgió. Lo borré de inmediato, lo quise borrar—. Preferiría haber seguido en la radio, es lo mío; preferiría que no me hubieran echado, pero no soy fija, como tú. Mi sino es ir dando tumbos.

—Eso no es dar tumbos. Eso es tener facilidad para buscarse la vida. No te va a faltar nunca nada.

—¿Sabes qué? Me leyeron las cartas el otro día.

—¿Te leyeron las cartas? ¿En quién te estás convirtiendo?

—Ay, Jabato, en la televisión tienes que ser abierto. Como te pongas exquisito no hablas con nadie. Fue una bruja. Nerea Volonsky, ¿la conoces?

—Me suena de habérsela oído nombrar a mi antiguo jefe.

—La tía cobra un huevo por leerlas pero a mí me lo hizo gratis, por ser yo quien preparaba la entrevista.

—¿Y qué? ¿Te predijo algo interesante?

—No te vas a creer lo que me dijo.

—Que volvías con tu marido.

—Pero qué dices, hombre. ¿No te lo imaginas?

—Pues no...

—Pues que me casaba contigo, tío.

—¿Conmigo? ¿Y cómo aparecí yo en las cartas?

—No, hombre —dije, soltando una carcajada—. Lo supuse yo. Ella me dijo, «Será un amigo de siempre, terco como un mulo pero buena gente. Le acaban de hacer jefe en su empresa y es idóneo para ti, que tienes que sacar un niño adelante...».

Jabato me miró. Sus mejillas se habían hinchado ligeramente, había acentuado su tono de piel, el canela del pelirrojo se había vuelto ocre. Mi broma le había pillado de sorpresa, y también a mí, después de que pronunciada irreflexivamente se quedara sostenida en el aire, entre nosotros, sacando a flote aquello que nos esforzábamos en ocultar.

—No, no dijo nada de eso, claro. Al contrario. Dijo que nunca me faltaría el trabajo, ni dinero, pero que siempre sería una desgraciada en mis relaciones sentimentales.

—¿Te pusiste a huevo para que te dijeran eso, allí, en una sala de espera de la tele?

—No dijo exactamente la palabra «desgraciada», ésa es la lectura que yo hago de sus palabras, lo que dijo es que nunca me sentiría tan satisfecha en el amor como en el terreno laboral.

—Te oigo y me parece que no te conozco. No darás crédito a esas bobadas.

—No, no es que me lo crea, pero aun no creyendo, no me gusta rondar a los adivinadores. Me afecta cualquier bobada que me digan aunque racionalmente no crea en ello. Esta gente tiene cierta perspicacia y, en realidad, es fácil calar a alguien como yo. Yo me sentiría capaz de leerle el futuro a alguien parecido a mí.

—¿Ah, sí? ¿Qué le dirías a alguien como tú?

—Lo mismo que me dijo ella: tendrás dinero, tampoco mucho pero el suficiente como para vivir bien e incluso para malgastarlo, aunque siempre sentirás el dinero como una maldición que compensa tu incapacidad para retener a alguien a tu lado.

—Eso es un tópico.

—El tópico se cumple en mí.

—Yo tenía entendido que esa gente dice siempre lo que el cliente quiere escuchar.

—Será cuando pagas... A mí, que me lo hizo gratis, me dijo la verdad —nos reímos, y vagamos por el silencio, buscando cómo llenarlo.

—¿Y de tu marido, qué?

—¿De mi marido? Ella dijo que volvería de nuevo y que de nuevo saldría mal.

—No te estaba preguntando qué te dijo la bruja. Hablaba de la vida real.

—En la vida real nada nuevo. Como la vez anterior: me llama por las noches desde una cabina, imagino que antes de subir a casa de ella, y me dice que se ha equivocado, que me quiere...

—Entonces, ¿le preguntaste a la bruja por él?

—No, no le pregunté. Salió...

—¿Tu marido salió en las cartas? ¿Hay una carta especial para los maridos? ¡Ja! Le preguntaste.

—Sí, le pregunté.

—Le preguntaste porque presientes que le vas a dejar volver.

—No, no le dejaré.

—Le dejarás. Y eso te aislará aún más porque sabes que la gente ha escuchado demasiadas veces la misma historia y los errores sentimentales pierden fuerza cuando se repiten, agotan al que los escucha.

—No era mi intención darte el coñazo con esa historia, eres tú quien la ha sacado a relucir.

—A mí no me cuentas nada no porque esté harto de escucharte sino porque sabes que te daría mi opinión y no quieres escucharla. Alguien como tú no puede culpar a nadie de haberle robado la voluntad. No quieres quedar como víctima a ojos de los demás, pero con él te comportas como si lo fueras.

—No es eso, es que hace tiempo que perdí la noción de lo que es bueno o malo para mí.

—Hay algo más complicado que todo eso.

—¿Lo ves? Tú también te ves capaz de leerle el futuro a alguien como yo.

—Sí, yo sí. Pero lo que yo te digo no está al alcance de una echadora de cartas. Para saber por qué actúan como actúan las personas hay que haber estado atento a por qué unas veces te rehúyen, otras te persiguen, haberlas querido.

El verbo en pasado. No sabía si por vergüenza a pronunciarlo en presente o porque ya estábamos hablando de algo perdido.

—Dime, ¿cuál es la razón para que le deje volver? ¿No es el amor entonces? ¿Es el niño? ¿Es el miedo?

—Puede haber algo de esas tres cosas, pero en un porcentaje tan insignificante que no convierte a ninguna de ellas en la verdadera razón. Es una cuestión de competitividad: lo que de verdad te humilla es perder. No quieres perder y aún tienes la esperanza de salir ganando. Y eres capaz de destrozarte en esta lucha. El único futuro que ves con esperanza es haber ganado la partida. No soportarías ser la perdedora. Tu papá no os enseñó a aceptar la derrota, porque él, al que pierde, no lo quiere, lo ignora.

—Ay, no, una interpretación psicoanalítica, no, por Dios. Mi vida es mía. Mis penas no se las debo a nadie, ni a mi padre.

—No hace falta ser psicoanalista, basta con haberos observado de cerca desde niño, haber comido en vuestra mesa. Para mí era extraordinario ese universo de hermanos que vivíais la debilidad de manera clandestina. Relacionabais el ganar con ser queridos y el perder con ser rechazados. Si te has educado en eso, es lógico que cualquier signo de vulnerabilidad te aterre. Cuando no os van bien las cosas preferís esconderos o mentir antes que enfrentaros a la vergüenza de reconocer un fracaso —bajó la voz, como si fuera a resumir lo dicho con una frase que resultaría más grave y dolorosa que las anteriores porque contendría la esencia de todas ellas—: Lo que te ocurre es que no puedes entender que alguien a quien tampoco querías tanto haya dejado de quererte. No aceptas esa humillación.

¿De quién estaba hablando? Sentí vértigo. El mareo que produce una verdad a la que hasta entonces no le habíamos dado forma. Tuve que sobreponerme cuando una antigua compañera se acercó a saludar. Nos levantamos los dos. Ellos charlaron luego unos minutos de algún asunto referido a los turnos.

De pronto me pareció estar viendo a otro hombre. No hay abrasivo más potente contra los complejos y debilidades que enturbiaron nuestro pasado que el poder. Su manera de meterse la mano en el bolsillo, de estudiar lo que se le preguntaba con la actitud ponderada de quien tiene la última palabra, de mesarse la barba incipiente le conferían un atractivo renovado; puede que esos gestos hubieran estado siempre delante de mis ojos y yo no los hubiera percibido, pero ahora parecía que todos sus movimientos respondieran al lenguaje corporal de un hombre que ostentase algún tipo de autoridad. La ausencia de varios meses había favorecido esa transformación ante mis ojos.

Volvimos a sentarnos en el sofá.

—Vaya —le dije, levantando las manos, como si lo presentara ante sus conocidos del pasado—, aquí lo tenemos ahora: dando órdenes.

—¡Ja! —cuando algo le desconcertaba, empezaba las frases con una risa seca, cortante—. A mí no me resulta extraño. No estoy en un corral ajeno, estoy en mi ambiente. Llevo en esto algunos años. A lo mejor a la única que le extraña es a ti.

—No, yo me alegro. Eché de menos que no me llamaras para contármelo, que no quisieras celebrarlo conmigo. Me enteré cuando vine a arreglar lo de mi liquidación.

—Bah, tampoco esto es ni tan importante ni tan difícil. Se trata simplemente de ser injusto: en esta casa el secreto está en concederle los mismos privilegios al que se toca los huevos que al que trabaja. Si te sales de esa casilla lo llevas crudo. Mandar aquí es rutinario. No como tu vida de ahora.

—Mi vida de ahora... Muchos días pienso que debería anotar cada situación grotesca que vivo a diario. Tal vez en el futuro...

—Por favor, no te enfades conmigo por todo lo que te he dicho —me tomó la mano y yo le dije que no con la cabeza, que no me enfadaría, que acababa de concederle el derecho a verme tal cual era. Aguantaría lo que fuera con tal de llevarme aquello para lo que había venido, una pequeña victoria.

—El otro día vino a la tele un grafólogo.

—¿Y éste te leyó la letra?

—Ah, no ironices, en este caso no se dice *leer*. Esto es científico, Jabato. O bueno, más científico. Era un grafólogo que trabaja para la Audiencia Nacional. Antes de comenzar el programa nos pidió a todos los del equipo que escribiéramos unas líneas y estampáramos la firma. Luego las fue leyendo en antena mientras la hoja de cada uno aparecía en pantalla. Mi tía Celia estaba viendo la tele y reconoció la mía antes de que dijeran mi nombre. Lo que dijo el hombre no estaba mal: sentido artístico, imaginación, generosidad, un carácter un poco maniático... Pero cerró su descripción con esta frase: «Dicho esto, yo personalmente evitaría en todo lo posible salir a bailar con ella».

—¿Por qué?

—Eso dijo mi jefa, ¿por qué? Y el tío sólo añadió: «Tiene mucho peligro».

—Jajajá, ¡acertó!

—No, no tiene gracia. No sé lo que quiso decir. Le esperé a la salida y le pregunté, «Mire, me gustaría que me explicara cuál era el significado de esa frase, porque no he acabado de entenderla». Y él va y me dice con una sonrisa, «Ah, ¿eso? No tiene importancia, tener mucho peligro no ha de ser algo necesariamente malo, me refería más bien a que yo suelo evitar ese tipo de peligros». Y ya no le pude sacar más. Coincidimos luego, desmaquillándonos, y me senté ostensiblemente lejos de él, como diciéndole, «Mira, chico, no quiero perturbarte con mi cercanía».

—El problema no es tuyo sino suyo. Era un manso, alguien que prefiere no arriesgarse. No te definió a ti, se definió a sí mismo.

—Ya, es una forma amable de verlo, gracias, pero nadie lo entiende así. Mi tía me llamó por la noche. Me dice: «¿Qué ha querido decir el juez cuando ha dicho que no saldría a bailar contigo?». ¡El juez! Para mi tía una persona que trabaja para la Audiencia Nacional tiene por fuerza que ser un juez y lo que diga ese juez va a misa. Es irónico, pero tuve que tranquilizarla, decirle que era una broma. Y ella: «Pues si era una broma no me ha gustado, era una broma sin ninguna gracia, una broma que a un juez no le cuadra». En realidad, a la pobre le inquietó la frase porque ella no sabe cómo es mi vida ahora. Tampoco me pregunta. Yo no cuento nada y ella no pregunta. Pero volviendo a lo que tú decías: no es que yo tenga tendencia a esconder mis fracasos. Contaría lo que me pasa si no presintiera la desaprobación, y la presiento, la presiento en cuanto sé que ellos se huelen que algo no marcha bien. Adelantan de alguna manera su reacción, así que me siento censurada y prefiero callarme. Pero no es algo propio de mi familia, Jabato, es algo común en la vida familiar. Por eso te dije un día que tú desconocías los resortes de las relaciones familiares. Tal vez lo mejor haya sido lo que te ha sucedido a ti: conocer a tus hermanas cuando ya eres un hombre, cuando no esperarán de ti ni una fidelidad a lo que fuiste ni te pedirán que seas lo que no eres. En fin, que para qué voy a decirles si estoy sola o acompañada. De qué me sirve.

—¿Estás acompañada?

—No. En cuatro meses no me ha dado tiempo a nada.

—Cuatro meses pueden dar para mucho.

—Pero he estado demasiado abrumada con el cambio. La radio me estabilizaba, tenía que someterme a diario a la disciplina de hacer que mi voz sonara alegre en días en que tú sabes que la voz no me salía del cuerpo. Cuando hablas para un público siempre hay algún tipo de impostura: eres tú pero con un optimismo que no tienes, eres tú mostrando un interés que no sientes o eres tú con una preocupación social que ese día te da por culo. Debajo de la voz importante que alguien escucha en casa siempre hay una persona mucho más pequeñita. Pero esa impostura también te fuerza, te corrige, te obliga a actuar, a hacer el esfuerzo, a interpretar... Y al fin y al cabo eres tú, eres tú haciendo el papel de ti misma. Ahora sólo puedo observar, no actúo. Escribo cosas que no tienen nada que ver conmigo, pero nada, ni remotamente. Aquí me movía entre gente que tenía intereses parecidos, una idea racional de la vida... Quiero pensar que toda esta experiencia me servirá para el futuro, pero si ese futuro no llega pronto, si mi destino es quedarme ahí preparando la entrevista con la tía que viene a leer el horóscopo o con una especialista en protocolo... Todo es cómico, pero es una comicidad que se agota rápido. Si me quedo mucho tiempo me contagiaré de todo eso. No podría no contagiarme, no sirvo para sentirme diferente. No quiero que me señalen como la rara. No me gusta, quiero ser como cualquiera.

—Te recuerdo que yo estuve cuatro años trabajando en un programa de fantasmas y sobreviví. No es para tanto.

—Era una excepción y tú eras consciente de estar trabajando para una excepción. Te rodeábamos nosotros, yo, Marcos, y el grupo que íbamos a desayunar cada mañana y nos burlábamos de todo aquello.

—Os burlabais, sí. A veces entrabais tan a saco en la

burla que os burlabais de mí también, de las músicas new age que le pinchaba a mi jefe.

—Pero eso no era una burla personal.

—¿Cómo que no? En ocasiones lo era. Os sentíais como una especie de correctores morales. Era vuestro deber señalar constantemente aquello que no coincidía con vuestra manera de ver el mundo. Desde vuestra cómoda posición de progres contratados en la emisora de los progres para cumplir vuestro impecable papel de progres teníais que informarme de algo que yo ya sabía: que trabajaba para un charlatán. Me dabais tanto el coñazo con el asunto que parecía que no teníais claro que yo no participaba de todas esas creencias.

—Qué tontería.

—Me pinchabais todo el tiempo para que lo criticara abiertamente, pero yo no quería hacerlo. Yo le tenía lealtad. Él se podía ganar la vida especulando sobre fenómenos ridículos pero se propuso un objetivo tan real, tan preciso, como darme algo que hacer a los dieciséis años, cuando más perdido estaba. Se lo pidió mi madre, cuando trabajaba de cocinera en la cafetería debajo de Radio Juventud. Y él se lo tomó como algo personal. Me pagó, aunque fueran cantidades ridículas, desde el principio. Me pagó cuando yo no servía para nada. Mira, no he llegado a saber nunca si es o no es un cínico, si cree o no en todo aquello que predica. Y es probable que ni él mismo lo sepa a estas alturas. ¿Cómo podría confesarse a sí mismo, después de veintitantos años, que todo el fruto de su trabajo está basado en humo, en cosas que en realidad no existen? Es complicado fingir durante tanto tiempo. Imagino que algo de fe tiene que poner en lo que cuenta, como un cura cree que su sermón es un puente entre Dios y su parroquia. Pero de lo que sí estoy seguro es de que no hay nada de cinismo en su comportamiento personal. Es siempre considerado. Lo era con la camarera del bar de debajo de la radio. Prestaba oídos a lo que le decía esa mujer que le atendía todos los días con su aire de víctima. A ese tipo de mujeres todo el mundo se las quita de en medio, hasta mi padre, sin embargo, él la escuchó el día en que ella le contó que su chico no pisaba el instituto y que andaba por ahí, con las manos en los bolsillos, pasando el día en los bancos, liándose porros. Él le prometió que miraría si le podía buscar alguna ocupación en la radio o en algunos de esos cursos que se montaban por locales de barrio. Me llevó a Radio Juventud y me dijo, «Tú, a partir de ahora, haz como que estás por aquí trajinando en algo. Lo importante es que se acostumbren a verte». Y ahí me quedé, ordenándole los discos, llevándole el café. Me decía, «Tú, primero, le preguntas al técnico si le traes a él algo. Siempre primero al técnico». Yo hacía exactamente lo que me aconsejaba: aparenté que tenía algo que hacer y acabé encontrando una ocupación. A los dos meses, el técnico de su programa ya contaba con que yo era el que contestaba al teléfono de los oyentes. Él me coló en esta vida que tengo ahora.

»No sé si la palabra "generosidad" se permite en nuestros resabios ideológicos, pero a mí, que alguien la ejerciera conmigo, me sirvió más que todo el bombardeo de teorías abstractas que soporté en las Juventudes Comunistas, donde jamás conseguí cazar un concepto que me ayudara en la vida práctica. ¿Entendiste tú algo de aquel curso sobre Rosa Luxemburgo? ¿Te puede servir de algo toda esa palabrería a los quince años? Ahora sé que tú tampoco entendías nada, pero tenías más capacidad para fingir que lo entendías. Esas palabras andarán flotando en nuestra memoria, pero ninguna se nos quedó en el corazón. Lo único que aprendimos, tú y yo, es que no tenemos capacidad para lo abstracto, porque nos aburre y porque no podríamos ser otra cosa que gente de la calle; lo que aprendimos fue a sobrevivir en medio de la arrogancia intelectual que tantas veces nos rodeaba. Tú mejor que yo. Tú podías burlarte del charlatán de la radio y ponerle un mote, "el del crecepelo", repetirlo hasta el aburrimiento con Marcos, y yo tenía que callarme porque el del crecepelo era el individuo que había escuchado a la camarera y que me había colado aquí, donde estoy ahora.

»Y te aseguro que a pesar de ser tan joven nunca me afectó lo que le escuchaba a mi jefe, ni tampoco la fe ciega que los asistentes a sus charlas ponían en lo que él contaba. Me sentía como un ateo que asistiera puntualmente a misa para controlar la calidad del sonido. En las reuniones de las Juventudes me torturaba el que mi cabeza siempre estuviera en otro sitio, no podía asimilar la teoría política, ni intervenir en las discusiones que se organizaban luego en el bar, y eso me acomplejaba, porque todo el mundo parecía enterarse y ser capaz de articular una opinión y yo estaba ahí, sujetando mi caña, sonriendo, el majo torpe. En cambio, en los sermones de mi jefe no me sentí obligado a simular ningún tipo de implicación personal. No me la pidió. Pero no he podido ser cínico, no he tenido tiempo, ni dinero para ser cínico. Me he visto en la obligación de agradecer lo que hicieran por mí viniera de donde viniera.

Era tal la honda sinceridad con que me hablaba, tan descargada de su habitual ironía, tan libre ya del miedo a sentirse ridículo, que pensé que llevaba años esperando la oportunidad de escucharse a sí mismo, o de que le escuchara cualquiera que hubiera formado parte de su pasado, contar cómo había llegado a ser el hombre que hoy era.

—Hace unos cinco meses, cuando me ofrecieron el cargo, cené con él. Era la primera persona a quien debía decírselo. Le invité a un buen restaurante y nos bebimos casi dos botellas de vino. Ya con un vaso de whisky en la mano, me dijo, «Y dime, ¿qué es lo que has venido a decirme?». Yo me aturdí, le pregunté si es que alguien le había adelantado algo. «No —me dijo—, pero puedo barruntar por donde van los tiros.» Y añadió algo parecido a lo que te decía yo antes: basta con estar atentos para intuir por qué las personas que tenemos cerca actúan como lo hacen. «Llevo observándote muchos años —me dijo—, desde que eras un chaval, ¿cómo no me voy a imaginar que si te has decidido a invitarme a cenar en un sitio como éste es porque hay algo que me quieres decir y aún no te has atrevido?» Se lo dije entonces, le dije que le dejaba, le pregunté por cortesía si le importaba, pero no fui más allá, no tuve esa tentación hipócrita de decirle que si él no quería renunciaría al cargo. Porque era evidente que la decisión ya estaba tomada.

»Me dijo entonces: "Siento un escozor, para qué lo voy a negar, en algún sitio remoto de mi corazón siento un escozor. Y aunque te diga que lo entiendo, que lo podía prever y que me alegro, también te aseguro que esta noche, cuando me meta en la cama, repasaré todas aquellas cosas que me debes, desde la más insignificante a la más valiosa". "No ha habido nada insignificante, yo sé muy bien lo que te debo", le dije. Pero él me calló, me dijo: "No quiero que me agradezcas ahora nada, sino que me lo agradezcas siempre, que no te olvides de mí. Se encuentran realizadores igual de buenos que tú", me dijo. "Ya lo sé", le dije. "Pero a nosotros nos unía algo más que la profesión, ¿no?" Fue la única vez que pareció que me suplicaba un reconocimiento. Pero yo soy tosco, y me quedé callado.

»De pronto, tras un silencio del que yo pensé que sólo se podía salir pidiendo la cuenta y marchándonos, me preguntó algo que me dejó muy desconcertado: "¿Y tú, Javi, ¿qué sabes de mí?". Y le dije: "Sé lo que tengo que saber, lo que eres, una gran persona que me ha ayudado desde que era un chaval...". "De verdad, ¿soy sólo eso?", dijo. "¿Una gran persona? ¿Porque te ayudé? ¿Todo lo que sabes de mí es en relación con tu propia vida? Te estoy preguntando por mí, ¿qué coño sabes tú de mí?" Entonces me quedé callado porque intuía que me iba a confesar algo en lo que yo jamás había pensado hasta ese mismo instante. "Soy homosexual." Homosexual. La palabra estaba en mi mente antes de que él la pronunciara. Como si en ese diminuto fragmento de tiempo lo hubiera visto como era por primera vez: pulcro, delicado, el homosexual melancólico.

»Le pregunté aquello que creía que él estaba esperando: "¿Por qué no me lo dijiste?"; "¿Decírtelo? No quise perturbar al machito de barrio, luego no me di cuenta de que no tenía que hacer ningún esfuerzo por ocultarlo, no tenías demasiado interés sobre lo que yo hacía cuando tú no estabas".

»Me hizo sentirme culpable, aún me siento un poco culpable, aunque me justifico pensando que dos personas casi nunca coinciden en la atención que se dedican. Mi madre se pasó la vida cuidándome y se murió sin que yo le preguntara, ¿Por qué estuviste toda la vida aguantando a un sinvergüenza que no llegó a ser ni tu marido? ¿Por qué me sometiste a mí a la misma humillación? Si no se lo pregunté no fue por vergüenza o por no herirla, simplemente es ahora cuando esas preguntas se me vienen a la cabeza, cuando ya no puede responderlas, a lo mejor precisamente por eso, porque su ausencia le da un interés, un misterio que antes no tenía. No estuve atento, la quise mucho sin reparar en ella.

Se quedó callado, desinflado, vacío. Nunca se dice lo que se espera decir, aunque se trate de una confesión que uno ha estado ensayando desde hace mucho tiempo. Ahora estaba sopesando, sin duda, si el retrato que había hecho de sí mismo era el acertado.

—¿Nos vamos? —le dije levantándome—. ¡Vámonos de aquí! Vámonos a algún restaurante de Madrid.

—No puedo, tengo una reunión pronto por la tarde...

—Venga ya —le tomé la mano, le hice sonreír, quería arrastrarle fuera de allí, como tantas veces en que podíamos cambiar el curso de un día por un capricho y faltar al trabajo—, no me digas que no puedes llamar y decir que tienes una cita: ¡eres jefe, tío! Quiero seguir hablando, quiero que me cuentes.

—Te juro que no puedo. Otro día. Y ya he hablado demasiado.

—Dime, ¿crees que tengo peligro?

—Sí, claro, pero eso es lo interesante.

—Te voy a contar una cosa que me pasó la semana pasada, pero... te lo cuento y lo olvidas. Lo olvidas para siempre. Es tan... —me dio un ataque de risa—. Me da una vergüenza que me muero.

Se reía contagiado por mi risa.

—Mi jefa tenía un invitado, un cirujano plástico, el doctor Barceló, ¿lo conoces?

—No, no conozco a cirujanos plásticos.

—Eres un paleto, Jabato, a este cirujano plástico lo conoce todo el mundo. Tú no, pero es conocido, te lo aseguro. Es como el padre de los cirujanos plásticos.

—Vale, Barceló.

—Mi jefa tenía que comer con él pero me dijo, «Mira,

no puedo, no me da tiempo, si no te importa, ve tú y le acompañas». La comida se servía en el comedor de invitados de la tele, o sea, un comedor privado, dos camareros sirviéndonos, la hostia, yo no sabía ni que eso existía.

—Yo sí.

—Tú sí, vale, tú sí. No te hagas el listo porque me cortas y no puedo contártelo. Es demasiado lamentable.

—No digo nada, sigue.

—Bien, voy al comedor y, ¿qué dirás que me encuentro? A un anciano. Me quedé desconcertada.

—¿Por qué?

—Pues porque no me imaginaba a un anciano operando. Por el pulso. El pulso es fundamental, ¿no?

—Ahora me explico algunas caras que se ven por ahí.

—A lo mejor no coge él el bisturí, pensé. Yo qué sé. El tío tiene una reputación. Sigo. Era un hombre muy amable, encantador. Los camareros entraban, nos servían y luego cerraban la puerta y nos dejaban solos. Era chocante estar comiendo en aquel sitio panelado en cerezo, con manteles con el logotipo de la tele bordados, con comida de restaurante y no la mierda que nos echan todo el día en el comedor. Era raro, teniendo casi en la puerta los barracones en los que yo trabajo a diario. Estábamos sentados a una mesa enorme. Nos habían situado el uno frente al otro en el ancho de la mesa, no a lo largo, claro, pero de todas formas estábamos muy lejos el uno del otro. Tanto es así que al ir a brindar me tuve que incorporar para que nuestras copas chocaran. Yo le preguntaba curiosidades sobre ese tipo de intervenciones. Al principio detalles meramente clínicos, sabes, como, ¿cómo es la cicatriz que deja el aumento de senos? Esas cosas. Luego, como el hombre se mostraba muy complaciente, ya me conoces, fuimos entrando en nombres propios y me fue revelando detalles de personas célebres a las que había operado. No sólo a mujeres, hay muchos más hombres de los que te imaginas que se han quitado la papada.

—Me fijaré a partir de ahora.

—Cuando el camarero entraba los dos nos callábamos, esperábamos a que nos cambiara el plato y una vez que cerraba la puerta volvíamos a lo nuestro. Total, que me decidí a preguntarle por el levantamiento de pecho.

—Ah, Dios mío, qué obsesión. Estás mal de la cabeza. Tienes las tetas que tienes que tener.

—Ah, no, no voy entrar a discutir sobre eso. El asunto es que él me mira fijamente y me dice, «Pero ¿por qué no te gustan tus pechos?». Y yo le contesto: «Me gustaban, me gustaban mucho, pero tuve un hijo con veintiún años y me deprime pensar que desde tan joven he dejado de verlos como eran. Mis pechos estaban aquí». —Me señalé la parte alta del torso—. «Pero unos pechos con caída pueden ser bonitos —me dijo—, no hay pechos que no se caigan después de la maternidad y la cicatriz de levantarlos es una T invertida, se ve, no se puede disimular.»

—O sea, que el viejo no era un idiota.

—No, no, no era un idiota, en absoluto. Pero le insistí, le dije que probablemente si tienes un hijo a los treinta aceptas más el cambio, pero no tan pronto, cuando todas mis compañeras tienen aún los pechos en su sitio porque nadie ha tenido hijos.

—Total, que se ofreció a operarte gratis.

—No, no, ¡si hubiera sido sólo eso! Me dice: «No puedo darle mi opinión si no los veo». Y yo, «ya». Y se hace un silencio. El camarero entró, sirvió más vino y se largó. Entonces, va y me dice: «Puede usted (porque nos llamamos todo el tiempo de usted), puede usted venir a mi clínica en Barcelona que yo le recibiré encantado, pero podría evitarse el viaje si me los enseña aquí. Les echo un vistazo y le digo si esos pechos están para una operación».

—¡No! —Jabato se llevó las manos a la cabeza y empezó a reírse.

—¡Sí! Yo no supe decirle que no. Además, al fin y al cabo el hombre tenía razón: me ahorraba el viaje. Así que me levanté y fui hacia él. Él se levantó muy despacio, con torpeza, y se colocó frente a mí, muy cerca. Yo me desabotoné la blusa, me desabroché el sujetador y dejé las tetas al aire, sin saber muy bien adónde mirar. Entonces... —no podía contenerme la risa nerviosa, Jabato se reía también con las manos tapándose la boca—... levanta las manos y me coge los pechos como si los estuviera pesando y los balancea con las manos apretándolos ligeramente, estudiando, qué sé yo, su firmeza: como si tuviera en las manos dos manzanas. Y va y cierra los ojos. Yo miraba a la puerta, pensaba, como este hombre tarde mucho en dar un diagnóstico va a entrar el camarero. De pronto, abrió los ojos, me miró y dice: «No se los opere, por Dios, sus pechos tienen vida y personalidad, por qué quiere arrebatárselas, a mí me gustan así».

—¿«A mí me gustan así», dijo el tío?

—Sí, eso dijo, entonces entró el camarero y, como era de esperar, puso una cara de no entender nada. Yo me cerré la blusa corriendo al ver que la puerta se abría, pero no nos dio tiempo a cambiar de postura, el uno frente al otro, muy cerca, a un lado de la mesa. Yo le dije al camarero, como excusándome: «Es que ya nos íbamos». Y el camarero dijo: «Perfecto», con esa cara de quien está acostumbrado a presenciar momentos aún más extravagantes.

—Al viejo le gustaste.

—Bueno, tú siempre pensarías eso de un hombre que estudia los pechos de una mujer.

—¿En un comedor de la tele? Claro, sin ninguna duda.

—Yo quise interpretarlo como un gesto de generosidad hacia una mujer que tiene un complejo. Pero el caso es que luego le acompañé al plató. Le hicieron la entrevista y al acabar, entre los aplausos de la gente, el cirujano me buscó detrás de las cámaras, se me acercó ayudado por una de las azafatas y me dijo: «De cualquier manera, si no la he convencido, querida, venga a mi clínica y le haré un precio». Entonces, sin cortarse ni un pelo me cogió la cara y me dio un beso en los labios. Lo hizo delante de todo el mundo.

—Ese hombre no había tocado dos tetas de verdad desde hacía mucho tiempo.

—Dime, ¿qué te ha parecido la historia?

—Muy tuya.

—Muy mía. Vaya respuesta. Anda, vente conmigo.

—No...

—Tomamos algo y vamos a casa...

Estaba tan segura de que lo acabaría convenciendo, estaba tan segura de que, aun a regañadientes, se acercaría a su despacho, recogería sus cosas, su nueva cartera de técnico ascendido a ejecutivo, su americana, y vendría renegando, pero vendría, lento, impacientándome, como si quisiera marcar a propósito un ritmo diferente al mío, como si quisiera mandar y no encontrara una manera más seductora de hacerlo.

—No quiero —dijo—. No quiero ir contigo.

—Soy un peligro.

—Eres una maravilla, pero para mí ahora eres un peligro.

—¿No te gustaría estar conmigo nunca más?

—¿Estar contigo? No puedo.

—Pero ¿por qué?

—Cuatro meses dan para mucho.

—¿Has conocido a alguien?

—Sí, hay alguien por ahí. Pero no puedo contártelo ahora.

—¿Por qué no? Siempre nos hemos contado todo —dije, sabiendo que no era cierto.

No dijo nada. Se encendió un cigarrillo. «Bueno, me voy», dije, y me puse el chaquetón. Nos dimos dos besos. Nos miramos fugazmente a los ojos. Eché a andar camino de las escaleras. Mis tacones sonaban contra el mármol. Sabía que me seguía los pasos, que seguía mirándome con el cigarro en la mano.

—No, nunca nos lo hemos contado todo.

Me detuve.

—¿No sabes de quién era el niño, verdad?

—¿Qué niño?

—El embarazo. No estabas segura de que yo fuera el padre.

Eché a andar.

Él seguiría mis pasos hasta que mi figura desapareciera bajando los peldaños. Seguro que apreciaba en mis andares, porque me conocía, porque me había venido observando desde niña, porque me había querido y tal vez aún me quería, el temblor que deja en el corazón una pequeña pero humillante derrota.

CAPÍTULO 7

EL HUEVO KINDER

Tú no lo sabes, tú recuerdas aquella noche pero no sabes por qué estábamos allí, en uno de esos grandes cines de la Gran Vía un miércoles a las diez y media. Tú lo recuerdas, sí, tú recuerdas que tendrías unos cinco años, tú recuerdas, me imagino, las luces de la noche, y recuerdas lo extraña que te parecía la ciudad un día de diario, tan solitaria, sin la apabullante riada humana que bajaba y subía por sus aceras los fines de semana. Parecía una ciudad distinta de la que solíamos ver cuando íbamos a la sesión de tarde un domingo, no creías estar pisando las mismas aceras. Puedo recordar yo lo que tú no recuerdas. Me dijiste, «Aquí no he estado nunca», y yo te expliqué que sí, que habíamos estado muchas veces, pero en cierto modo llevabas razón, era otra realidad aquella en la que nos encontrábamos: la de los hombres de mirada torva que vagabundean en el corazón de la ciudad con las manos en la cazadora cuando las tiendas están cerradas, la de las putas que apoyan su espalda en los edificios de la calle Desengaño, la de las chicas solitarias que cruzan rápido la calle para adentrarse en otros barrios más transitados, la de aquellos que tienen la cabeza perdida o la de esas parejas incongruentes que deciden tomar el fresco al borde de una acera junto a la que pasan los coches a velocidad de autopista.

Era esa ciudad de un miércoles por la noche, cuando el verano está a punto de echar el cierre y es el momento en que las últimas sacudidas de calor no atraen ni a paseantes ni a turistas; las heladerías se quedan tristonas y en las cafeterías los camareros se aburren, miran por la ventana y cuando ven a una mujer joven pasar con un niño pequeño de la mano piensan que no son horas y que sus hijos ya estarán, por suerte, hace rato en la cama, en un barrio menos canalla que esta cloaca en que se ha convertido el corazón de Madrid.

Recuerdas, lo sé, a la negra cubana que te asustó cuando pasamos a su lado, la negra loca que empezó a clamar al cielo levantando sus brazos cubiertos de andrajos, a cagarse en Dios por haberla traído a este puto país donde la gente no sabía lo que era la caridad. Tú te volviste a mirarla y luego me preguntaste: «¿Por qué Dios se ha portado así con ella?», y me sorprendió la pregunta porque en casa nunca hablábamos de Dios ni tú ibas a clase de religión, pero la vieja cubana nos había mirado fijamente, como acusándonos, haciéndonos responsables de su desgracia, y había dicho: «¿Por qué, Dios mío, me condenaste a dormir en la calle como una puta perra?». Sentí tu estremecimiento porque tu mano apretó aún más la mía y tu cuerpo se acercó a mi costado buscando protección.

Recuerdas mi mano, la mano de tu madre, la mano que nunca se olvida, como yo no he olvidado la mano de mi madre, ese tacto que la memoria ha logrado conservar entre tantos recuerdos perdidos. Recuerdas a tu madre, me recuerdas. Tu madre, firme, dura, poderosa como una roca, así me recuerdas hoy para mi asombro. La madre en la que confiaste ciegamente, aunque no lo mereciera.

Recuerdas el regazo donde te quedabas dormido, el pecho sobre el que descansaba tu cabeza, recuerdas nuestro pequeño apartamento, tu habitación sin puerta, el suelo de linóleo levantado por la humedad, tu armario lleno de piedras y de palos, el despacho amarillo, los bailes que nos proporcionaban una ilusión de felicidad y la pared de la que a veces salía gente con las manos rebosantes de sangre que querían arrastrarte al infierno. Yo entonces te apretaba contra mi pecho pero tú no me veías, parecías poseído por el diablo, más que llorar, chillabas, y me hacías llorar a mí también. A veces creí que tus gritos en medio de la noche podrían llegar a volverme loca y acabaría tirándome por la ventana contigo en brazos. Pero no. Siempre ocurría que, cuando mis reservas de cordura estaban a punto de agotarse, tú, el niño rígido, el niño endemoniado, el niño atacado por no se sabe qué monstruo interior, comenzabas a ver lo que realmente tenías delante de los ojos, la habitación sin puerta, tu barco pirata, tu espada de madera, y entonces yo, yo que también acababa viendo que los seres salían de la pared, sentía que volvían a meterse en ella. Tú me mirabas, me mirabas con extrañeza, como si volvieras del otro mundo, como el niño exorcizado, y tu cuerpo empezaba a ablandarse y se hacía más tierno, se convertía en el cuerpo de siempre, te ibas acurrucando en mi pecho y yo, derrotada, te llevaba a mi cama y nos quedábamos los dos dormidos, abrazados, exhaustos.

Lo que hoy recuerdas, por un milagro de la mirada

infantil y de la memoria que me ha concedido este regalo, es que aquella noche te sentías afortunado. Imaginabas que tus compañeros del colegio estarían ya en la cama o dándole el beso de buenas noches a sus padres con el pijama ya puesto. Los imaginabas con el cuerpo caliente y perfumado después del baño. Ah, pero tú estabas allí, como un hombrecillo, de la mano de tu madre, de la madre nerviosa, impaciente y solitaria, de la madre que no era como las otras, de la madre que tenía el pelo rojo y las cejas oscuras. Recuerdas que en ocasiones había algo anormal en ella que te producía melancolía, no sólo las cejas tan oscuras contrastando con el caoba de la melena, no sólo la ropa, no, era la mirada, una mirada que parecía estar siempre demandando algo, algo que tú no podías darle, un vacío que tu amor hacia ella no llenaba.

Acuérdate de cuando decías, «No mc csperes en la misma puerta de la escuela, espérame más allá, en la esquina», porque no querías que los otros vieran a la madre distinta a las otras que venía a buscarte, pero también porque deseabas protegerla, sintiendo por ella, por mí, amor y extrañamiento a la vez.

Recuerdas que entramos en la cafetería Manila, que no existe ya salvo en aquella noche nuestra, y que te dije, «Pide lo que quieras», como dicen las tías o las madrinas, no las madres. Te dije, «Pide lo que quieras». Y delante de ti, entre los dos, como una barrera de tentaciones, crecieron un batido de chocolate, un sándwich mixto y un Banana Split, coronado con la sombrilla hawaiana de papel y una pequeña bengala. Yo no pedí nada, eran los tiempos en que me alimentaba del aire; yo picaba de tus patatas fritas, bebía una Coca-Cola y me quedaba por momentos con la mirada ausente, más en mis cosas que en las tuyas, yendo y volviendo de tu mundo al mío: de la alegría ruidosa que te había producido este regalo inesperado a la verdadera razón de nuestra huida.

Serían las ocho de la tarde, la hora en la que habitualmente él llamaba y tú te bañabas y escuchabas sin escuchar nuestra conversación desde el baño, cuando te dije, «¡Vamos, venga, vámonos al cine!», y agarré al vuelo tu chaqueta, la mía, el bolso, y casi corriendo nos presentamos en la parada de los taxis, y me preguntaste: «¿Lo paro yo, lo paro yo?», y la noche empezó así, como si la mujer adulta que era yo aceptara los caprichos del niño cuando en realidad era él quien se estaba plegando a los míos.

Recuerdas la bengala chispeante, el plátano mojado en chocolate y el helado de fresa y vainilla. Tu gula del principio y tu cansancio a mitad del plato, después de beber chocolate, comer el queso y el jamón fundidos y mirar melancólicamente el postre que no se acababa nunca. «Venga, déjalo ya, te lo dije, sabía que no podrías con todo.»

Recuerdas el cine, el viejo cine de columnas colosales pintadas de verde y con dorados tristes en los capiteles, la voluptuosidad de la moqueta en la que tus pies se hundían con la misma ingravidez que los personajes de los dibujos de la Warner, que es la ingravidez de los niños, y el perfume del ambientador que el acomodador acababa de echar.

Recuerdas haber querido ser acomodador para vestir el uniforme, tener una linterna y recibir propinas, para estar siempre viendo películas, las mismas una vez y otra, y conocer de memoria todos los desenlaces y abrir las puertas en el momento en que los títulos de crédito comienzan a bajar por la pantalla para que se cuele el halo de luz y la gente sepa que ya es hora de volver al mundo.

Recuerdas el cine casi vacío. Sólo una pareja al fondo,

ella ordinaria, basta, prostituta seguramente; él seco, bronco, con su cazadora de chulo, dispuesto a dormirse, a dar la noche por perdida. El acomodador nos hizo un gesto con la mano y dijo: «Donde quieran, el cine es suyo».

Nos sentamos. Tú no te habías fijado en esos otros dos personajes que teníamos delante, yo sí. En realidad, me arrepentí de los asientos elegidos nada más sentarnos pero me dio pereza, o no sé, eran los tiempos en que parecía reaccionario tener desconfianza del lumpen, y yo me dejaba llevar por esa corriente, como por otras tantas, íntimamente incómoda conmigo misma o asustada, consciente de mi irresponsabilidad, aunque sumisa con la bobería de la década. Pensaría, como tantas otras veces, ¿por qué no tengo la sensatez de llevarme al niño a otra fila?, ¿por qué coño siempre hay tanta distancia entre lo que debo hacer y lo que hago? Eran yonquis. Chica y chico. Uno dormía, la otra casi.

La sala, como escenario espectral ante la pantalla: la prostituta con su chulo al fondo, la pareja de yonquis, y detrás de ellos, nosotros. Tú tan dulce, tan pequeño, con el huevo Kinder en la mano, buscando con la lengua el último resquicio de chocolate pegado en el plástico a pesar de que dices que te duele la barriga; tú tan inocente como el niño que se pierde en el bosque, pero sin estar solo como las criaturas abandonadas de los cuentos antiguos, sino con tu madre, tan perdida como tú, más perdida que tú, mucho más perdida que tú, tanto que se podría decir que es él, el niño, tú, el que, sin pretenderlo, la guía a ella, a mí, en la oscuridad. Él, tú, sin saberlo, el único motivo de esperanza para buscar la salida, la solución. Hansel y Gretel en el bosque urbano de los ochenta; madre e hijo que, a cuenta de la inmadurez de la madre, vuelven a ser los dos hermanos de la narración clásica, de los cuales sólo uno, la madre, yo, es consciente de que están perdidos.

Dijiste, «En este cine no hemos estado nunca», y yo te dije que sí, «Hemos estado, hemos estado muchas veces». Pero no reconocías los sitios agrandados por la soledad de una noche de diario, a una hora indigna de que tú estuvieras allí, dando luz a aquel vacío y a la miseria humana.

Yo pensaba, los lugares solitarios no son para los niños. Tú pensabas, esto es como estar de vacaciones pero dentro de un sueño, y sentías, una vez más, a tu madre fuerte pero ajena, sentías su compañía pero también la sospecha de que no eras el centro de su mundo. Yo pensaba, por qué le he traído aquí, no tengo cabeza. Tú pensabas, a lo mejor mañana no tengo que ir al colegio.

La película empezó y nos cogimos de la mano, lo hacíamos siempre. Te empezaste a reír casi desde el principio y yo me dejé arrastrar por la risa que te producía el payaso de Kevin Kline sacando peces de la pecera de un pobre tartamudo y comiéndoselos, diciéndole palabras de amor en italiano a Jamie Lee Curtis, una americana catedralicia, y oliéndose cada poco los sobacos. Yo no lograba entrar en el argumento pero se me contagiaban tus carcajadas algo roncas, entrecortadas, olvidadizas ya del entorno solitario y algo amenazante. Cuántas veces hemos visto esa película luego. Muchas. Y has repetido los gestos del cómico, levantando los brazos y oliéndote las axilas o imitando al pobre tartamudo que forma parte de esta ridícula banda de penosos ladrones de joyas.

Un pez llamado Wanda. En ella ya no está sólo la cara payasesca de Kevin Kline o los andares caballunos de Jamie Lee Curtis, en ella estamos nosotros tal y como éramos aquella noche, juntos, solos en el mundo y perdidos, tomados de la mano, los dos infantiles y los dos extraños en el bosque nocturno; Hansel y Gretel distanciados por la edad y la estatura, pero igualados por una vulnerabilidad, propia de la infancia en tu caso, patológica en el mío. Reías, de eso te acuerdas, reías con la risa explosiva y nerviosa de los niños, esa risa ronca que siempre traslucía un ligero constipado, unos pulmones inmaduros, reías a carcajadas, sin el pudor del adulto, sin acordarte de ti mismo ni del lugar en el que estabas, reías y todo tu cuerpo se agitaba entregado a la risa, sólo el puño seguía sin relajarse, cerrado, tozudo, sujetando el huevo Kinder.

Entonces, uno de los yonquis, el que estaba despierto, se volvió y me miró a mí, no a ti, y dijo:

—Por favor, tía, ¿podrías decirle al cabrón del niño que se calle?

Debería haberte tomado de la mano, haberte conducido hacia otro asiento o haberte llevado fuera del cine, pero no, no me moví. Tú me miraste sin comprender. Nunca habías oído esa palabra, «cabrón», referida a ti, el cabrón del niño. El niño eras tú, nadie te había llamado así nunca. Seguimos viendo la película, callados, serios al principio, pero poco a poco, sin apenas darnos cuenta, nuestras mentes volvieron a concentrarse en esa disparatada aventura por las calles de Londres y en el habla cursi y tronchante de un lord.

Mi temperamento, entonces, tendía a la temeridad por pura inconsciencia. El mío era un espíritu retrasado, inmaduro; el tuyo era lo que debía ser, el espíritu de un niño. Nuestra común inconsciencia nos hizo volver a reír. Reíamos sin hacer ruido, yo más por verte a ti que por la película. Te veía taparte la boca con las manos, conteniendo la explosión de la carcajada cada vez que Kevin

Kline aparecía en escena. Era tan maravillosa aquella risa contenida. ¿Recuerdas tú eso, recuerdas la risa escapándosete entre los dedos, recuerdas todos los días siguientes en que lo estuvimos recordando? Tan seguro estabas de mí, de mi capacidad protectora o de la fuerza imbatible de nuestra unión, que debías de pensar que ni el más turbio personaje de boca mellada y alma podrida como para llamar cabrón a un niño que ríe podría con nosotros.

Recuerdas todo, lo sé, por tantas veces en las que hemos evocado juntos aquella noche. Incluso el dolor de barriga que al día siguiente te impidió ir al colegio y cómo nos quedamos los dos hasta las diez en la cama. La vida al revés. Recuerdas tu mano pringada del chocolate del huevo Kinder y mi enfado porque el chocolate acabara también en mi vestido. Lo recuerdas o soy yo la que me he encargado de que no te olvides, de atesorar esos recuerdos en común y sacarlos a relucir en una de esas tardes perezosas en las que parece que no hay nada mejor que hacer que transitar el pasado.

Lo recuerdas pero es un recuerdo a medias. O es tu recuerdo legítimo y no debiera verse enturbiado nunca por el mío porque no hay más verdad que la que está en tu memoria.

No puedes recordar que estábamos allí porque yo no quería estar en casa cuando llamara tu padre esa noche por teléfono. No quería. Estaba huyendo. No quería dejarme embaucar y caer en la tentación de preguntarle, «Dónde estás». O aún peor, la pregunta que jamás debiera hacerse: «¿Me quieres?».

No quería preguntar, preguntar como otras veces, no quería saber dónde vivía, si estaba en un apartamento él solo, como me había dicho, o ya vivía con ella. No quería imaginar desde qué cabina me estaba llamando esa noche. La cabina a la que baja a la calle un hombre con cualquier excusa boba, a estirar las piernas, como me había dicho a mí hacía ya casi dos años. La cabina desde la que a diario engañaba ahora a su amante, de la misma manera en que me engañaba a mí cuando le permitía regresar. Dos cabinas: una en un barrio periférico, el mío; la otra, en el centro de la ciudad. Y un solo hombre enredado en engaños que ya nadie se cree pero de los que, por alguna oscura razón, es imposible zafarse.

Ya no sabía cuáles eran sus intenciones, qué quería hacer con su vida o si quería acabar lentamente con la mía. A veces pensaba que era un malvado, otras uno de esos cobardes que queriendo no hacer daño acaban provocando desgracias mayores que las que desencadenan los verdaderos malvados. Lo más probable es que no supiera qué hacer con su vida y tratara de averiguarlo fracasando conmigo una vez y otra y otra.

Y yo ya había perdido el coraje necesario para decirle, «Mira, tío, entérate de una vez, esta historia se ha terminado».

Ésa es la historia de aquella noche.

Pero de qué podría servirte a ti mi recuerdo.

CAPÍTULO 8

LO QUE ME QUEDA POR VIVIR

Hace tres días el portero me entregó un paquete. Entre el desbarajuste que había a esas alturas en el apartamento y la ansiedad acumulada en el último mes no le presté demasiada atención. Me lo mandaba una amiga de la infancia, de la época en la que vivíamos al borde de un pantano. Aun con grandes lagunas en el tiempo nunca nos hemos dejado de ver, hemos seguido la pista de nuestras vidas y fluye entre nosotros, entre su familia y yo, una corriente de cariño muy especial. Sus padres siempre me han tratado como si no hubiera dejado de ser la niña que conocieron y me nombran con el cariñoso y repelente diminutivo con el que yo misma me presentaba entonces. Sé que están al tanto de mi trabajo, de las películas y de las series que he escrito durante estos años y viven lo que ellos llaman «éxitos» con una alegría jamás empañada por el resentimiento. Nunca me han reprochado no llamar, nunca han considerado que mi silencio o mi lejanía se debiera al olvido o a la arrogancia. Son, para mí, los perfectos habitantes del pasado: te quieren por lo que fuiste y el cariño se prolonga hasta el presente sin una sombra de resentimiento que lo atenúe. En otra ocasión hubiera abierto el paquete con una curiosidad impaciente, pero en la cabeza sólo me ha rondado estos días un pensamiento: Gabi.

La primera noticia que tuve del deambular solitario de mi hijo por la calle me la proporcionó Gloria, la mujer de mi amigo Jabato. Es una mujer prudente y sensible, así que en su primer correo trataba de advertirme, pero sin preocuparme demasiado.

He visto varias mañanas a tu chico paseando solo por la zona de San Bernardo. No le he saludado porque le vi muy abstraído. Ayer estaba leyendo, sentado en un banco, imagino que esperando a alguien.

Yo le contesté:

¿En San Bernardo? Qué raro. Le preguntaré. Se supone que a esa hora tiene clase.

Llamé a Gabi. Le pregunté. Me dijo que andaba haciendo un trabajo en la Biblioteca del Cuartel del Conde Duque. «¿Y no tienes que ir a clase?», le pregunté. «No, mami, cuando tienes que hacer un trabajo no tienes por qué ir a clase. Esto ya es la universidad.» Me contestó tranquilo pero con un deje de impaciencia. Días después, cuando imaginaba que no estaría en casa, llamé a su padre.

—¿Está yendo Gabi a clase?

—Por supuesto que sí —me dijo él—, se levanta a las ocho conmigo todas las mañanas y le dejo en la boca del metro.

Gabi se bloquea cuando le pregunto. Responde siempre educadamente, como hacía desde niño, pero se las arregla muy bien para colocar una barrera infranqueable entre la curiosidad ajena y él. Es un chico que envuelve su tremenda reserva en dulzura y es precisamente esa dulzura, una firmeza nada agresiva, la que te hace sentir de inmediato que estás penetrando en un terreno que no te incumbe. Se acostumbró, desde niño, casi desde que pueda tener memoria, a administrar la información a su conveniencia, la que decidía darle a su padre o la que me concedía a mí, y, dado que su padre y yo dejamos de hablarnos durante años, se convirtió en un experto manejando tres realidades a su antojo: la que ha vivido con su padre, la que ha vivido conmigo y esa especie de territorio infranqueable en el que ha ido acumulando sus secretos y sus verdaderas opiniones, que pocas veces expresa. No herir fue su más vieja aspiración, y ahora es el principal rasgo de su carácter. En ese no herir, en ese no protestar y mostrarse tan comprensivo con nosotros, se fue construyendo para él un espacio acotado en el que más que guardar esconde todo aquello que no está dispuesto a compartir.

Su padre, a su vez, siente que le fiscalizo si le pregunto demasiado por las costumbres del chico. Al fin y al cabo, ésta ha sido la primera vez que convive con él durante todo un curso, su primer curso en la facultad, y mis preguntas le deben de hacer sentir lo que siempre ha pensado por otra parte, que me atribuyo una especie de papel superior en la educación de nuestro hijo. En realidad, todo da igual. En cualquier conversación que mantuviéramos, la más trivial, la menos sensible, seríamos capaces de tergiversar y malinterpretar cualquier frase inocente con tal de acabar rondando la herida que después de doce años no hemos sido capaces de hacer cicatrizar.

Gloria, la mujer de Jabato, me volvió a escribir varias veces y a petición mía se le ha acercado. El chico, me dijo, se muestra encantador, como es él, siempre parece estar provisto de una buena excusa para andar por el centro de la ciudad a esas horas en que debería estar en la Complutense. No parece que le ocurra nada ni que busque nada turbio. La saluda siempre con ese gesto tan suyo de sorpresa, levantando las cejas y mostrando una cálida timidez. Muchas veces he pensado que hubiera sido más fácil enfrentarse a un adolescente brusco, tosco, malencarado. Con él, sin embargo, te enfrentas a ese muro de amabilidad con el que se protegen algunas personas muy reservadas.

Jabato, mi querido Jabato, que tan buen amigo resultó después de que fuéramos desastrosos amantes, se me ha ofrecido varias veces a seguirlo, a vigilarlo durante una mañana. No me ha parecido leal. Tal vez me equivoque, pero acceder a eso sería para mí como traicionarle, vulnerar un secreto al que, mientras esto no se manifieste como algo preocupante, tiene derecho. Al fin y al cabo, le escribí a Jabato: «¿Por qué ha de ser tan extraño que él haga lo que yo hice en tantas ocasiones? Yo también pasaba tardes perdidas por el Retiro, fumando en los bancos que dan al lago con las amigas de clase». Sé muy bien que a quien busco tranquilizar con este razonamiento es a mí misma, porque hay algo que no me cuadra: la soledad recurrente. Imaginarlo solo, sentado solo, callejeando solo, me genera una inquietud insoportable.

Teníamos previsto volver a España el 30 de este mes, pero adelanté una semana el viaje. Me faltaba el aire sólo de pensar que algo le pudiera estar pasando. En apariencia, nada. He estado llamando dos o tres veces a la semana y hemos mantenido conversaciones rutinarias. El protocolo de siempre: doy rodeos con algunos asuntos domésticos, ¿estás bien de ropa?, ¿te llevo algo?, ¿te tomas el tratamiento de la alergia?, hasta que llego al asunto que verdaderamente me preocupa. Así han sido siempre mis interrogatorios desde que empezó el colegio. Le hago una, dos, tres preguntas banales, y a la cuarta, en la que empiezo a inquirir sobre lo que me interesa, siento que él, delicado pero firme, me señala el límite.

Imagino que ha sido un niño feliz y tranquilo, porque así se ha manifestado, pero también sé que, de haber tenido algún problema, de haberse sentido acosado u ofendido por alguien, hubiera sido incapaz de expresarlo. Siempre acudí a los encuentros con sus maestras algo asustada, temiendo que me confirmaran esa vulnerabilidad que siempre he presentido en él. Ellas me respondían con ironía: no, no suele ser el objetivo de los chulos ni de las bromas hirientes, es un espíritu tranquilo que se las arregla para contagiar su bonhomía, no despierta agresividad como otros niños frágiles.

Durante este curso no he querido molestar con mis llamadas, ni a él ni a su padre. No hay razón que justifique el que una madre llame a su hijo de diecisiete años todas las noches. En el país en el que he vivido un año esa insistencia materna parecería patológica. «Hay que relajar las obsesiones», me suele decir mi marido refiriéndose a esta obsesión en concreto, que fue tan poderosa como para impedirnos durante años vivir temporadas fuera de España como él hubiera querido. Tantas veces me repetía entonces, cuando Gabi tenía diez o doce años: «Actúas como si se tratara de un cariño que estuviera en cuestión y es ridículo, nadie va a robarte nada, no conozco a un hijo que quiera más a su madre». Pero sólo cuando cumplió los diecisiete acepté alejarme de él, vivir esta especie de «independencia» a la inversa.

Entiendo la impaciencia de mi marido, sé que tiene razón, tiendo a analizar en exceso el comportamiento de las personas que más quiero. Sueño con ellas, con peligros que pueden acecharlas, vivo con el temor de perderlas. Lo sé, aunque él se equivoca en un aspecto que me resulta trabajoso explicar porque temo que al verbalizarlo se reduzca a palabrería sentimental y no lo es en absoluto: no fui yo quien protegió al niño. O lo protegí, pero —no busco atormentarme— no en la medida en que debía. Fue él quien me protegió a mí, quien me sobreprotegió, porque en aquellos años en los que vivimos solos su presencia, siempre vigilante, atenta y correctora me obligó a sobrevivir.

El recuerdo todo lo literaturiza, lo sé, la nostalgia embellece lo perdido y crea símbolos donde no los hay, pero ese temor a la cursilería no debiera tampoco convertir en prosaico aquello que fue conmovedor. Recuerdo que íbamos un día de verano de camino a casa, uno de esos días desabridos de primeros de septiembre que anticipan la llegada del otoño. Corría un aire molesto que levantaba la tierra del parquecillo y nos la metía en los ojos. De pronto, un golpe seco de viento me levantó la falda hacia arriba, era una falda fruncida a la cintura que primero se hinchó como un globo y luego se levantó por completo. Yo me eché a reír a carcajadas porque no era capaz de controlarla, trataba de bajarla por un lado y se me levantaba por otro, miraba a mi alrededor y agradecía que no hubiera nadie más que nosotros en ese momento en la calle. Entonces noté sus brazos abrazando mis piernas, tratando de agarrar la falda para devolverla a su sitio. Pensé que se estaba riendo como yo, hasta que oí sus palabras entrecortadas por el llanto: «¡No te vueles, no te vueles!». Me agaché, ya despreocupada de estar con las piernas al aire, y le abracé. Le miré la cara. Estaba congestionado, llevaba en el rostro dibujado el terror. Lo llevé en brazos hasta casa y le besé la cara una y otra vez hasta que se le pasó el susto. Cómo explicarle a un niño que su pavor estaba injustificado, que es imposible que el viento arranque a su madre de la tierra.

Creo que nunca en la vida, nunca, he visto con más claridad en la mirada de alguien el miedo a la desaparición de un ser querido. Pude presenciar en toda su crudeza lo que para él hubiera sido que yo desapareciera. Me propuse tenerlo muy presente. Lo he tenido siempre muy presente.

Ahora, trece años después, soy yo quien debo protegerle. Aunque él se resista. Adelanté una semana la vuelta a España para mirarle a los ojos y pedirle que no rehuyera mis preguntas. «¿Qué haces todas las mañanas? ¿Deambulas solo? ¿Por qué? ¿Qué buscas? ¿Esperas a alguien? ¿Dices que vas a clase y no vas a clase?» Todos los hijos mentimos, pero todos los padres queremos que los hijos nos cuenten la verdad. No le he confesado a mi marido la razón por la que viajamos una semana antes de lo previsto. No quiero discutir sobre algo que aún no sé y que voy a tratar de averiguar.

Hace tres días me dejé caer en el sofá rendida a la caída de la tarde, con esa sensación de cansancio y suciedad imbatibles que dejan las mudanzas. Reposé la cabeza en un cojín y deseé que el tiempo se acortara hasta la llegada a Madrid. Cuando te rodean cajas de embalaje sabes que tu alma ya se está yendo hacia otro sitio.

Traté de concentrarme como tantos otros atardeceres en las vistas sobre el East River que habíamos disfrutado durante todo este año. Algunas tardes me sentaba con la intención de escribir en una silla escolar de un colegio público que encontramos tirada en un contenedor en Brooklyn. Bajo la bandeja que hacía las veces de mesa había una excrecencia de chicles que los años habían fundido con la madera y la formica. Tenía la ingenua ilusión de recuperar la ligereza de cuando tenía dieciséis años y me sentaba en los cafés para anotar en un cuaderno tres o cuatro ideas que habrían de crecer hasta convertirse en una novela impúdica y tremenda, con experiencias copiadas de otras novelas, ya que ni mi infancia, ni mi presente, ni tan siquiera la reciente muerte de mi madre me parecían literariamente memorables; pero no dio resultado. Ese rincón inspirador, el pupitre escolar y la vista imponente hacia el río desde aquella altura, no contribuyeron más que a la contemplación, y esos cuentos que pensaba escribir sobre los años más tormentosos de mi vida y que a menudo fluían en mi cabeza como si ya estuvieran escritos se quedaron en meros apuntes. La distancia de aquellos años y la experiencia de vivir en otro país no me han convertido en escritora como yo esperaba, me han faltado el coraje y la disciplina que tampoco tuve cuando todo el futuro estaba por delante. El abandono definitivo de un sueño juvenil produce también cierto alivio y así me he sentido yo finalmente, aliviada. Entre la vida y la invención de la vida, me tienta más perder el tiempo en la primera. Dejé la silla escolar y volví a mi mesa del cuarto de trabajo, a la luz del flexo; me resigné, creo que ya para siempre, a escribir mis guiones de encargo, que es lo único que sé hacer, trabajar bajo presión.

La perspectiva sobre el río no habría podido considerarse espectacular de no ser porque cualquier espacio lo es siempre que se mire desde una gran altura, y nosotros hemos vivido en un piso 27. Ante mis ojos, el gris plata del agua y el azul brumoso del cielo de mayo se confundían y parecía que el cielo se reflejara en el río y viceversa, dando una sensación de simetría acuática. Por lo demás, nada memorable, algunas chimeneas industriales, un antiguo cartel de fábrica desvaído que era la joya de la corona para nuestros ojos y algunas torres mostrencas. Sabía que algún día lo echaría de menos, que lo apreciaría más de lo que he sido capaz. De lo vivido, quedará la excitación que supuso la ciudad nueva, la vida inesperada, el rejuvenecimiento que propicia integrarse en otro mundo. Un esfuerzo que exalta y agota casi en la misma medida. Quedarán borrados, en cambio, en la caprichosa selección de la memoria, los tiempos muertos, las horas de soledad y ese recurrente «qué hago yo aquí» que se le viene a la mente al extranjero cada vez que se topa con un irritante contratiempo.

Fue entonces, mientras presentía lo que habría de ser la nostalgia futura, cuando caí en la cuenta del paquete que seguía sobre una de las cajas desde aquella mañana. Lo abrí. Había un libro primorosamente encuadernado en cuero y, en su primera página, una carta. La firmaba mi amiga María:

> Querida amiga:
>
> Mi padre murió hace un mes. Ha sido muy duro. De pronto pensé que era posible que nadie te lo hubiera dicho y me dio pena que no lo supieras, por el cariño que él te tenía y porque sé el cariño que tú nos tienes a nosotros. Ha muerto de un ataque al corazón, sin sufrir, en la cama, al lado de mi madre. No ha podido tener mejor muerte y no pudo tener mejor vida. Es su vida precisamente la que está escrita en este libro. En estos dos últimos años se compró un ordenador y se puso a escribir sus memorias.

Como si previéramos su marcha, en su último cumpleaños se las entregamos editadas, con fotos en el centro, igual que si fuera un libro de verdad. Como apareces en ellas me hacía ilusión que las tuvieras. Verás que carece de estilo literario, el hombre no sabía más que certificar los hechos, ni los comentaba ni los juzgaba. Sus sentimientos quedan expresados de manera formularia, como si fuera uno de tantos balances técnicos que tuvo que redactar a lo largo de su vida. Es muy curioso que un hombre que fue tan cálido, generoso, amante de su familia, cariñoso siempre con los niños y que exteriorizaba tan frecuentemente sus afectos fuera incapaz de convertirlos en palabra escrita. Tal vez creyera que ése era el tono adecuado para unas memorias.

Te digo esto para que no te extrañes si cuando lees la página que te dedica (que está marcada) encuentras su descripción algo seca. No es falta de afecto, de todos nosotros habla con la misma parquedad.

Cuando vuelvas, llámame, me gustaría verte. A mi madre también. No sé de qué manera irrumpiste en nuestra vida pero nunca hemos dejado de tenerte presente.

Todo mi cariño,

María

Abrí las páginas centrales, donde se encontraban las fotos: los padres, muy jóvenes, en los años cincuenta, con un físico peculiar, poco habitual para una pareja española: ella, bajita, con la cara mofletuda, melena rizada y un aire a Shelley Winters; él, muy alto, delgado pero de gran envergadura ósea, con una barbilla cuadrada que le ennoblece la cara y le hace parecer un ejecutivo americano. Hay muchas fotos de obras públicas, de oficinas, del padre dibujando planos en una gran mesa de dibujo, de niños pequeños luciendo el casco que el padre llevaba para la supervisión de las obras. Hay imágenes de bautizos y de abuelos con nietos e, inesperadamente, distingo la cocina en la que comí tantas veces. En ella, sentados a la mesa de formica, todos los hermanos comiendo, y entre ellos, yo. Debemos de tener cinco o seis años. Llevamos la servilleta anudada al cuello y comemos una sopa de fideos con pollo en platos de Duralex. Yo le hago un gesto de burla al fotógrafo.

Ese inesperado salto en el tiempo me conmovió enormemente. Verme en una foto que no conocía, tan pequeña, tan integrada entre mis amigos de infancia, me trajo intacta la felicidad de esos años en aquel campo agreste de una sierra pobre, carente de voluptuosidad vegetal o belleza salvo las que le otorgaban la misma nada y esa inmensa obra pública, el pantano aún vacío, que era como un gran mordisco en la tierra detrás de mi casa. Los niños nos asomábamos temerariamente al socavón, con vértigo y curiosidad, hasta que mi padre mandó colocar una precaria valla metálica.

La vida al aire libre de los niños, que corríamos sin control de la mañana a la noche; la amistad diplomática de las madres, que se aplicaban en llevarse bien por ser todas esposas de empleados; la extraña disposición de aquel universo artificial. Todo era conservador, repetido y previsible para la imaginación de un niño. Los obreros solteros viviendo en barracones, los obreros con familia en bloques, los cargos medios en chalets de una planta, los ingenieros en casas inmensas. La vida resumida y estratificada de los adultos; la vida más democrática de los niños, que íbamos en tropel a la misma escuela. Y el polvo permanente que levantaban los camiones transportando a los obreros a la presa a primera hora de la mañana y devolviéndolos a sus barracones a la noche. El ruido de los barrenos al atardecer o el anuncio, no infrecuente, de algún obrero muerto en el tajo.

Abrí por la página señalada y me encontré con las palabras de Eduardo, el padre:

> Como solíamos hacer en todos los traslados, Marina y yo llegamos antes que los niños para preparar la casa. Estábamos en plena faena colocando los muebles cuando detrás del camión de mudanzas vimos a una niña de unos cinco años, que se nos presentó con mucho desparpajo. Sus padres le habían dicho que a nuestro chalet estaba a punto de llegar una familia con cuatro niños. Marina la invitó a unas galletas y un vaso de leche y la cría se presentó todas las mañanas de aquel mes de julio hasta que llegaron mis hijos. Durante cuatro años pasó más tiempo en nuestra casa que en la suya y le tomamos un enorme afecto. Es hoy una célebre guionista.

No recuerdo si salí de detrás de un camión de mudanzas. Yo creo que no fue así. Llamé al timbre una mañana en que estaba Marina sola. Me presenté muy formalmente y pregunté por los niños, de los que había planeado, con la determinación de la niña sociable que era, ser amiga de inmediato. Me senté en la cocina y esa madre, Marina, cálida y atenta a las palabras de los niños como pocas personas que he conocido en la vida, me escuchó con una sonrisa, me hizo preguntas con un interés que jamás había percibido hacia mi persona y me dijo que volviera cuando quisiera. Y yo volví, eso es verdad, volví todos los días hasta que los niños llegaron y fueron, como yo había previsto, mis amigos.

De esta vida errante en la que he ido perdiendo casi todo, muebles, cartas, fotos y amistades, ahí están ellos, manteniéndome como en esa foto, en lo mejor de mí misma: determinada a hacer amigos, con una tendencia enfermiza al juego, a la risa repentina y a la fragilidad también. «Quien no te vea frágil —me dijo María la última vez que me vio—, es que no te conoce.»

La evocación de sus padres, tan queridos para mí, la foto de los niños comiendo fideos, me devolvió involuntariamente a la memoria un episodio que por lo vergonzoso que me resulta he mantenido olvidado en algún lugar remoto del recuerdo. Sólo he hablado muy por encima de él a mi marido, a quien me creí en la obligación de contárselo en los primeros momentos confesionales del noviazgo. Por fortuna él a menudo se muestra prudente o, sospecho, poco curioso, y no manifestó mucho interés en conocer los detalles. Yo me quedé con la tranquilizadora sensación de haberle confesado quién era yo, como si la verdadera esencia de uno estuviera más en lo que nos resulta vergonzoso que en aquello que nos enorgullece.

Abro los ojos y me veo en una camilla. Tengo la boca tan abierta que creo que se me puede desgarrar por las comisuras. No puedo cerrarla, ni tragar saliva, me lo impide un tubo que entrando por la boca me cruza el cuerpo. Aún no sé por qué estoy aquí, el recuerdo se va despertando de manera más lenta que la sensación de dolor. Una enfermera se me acerca, pone una mano sobre mi frente y con la otra extrae el tubo. Tengo la lengua de esparto, ganas de toser, pero no encuentro las fuerzas para hacerlo porque perdura la sensación de que el tubo sigue dentro, arañándome el interior del pecho. Veo su cara, la de Alberto. Veo su cara cuando se me acerca como si me fuera a besar, pero no, se acerca porque habla en voz muy baja. Me pregunta, «¿Cómo estás?». Yo no digo nada, cierro los ojos. Siento su mano en la mía. Un momento tan breve que antes de que me haya dado tiempo a abrir la mía para tomar la suya la ha retirado. Aún no han comenzado a rondar en mi cabeza ni las preguntas ni las dudas. No me inquieta saber ni qué hago aquí ni quién me ha traído. No tengo tampoco una necesidad perentoria de saber dónde estoy. Noto su aliento. Su aliento familiar, el mismo de quien me dijo, «Te voy a dejar, aunque te quiero, te tengo que dejar»; el mismo aliento que me llegaba entrecortado al oído la noche de agosto en que concebimos al niño.

Como el que se despierta de una anestesia y empieza a sentir conciencia del propio cuerpo dolorido por una brutal agresión, voy notando cómo la saliva entra por mi garganta hinchada.

—Quiero agua —le digo.

—Voy a ver si consigo un vaso —dice.

Se va. Se va pero vuelve enseguida. Se le ha olvidado algo.

—Mira —me vuelve a decir al oído—, cuando estaba en el pasillo esperando a que me dejaran entrar me he encontrado a esos amigos de tus padres, Marina y Eduardo, ¿sabes quién te digo?

—Marina, sí.

—No me ha quedado más remedio que darles una explicación. Ellos están esperando a un familiar. No sé si cuando salgamos estarán aún fuera, creo que no, pero, por si acaso, les he dicho que ingresaste por una gastroenteritis.

Abro los ojos y le miro. No comprendo muy bien qué es lo que me está pidiendo.

—¿Sabes lo que te estoy diciendo?

—Sí, Marina y Eduardo —repito.

—Puede que te los encuentres un día de estos por el barrio. Les he dicho que has tenido una infección. Voy a por el agua.

Mi campo de visión comienza a ampliarse. Estoy en una gran sala pintada de un verde escolar, algunos enfermos dormitan en las camillas próximas. Otros están medio sentados, retorciéndose, quejándose. Algunos van vestidos con ropa de calle. Me palpo el cuerpo. Debajo de la sábana sólo tengo el sujetador y las bragas. Marina y Eduardo. Les voy a decir que he ingresado por una gastroenteritis. Pero yo no estoy aquí por eso, aunque sienta una especie de quemazón ahora en el vientre. No recuerdo cómo he venido ni recuerdo haberme subido a ningún coche.

Se me acerca una doctora. Una doctora que me acaricia el brazo mientras me habla.

—¿Cómo te encuentras? —pregunta a la vez que lee la ficha.

—Tengo muy seca la garganta —le digo con una voz gruesa, que no reconozco como la mía.

—¿Cuántos años tienes?

—Veintisiete.

—Estás pasando una mala época, ¿verdad?

Le digo que sí con la cabeza.

—El hombre que estaba contigo es tu marido...

—Sí. Bueno, lo era. Se fue hace una semana.

—Me ha dicho que tenéis un hijo.

—Sí.

—¿Cómo se llama?

—Se llama Gabriel. Tiene cinco años, pero es... —la hinchazón de la garganta se me hace cada vez más insoportable—... es un niño muy maduro.

—¿Dónde está ahora?

—Ahora... —comienzo a pensar. ¿Dónde estaría?, siento la angustia del vacío de la memoria. No sé en qué mes vivo o en qué momento del día estoy.

—Hoy es martes.

—¿Por la mañana?

—Por la mañana, sí.

—Entonces está en la guardería.

La imagen de Alberto viniendo esa misma mañana a recogerlo a casa se hace de pronto evidente. El timbre, el niño desayunando aún. Lento y somnoliento, jugando sin muchas ganas con un muñeco de Bola de Dragón en la mano. Su padre, sentado en el brazo del sofá, sin mirarme, sin mirarnos.

—¿Te gustaría que no te encontrara hoy a la salida?

—No, no... —y sigo diciendo que no con la cabeza.

—Mira, tengo que escribir algo en este informe. Si escribo que lo que buscabas era descansar y que desapareciera un estado de ansiedad que no te dejaba ni respirar podrás irte a casa. ¿Eres consciente de lo que te digo?

La miro a los ojos. Su mano ha tomado la mía. Me agarra con firmeza, como si en cualquier momento fuera a tirar de mí forzándome a levantarme de la camilla. Me gustaría que fuera mi madre o que se hiciera cargo de mí de alguna manera, que me mandara a dormir cuando debo hacerlo, a casa cuando ya no hay nada que hacer en la calle, que me obligara a comer lo que hay en el plato afeándome ese ayuno con el que tantas veces me castigo, camuflándolo ante los demás como falta de hambre; que me dijera los sábados, por ejemplo, esos sábados tan espaciosos en los que no sé cómo coño ordenar el tiempo, qué es lo que debo hacer desde que me levanto hasta que me acuesto, que me enseñara a estar sola, a saber soportar la ausencia del niño sin tener por ello que negar la maternidad, o a sobrellevar esos atardeceres de diario en los que no tengo más compañía que su poderosa presencia.

Cómo se hace para pedir ayuda, para contarle a alguien que un desgarro interior no te deja dormir, cómo se llega a comprender que hay amores que han caducado, que prolongarlos es pudrirlos, cómo aprende uno a defenderse, a tener dignidad y no desear la compañía de quien sabes de antemano que te destruye, cómo distinguir entre amor y obsesión, por qué luchar por lo que ya no te pertenece, cómo se hace para estar triste sin humillarse, cómo aprender a comportarse correctamente, de tal manera que no tengas que pasar la vida rumiando errores que duelen más que por su gravedad por la cantidad de veces que los has repetido.

Quiero que sea mi madre, sí, quedarme aquí, como en un internado o una escuela, con un horario estricto, iluminada por ese verde escolar, protegida por la temperatura hospitalaria. Aquí, reeducándome bajo su tutela severa pero afectuosa.

—Casi nadie quiere morirse. ¿Tú querrías quedarte ingresada en la planta psiquiátrica?

—No, no quiero.

—Eres muy joven.

Siento el absurdo de su frase, la frase tantas veces pronunciada por alguien maduro como una poderosa razón para la resistencia. La frase me ofende. La joven que soy yo no tiene conciencia, como jamás la ha tenido ningún joven, de estar disfrutando del regalo de la juventud. La juventud se vive sin saber qué significa, eso forma parte de su esencia. Y tal es la ignorancia en la que vive la juventud su propia condición que, en ocasiones, como es mi caso, lo que quema la sangre es la impaciencia por un futuro que no acaba de llegar. A mis veintisiete años siento que no puedo esperar más. A los veintisiete años estoy tan derrotada como una vieja prematura.

—Querías descansar, ¿verdad?

—Sí, quiero descansar.

—Te dejo aquí la dirección de un amigo mío. Puedes llamarle de mi parte. No es caro, y te ayudará mucho.

—Gracias.

—Estoy segura de que tienes en la vida más cosas de las que ahora ves.

Me pasó la mano por la cara. Se iba a ir ya. Me miró fijamente. Sus ojos reflejaban el afecto generoso de quien se ha propuesto salvar la vida de una desconocida.

—No sé qué es lo que tengo que hacer —le digo. Quiero que me lo diga antes de que se marche y la pierda para siempre.

—¿Ahora?

—No, en general. No sé qué es lo que debo hacer.

—No hay un plan. Y si lo hay, muchas veces no sirve. Puedes aprender a organizarte la vida, a estar sola, a criar a tu hijo, a acabar lo que has empezado, pero... vivir, vivir, sólo se vive por gusto. No he conocido a casi nadie que quiera morirse.

Mira otra vez la ficha que cuelga a los pies de la camilla. Me observa y vuelve a acercarse.

—El año pasado, cuando te escuchaba todas las mañanas en la radio del coche, de camino al hospital, pensaba en tu suerte. Te oía reírte, hablar con tus compañeros, hacer bromas. Eras el primer ser humano que escuchaba antes de entrar aquí.

Me recuesto hacia un lado. La conciencia de lo ocurrido me empieza a presionar el pecho.

—Toda aquella alegría que yo escuchaba no se puede

fingir, está en ti. Aunque no lo creas ahora, sigue ahí, en algún lugar de tu conciencia, créeme. Descansa un rato antes de marcharte.

Me quedé adormilada, adormecida aún por el efecto de las pastillas, disfrutando de ese limbo transitorio que me libraba de lo que sin poder evitarlo vendría después, la misma vida. Me recordaba ahora escribiendo la carta. Recordaba la carta, ahí, sobre el mueble de la entrada, me veía tumbada en el sofá, como si no fuera yo la que de manera incongruente hubiera deseado morir sin morir del todo. Me recordaba esperando desesperadamente a que volviera y de manera gradual estar sintiendo que ese deseo se iba aplacando, que era igual de firme pero ya no dolía.

Él debía venir a casa después de dejar al niño en la guardería para que habláramos del asunto. El «asunto» era el empeño con que él me había propuesto una vez más que intentáramos volver a vivir juntos, su victoria al conseguirlo y mi derrota al ver cómo desde el primer día ya quiso irse de nuevo. Idas y vueltas sobre las que yo ya no hablaba con nadie, prisionera de mis propios errores, víctima por voluntad propia.

Recordaba su voz, en el ascensor o en el coche: «¿Por qué me haces esto? ¿Por qué me haces esto?», mientras yo me vencía a un lado y a otro en el asiento, como un muñeco de trapo, por sus acelerones y sus frenazos. Recordaba un golpe contra la ventanilla por el que sólo empecé a sentir dolor aquella tarde, cuando ya se había producido un enorme círculo negro alrededor del ojo derecho. Recordaba haber pensado, como se piensa dentro de los sueños: ojalá muramos los dos ahora mismo, antes de llegar al hospital.

Me incorporé para beber el agua que me había traído. «Me parece que ya tenemos que irnos», dijo.

Creo que el pequeño salto que tuve que dar para que mis pies tocaran el suelo fue el mayor acto de coraje que he tenido en mi vida. Él me quiso agarrar del brazo para ayudarme, pero yo me zafé de él y bajé sola. El conjunto de bragas y sujetador morado me daban la absurda apariencia de estar en bikini. No tuve vergüenza, como hubiera tenido en otras circunstancias. Me vestí lentamente: las mallas negras con el vestido minifaldero a juego, los aros grandes que alguien me había quitado y dejado en la silla. Salimos de la sala de urgencias y le dije que antes de irnos quería ir al baño, no quería salir a la calle sin mirarme al espejo. Estaba débil, algo borracha, pero el espejo me devolvió una imagen conocida, la de cuando me levantaba a las tres y media de la mañana y disimulaba la palidez con algo de maquillaje. ¿Era ésa la cara de alguien que había estado a punto de morir? Me di un poco de color con la brocha, me pinté los labios de rojo furioso y me recogí el pelo con la coleta alta y voluntariamente desmadejada que me gustaba llevar entonces.

Salí del baño. Él estaba sentado, esperándome. Después de este viaje ya no cabían más regresos. Los dos habíamos sentido la necesidad de forzar nuestra actuación al límite, llevarla hasta lo patético para que no cupiera la menor duda de que era una función agotada. Todos los números posibles estaban hechos. En mi caso, sabía que me costaría recuperarme de este final. Perdonármelo. Se puede llamar final si se ve con la perspectiva del tiempo, pero no en el presente de aquella mañana de últimos de agosto. En aquel presente el tiempo transcurría muy despacio. Salimos del hospital, nos montamos en el coche. Se abrochó el cinturón de seguridad, me lo abroché yo. La que podía haber muerto en su casa esa misma mañana y el que podía haber muerto en accidente de coche por conducir temerariamente a fin de que la muerte de su mujer no recayera sobre su conciencia, los dos, se abrochaban el cinturón.

Quedaban meses, años, para ir reconstruyéndose, recogiendo los pedazos de quien yo había sido antes. Ese mediodía comimos juntos y, como si hubiéramos decidido ya olvidar que la muerte había estado a punto de arañarnos a los dos, hablamos de esas otras cosas de las que hablan los que saben que no deben rozar ningún asunto personal. Me dejó en la puerta de casa, me preguntó si creía que estaría bien para ir a recoger al niño y yo le dije, «Sí, claro», como si me estuviera recuperando del cólico del que unos días después hablaría con Marina, cuando me la encontrara en la parada de autobús.

Esa misma tarde iría a recoger a Gabi. Primero vería el hormigueo de las cabezas de todos los niños y luego distinguiría la suya, tan única. Me agacharía para abrazarle y en el abrazo estarían contenidos la emoción de verlo, de que pudiera verme y el tremendo remordimiento. Sus palabras, tan ajenas a lo que bullía en mi interior, pondrían límite a los pensamientos negros: sus quejas, sus requerimientos, sus caprichos. Yo mantendría más que otras tardes mi mejilla pegada a la suya, a su mejilla fresca y mullida, rica en olor a niño y a escuela. Él se abandonaría a ese abrazo sin dejar de pedirme algo, algo que habría estado deseando todo el día, un bollo, un muñeco o quedarse un rato a jugar en la calle, algo que imaginaba en su cabeza cuando en la mía no había más que la espesura del desvanecimiento.

Llegaría septiembre, con su renovada energía escolar y la melancolía de los últimos días amarillos del verano, y tras ir a los almacenes para comprar el nuevo babi, la mochila y los lápices de niño parvulario, volveríamos a casa, con la mano en la frente para impedir que un viento violento e inesperado nos metiera la arena del parquecillo en los ojos. Mi falda se hincharía como un globo y, luego, la fuerza del aire la subiría para arriba como un paraguas vuelto del revés. Y entonces descubriría en los ojos del niño qué es lo que ocurre cuando en una mente, que aún bascula entre lo mágico y lo real, se presenta el temor de que su madre sea arrancada de la tierra y se aleje en el cielo hasta desaparecer, como el globo que se le escapa a uno de la mano.

Fue un final lento, no el de mi juventud, que he tenido la sensación de disfrutar mucho después, sino el de aquella mi vejez prematura, el de aquellos años en que, incapaz de disfrutar del presente, malgastaba el tiempo esperando algo.

Los recuerdos de aquella absurda espera se me confunden como si fuera incapaz de establecer un orden temporal. Tras aquella mañana hospitalaria, que ahora volverá a su condición de recuerdo secreto, me veo muchas mañanas dejando al niño a primera hora en la guardería, eligiendo siempre el camino que a él le gustaba, el paseo de las Cacas, un pasadizo en el que hacían tantos perros sus necesidades que había que estar atento, sortearlas, casi andar a saltos para no pisar alguna. Me veo paseando y paseando, cruzándome medio Madrid abstraída con mi walkman, escuchando un disco que entonces me separaba los pies del suelo, *The Heart of Saturday Night*, de Tom Waits.

I'm leaving my family, I'm leaving all my friends
My body's at home but my heart's in the wind
Where the clouds are like headlines on a new front-page sky
*My tears are salt water and the moon's full and high**

Iba cantando aquella canción sin apenas mover los labios pero transportada, tranquilizada y mecida por ella, borrando el sonido bronco de la ciudad y dejando mi corazón en el viento, donde las nubes son pequeños titulares en la portada del cielo, las lágrimas agua salada y la luna está llena y alta. Nada como la música da sentido a aquellos años, reconozco las voces que me acompañaron entonces más que los rostros y los nombres de gente con la que trabajé, salí o a la que besé.

Me quedaba mucho para encontrar cierta serenidad en mi ánimo. Multitud de visitas al psicólogo, que me diagnosticó depresión y me medicó, aunque yo, con el tiempo, he llegado a tener la certeza de que la mía fue una pena de orfandad que llevaba arrastrando desde hacía muchos años y que una separación sentimental, que para cualquiera hubiera sido previsible y aceptable, a mí me provocó un pánico atroz.

El futuro se fue acercando a una lentitud insoportable, pero la muerte dejó de presentarse como una posible solución a la angustia. Faltaban dos años aún para conocerle a él y empezar a saber, también poco a poco, que no había nada en mí que impidiera el amor duradero. Él me dijo: «Había algo en ti que me

* «Dejo a mi familia, dejo a mis amigos / Mi cuerpo está en casa pero mi alma está en el viento / Donde las nubes son como titulares de una nueva portada del cielo / Las lágrimas son agua salada y la luna está llena y en lo alto.»

daba miedo. El rastro de una pena que había sido muy honda».

Y en todo ese tiempo, en esos dos años en los que el futuro tardó en llegar, el niño, Gabi, el hombrecillo, el niño musical con el que bailaba *When You Wish upon a Star* en el despacho amarillo, estuvo velando por mí con su mera presencia.

Derrotados por el viaje y el sueño, esperamos a que salgan las maletas por la cinta. Conecto el móvil y veo un mensaje de Gabi: «Iré a casa a mediodía. Bsss». Aparece al fin el equipaje y al abrirse las puertas de salida vemos una multitud de latinoamericanos que esperan a sus familiares, que llegan en los primeros vuelos de la mañana. Al fondo, entre sus caras inequívocamente ecuatorianas, colombianas, lo distingo a él. Tan único y singular en mi corazón como cuando salía de la escuela, confundido entre los otros niños.

Ha crecido, las facciones se le han agrandado y empieza a despuntar con fuerza el hombre que habrá en él. Sus cejas, en ese gesto tan característico suyo, se levantan, en una mezcla de asombro y alegría. Me acerco corriendo a su lado. Le abrazo. Soy ya mucho más baja que él. Me dice: «Queríamos daros una sorpresa. Me ha traído el abuelo, pero se ha salido a fumar». Veo a mi padre tras la cristalera, con el cigarrillo en la mano, enfermizamente sociable, hablando ya a las ocho de la mañana con algún empleado del aeropuerto, haciéndole preguntas absurdas sobre Dios sabe qué detalle técnico con el único fin de fumarse un pitillo acompañado. Aún no es viejo, aún es empecinadamente él.

Tomo la cabeza de Gabi con mis manos y acerco su

mejilla a la mía. Detrás de esa barba rala que le está brotando siento la suavidad de su mejilla, aún de cualidad infantil, y su olor, el mismo de siempre pero un poco más profundo, más adulto. Ahora le miro a los ojos, le miro intensamente a los ojos. Me dice: «Anda, no llores», y presiento, lo sé, que sea lo que sea aquello que ronda por su cabeza, está salvado, salvado, y yo con él, porque de su salvación depende la mía.

ÍNDICE